Es geschah in
Berlin
1970

Stephan Hähnel

Geschwisterliebe

Der 31. Kappe-Fall

Kriminalroman

Jaron Verlag

Stephan Hähnel, 1961 in Berlin geboren, ist Schriftsteller und Drehbuchautor. Der «Meister des schwarzen Humors» ist Initiator des Berliner Krimimarathons und hat ihn vier Jahre lang geleitet. Er reüssierte zunächst mit krimineller Kurzprosa und veröffentlichte dann im Jaron Verlag seine Kriminalromane um den eigenwilligen Ermittler Morgenstern (zuletzt «Verschwiegene Wasser», 2016).

Originalausgabe
1. Auflage 2018

www.jaron-verlag.de
Umschlaggestaltung: Bauer+Möhring, Berlin
Satz: Prill Partners | producing, Barcelona
Druck und Bindung: CPI books GmbH, Leck

ISBN 978-3-89773-855-3

EINS

Dienstag, 16. Juni 1970

DER FEINE HERR IM ANZUG spendierte dem heruntergekommenen Mann im Café Breslau die dritte Runde Molle mit Korn. Der Schluckspecht konnte sein Glück kaum fassen. Es war noch früh am Abend, und die Tische waren übersichtlich besetzt. Gegenüber, vor dem Rathaus Friedenau, stand ein Chor ältlicher Damen der Heilsarmee. Sie sangen mit brüchigen Stimmen kirchliche Lieder. Wenige Passanten blieben stehen. Die meisten hasteten nach Hause, um den Feierabend zu genießen. Andere interessierten sich mehr für die weltlichen Angebote rund um den Breslauer Platz und die Rheinstraße. Auf ein Zeichen hin füllte der Wirt die leeren Gläser mit Schultheiss Pilsener und öffnete eine neue Flasche Korn. Dem Inhaber der Kneipe war es gleichgültig, wer die Rechnung bezahlte. «Solange der Sesselfurza blecht, is mir dit recht», murmelte er in seinen nicht vorhandenen Bart und servierte dem ungleichen Paar am Ende des Tresens eine neue Runde. Normalerweise verwies er derart abgehalfterte Typen sofort aus der Kneipe. Wer von dem obdachlosen Pack meinte, diskutieren zu müssen, bekam schnell einen Satz warme Ohren.

«Schon ma wat von Seife jehört?», blaffte er den Mann mit dem eingefallenen Gesicht und dem beeindruckenden Trinkerzinken an, der gierig den Korn in sich hineinkippte und anschließend den letzten Tropfen im Schultheiss versenkte. Ohne eine Antwort zu erwarten, notierte der Wirt mit einem Bleistiftstummel zwei weitere Runden auf dem Deckel des Anzugträgers. Dann klemmte er sich den Stift hinters Ohr, begab sich ans andere Ende des Tresens und spülte Gläser. Ihn interessierte nicht, welchen Geschäften die beiden nachgingen. Der Mann mit dem eleganten Anzug war in den letzten Wochen häufig mit abgerissenen Typen im Café Breslau erschienen. Er hatte sie großzügig eingeladen und ihnen flüsternd etwas eingetrichtert. Reden konnte der Kerl wie ein Wasserfall. Schlimmer als die alten Truden vom Wohlfahrtskommando, dachte der Wirt. Er überlegte kurz, ob er das Fenster schließen sollte. «Du, Herr, stehst vor der Türe», stimmte der Frauenchor voller Inbrunst ein neues Lied an.

«Jäste wärn mir lieber», nuschelte der Wirt missmutig vor sich hin und schlurfte in die Küche, das Revier seiner Frau, um nach dem Rechten zu schauen.

«Das ist absolut sicher. Du gibst mir deinen Pass. Dafür zahle ich dir fünfhundert Mark, in bar auf die Hand», erklärte der Anzugträger mit gedämpfter Stimme seinem Gast, der ihn zweifelnd anstarrte.

«Und wat sag ick den Bullen?»

«Na, einer deiner Schnapsbrüder hat dir die Brieftasche geklaut. So was kommt doch ständig vor. Du erhältst einen neuen Ausweis. Das war's. Leichter lässt sich Geld nicht verdienen.»

Der Mann, dessen Leben seit geraumer Zeit nicht mehr in geordneten Bahnen verlief, betrachtete gierig sein Bier und schüttelte nachdenklich den Kopf. «Ick weeß nich. Kommt mir unjesetzlich vor. Dit is doch illejal, oder? Da komm ick bestimmt in 'ne Bredullje. Abjesejen davon, kann ick mir ja nich vorstellen, dass eener im Osten die gleiche Visage hat wie icke.»

«Das lass meine Sorge sein!»

Enttäuscht schaute der Mann auf sein leeres Schnapsglas. Bedauernd trank er einen kräftigen Schluck Bier. Plötzlich hellte sich sein Gesicht auf. «Du machst wat mit dem Bild, wa? Dit tauschste aus, oder?» Er zog seinen Pass aus der Innenseite des heruntergekommenen Jacketts und betrachtete das Foto. Da sah er noch gut aus, vier Jahre jünger und nicht so verhärmt wie jetzt. Sichtbar ratlos strich er mit dem Finger über die Hohlniete und ließ ihn anschließend über das Glas kreisen. «Een bisschen muss ick noch nachdenken!», sagte er fordernd. «So janz überzeucht bin ick noch nich, vastehste?» Erneut hob er das Bierglas, prostete einem imaginären Kumpan zu und kippte das Schultheiss in sich hinein.

Der Anzugträger holte ein zusammengerolltes Bündel Scheine aus der Hosentasche, das von einem Gummiband zusammengehalten wurde. «Wenn wir uns einig sind, steht die nächste Runde auch auf meinem Deckel.» Mit Nachdruck stellte er die Rolle mit den Fünfzigern zwischen sich und die leeren Gläser. «Sind wir uns einig?»

Der Mann mit dem beeindruckenden Trinkerzinken schaute nervös in den Schankraum, griff nach den Scheinen und ließ sie in seiner Tasche verschwinden. Niemand schien etwas mitbekommen zu haben. «Du bescheißt mir doch nich, oder?»

«Zähl nach!»

Einen Augenblick lang überlegte der verwahrloste Mann offenbar, ob er dem Vorschlag folgen sollte. Als aber einer der Gäste aus einem nicht ersichtlichen Grund loslachte, entschied er sich dagegen. Stattdessen schob er seinen Ausweis über den Tresen.

In diesem Moment kam der Wirt aus der Küche und leckte sich die Finger ab. Anscheinend war er zufrieden mit dem, was in der Küche für den Abend vorbereitet wurde. Auch wenn er den Eindruck machte, dass er sich dem ehernen Gesetz verpflichtet fühlte, niemals etwas zu sehen oder zu hören, was ihm Schwierigkeiten bereiten könnte – der vornehm gekleidete Mann spürte sehr wohl, dass der Wirt ihn argwöhnisch musterte.

«Noch mal das Gleiche und die Rechnung bitte!», rief er. Zufrieden mit dem Geschäft, ließ er den Blick über den sich zunehmend füllenden Gastraum schweifen. In einer Ecke entdeckte er ein bekanntes Gesicht. Er ließ sich nicht anmerken, dass er darüber alles andere als glücklich war. Ein leichtes Nicken genügte als Begrüßung. In diesem Moment beschloss er, seinen Geschäften künftig in einer anderen Kneipe nachzugehen.

Am Abend legte er den Ausweis in einen Tresor, in dem schon vier weitere lagen. Die Investition lohnte sich. Auf dem Markt der Freiheit brachte jeder von ihnen mindestens fünftausend D-Mark ein. Wenn er es intelligent anstellte, noch mehr. Je schwieriger es wurde, die Mauer zu überwinden, desto stärker stiegen die Preise. Angebot und Nachfrage. Marktwirtschaft war ein einträgliches Geschäft. Der Tresor war unauffällig in einem alten Werkzeugschrank untergebracht, auf dem das Wort *Schmiermittel* zu lesen war, eine Bezeichnung, die er in diesem Zusammenhang durchaus angemessen fand. Mehrere Geldbündel und weitere Dinge, die offiziell niemand besitzen durfte, stapelten sich neben den Pässen. Im unteren Tresorfach lag eine Akte, die er sorgfältig aufbewahrte und die er respektvoll Lebensversicherung nannte.

ZWEI

Donnerstag, 18. Juni 1970

ANGESTRENGT lauschte Kai Jürgens dem Prasseln des Regens. Kam es ihm bloß so vor, oder nahm das monotone Rauschen ab? Nur vereinzelt beleuchteten Blitze den Himmel. Er zählte die Sekunden, bis es donnerte. Besorgt hob er seinen Kopf. Es war stockdunkel, kein Mond war erkennbar. Seit einer halben Stunde entlud sich ein Gewitter, das sich tagsüber zusammengebraut hatte, im Süden Berlins. Langsam zog es in Richtung Potsdam. Seit Wochen verfolgte Jürgens den Wetterbericht. Dass in dieser Nacht ein Unwetter tobte, war ein Glücksfall. Er hatte innig gehofft, dass es regnen würde. Und auch wenn er von sich nicht behaupten konnte, ein gläubiger Mensch zu sein – er schaute gen Himmel und dankte Gott für sein Einsehen. Vorsichtig blickte er auf seine Uhr. Aber weder die Zeiger noch die kleinen Punkte, die für die Ziffern standen, leuchteten. Eine Sekunde überlegte Kai Jürgens, ob er die Leuchtkraft mit seiner Taschenlampe auffrischen sollte, verwarf den Gedanken aber wieder. Viel zu gefährlich. Seit Stunden saß er im Grenzgebiet, um herauszufinden, wann die Posten ihre Runde machten. Sie mussten jeden Moment an ihm vorbeikommen. Alle dreißig Minuten schlurften zwei Grenzsoldaten über den festgetretenen Weg und prüften den Sandstreifen auf Fußspuren. Sonderlich ernst nahmen sie ihre Aufgabe nicht. Dennoch, jede Veränderung wäre ihnen vermutlich aufgefallen. Plötzlich hörte Jürgens leise Stimmen. Die Grenzstreife war näher als erwartet. Noch verstand Kai Jürgens nicht, worüber sich die Soldaten unterhielten. Er lauschte angespannt. Ein Geräusch ließ ihm schlagartig die Haare zu Berge stehen. Es war ein Hecheln, das

Hecheln eines Hundes. Offensichtlich hatte es einen Wachwechsel gegeben, und die neuen Posten versahen ihren Dienst mit einem Grenzhund. Ängstlich drückte er sich noch tiefer ins Gebüsch.

«Haste schon von die Typen jehört, die in Schönefeld fliehen wollten und sich umjebracht haben?», fragte der kleinere der zwei Grenzer. Ob der Neuigkeit, die er erzählen konnte, schwang Stolz in seiner Stimme mit.

«Mensch, halt doch mal die Luft an! Deinetwegen kommen wir noch in Teufels Küche!», erwiderte der andere in tiefstem sächsischem Dialekt und konnte dabei eine gewisse Gereiztheit kaum unterdrücken. «Wann soll das denn gewesen sein?»

«Is schon een Weilchen her. Anfang März. Jescheiterte Flugzeugentführung. Een Pärchen wollte 'ne Antonow An-24 entführen, um innen Westen abzuhauen. Hat aber nicht jeklappt. Der Pilot is in Schönefeld jelandet, anjeblich wejen Spritmangels. Und da haben unsere Jungs schon uff dit asoziale Pack jewartet. Dummerweise haben sich die beeden aber 'ne Kugel inne Birne jejagt. Haben Schiss jekricht vor de Strenge der Staatsmacht.» Der Kerl lachte. «Dumm jelaufen, wa!»

«Das hast du aber nicht aus unseren Medien!»

«Nee, natürlich nich. RIAS.»

Beide schwiegen einen Augenblick.

«Solltest vorsichtiger sein, wem du was erzählst. Feind lauscht mit.»

«Biste von Horch und Guck? Du wirst mir doch nich melden, oder?»

Inzwischen waren die Grenzsoldaten auf gleicher Höhe mit Jürgens. Der Hund wurde unruhig. Ein Knurren, das zunehmend bedrohlicher klang, war deutlich zu vernehmen. Dann schlug der Schäferhund entschieden an. Die beiden Grenzer blieben schlagartig stehen, rissen ihre AK 47 von den Schultern und richteten die Waffen auf das Unterholz. Der Sachse suchte mit der Taschenlampe nach verräterischen Spuren. «Kommen Sie raus, oder wir lassen den Hund los!», brüllte er, als wäre er fündig geworden.

Kai Jürgens, der auf den Boden gepresst lag, zitterte. Konnten sie ihn sehen? War die Flucht gescheitert, kaum dass sie begonnen hatte?

«Letzte Warnung! Wir machen von der Schusswaffe Gebrauch!»

Das Klicken der durchgezogenen Kalaschnikow ließ das Blut in seinen Adern erstarren. Vorbei. Sie hatten ihn aufgespürt. Der Hund musste ihn gewittert haben. In dem Moment, in dem sich Kai Jürgens seinem Schicksal beugen wollte, brach kaum zehn Meter entfernt ein Wildschwein aus dem Gebüsch. Es starrte die Grenzer gleichgültig an und marschierte unbeeindruckt den Postenweg entlang. Weitere Schweine folgten. Sie nahmen ebenfalls keine Notiz von dem kläffenden Hund und den beiden Soldaten. Nur die Frischlinge beäugten die Grenzer und rannten der Rotte Augenblicke später aufgeregt hinterher.

«Timur und sein Trupp», meinte der Sachse und sicherte die Maschinenpistole. «Unsere posteneigenen Schweine. Sind meistens harmlos. Nur wenn die Viecher Junge haben, ist es besser, Abstand zu halten. Eine Bache kann sehr gefährlich werden. Das weiß ein Neuling wie du natürlich nicht.»

Noch immer spielte der Hund verrückt und bellte hinter den Schweinen her. Wütend zog der Grenzer an der Leine. Der Schäferhund jaulte vor Schreck auf. «Ich zieh dir eine über, wenn du nicht die Schnauze hältst. Bei Fuß, blöde Töle!»

Die Grenzer schlurften weiter. Der Hund lief, wie ihm geheißen, brav neben dem Hundeführer her. Ein letzter verstohlener Blick zu jenem Gebüsch, in dem Jürgens lag, und ein bedauerliches Winseln, dann verschwand er mit den Soldaten hinter der nächsten Kurve.

Einen Augenblick zwang sich Kai Jürgens noch zur Ruhe und lauschte auf den Regen, der wieder stärker zu werden schien. «Jetzt oder nie!», flüsterte er, steckte den rechten Arm durch die Sprossen der dreiteiligen Fensterputzleiter und schulterte sie. Um jedes Klappern zu verhindern, hatte er sie mit Filz beklebt. Schnell überquerte er den Postenweg. Seine Schuhe sanken tief in den losen Sand ein, bevor er den Zaun erreichte. Kein wirkliches Hindernis. Aber es folgten weitere, bis er vor der eigentlichen Mauer stand. Drei Meter war sie hoch. Zwischen den Pfosten waren die Betonplatten übereinandergereiht. Er würde sich quer daraufsetzen, ein Bein im Osten, das andere in der Freiheit, schnell die Leiter hochziehen und auf der westlichen Seite wieder hinunterklettern.

DREI

Freitag, 19. Juni 1970

ALS HANS-GERT GALGENBERG das Büro betrat, erkannte Kriminaloberkommissar Otto Kappe sofort, dass etwas vorgefallen sein musste. Mit den Jahren hatte er gelernt, am Gesichtsausdruck seines Kollegen abzulesen, ob dieser im nächsten Moment über private, berufliche oder politische Ungeheuerlichkeiten zu referieren gedachte. Das Thema Fußball-WM in Mexiko konnte er ausschließen. Deutschland blieb nach dem Jahrhundertspiel vor zwei Tagen gegen Italien und der ärgerlichen 4:3-Niederlage nach Verlängerung nur der Kampf um Platz drei. Gestern hatten sie ausgiebig über das Spiel diskutiert. Das war also eindeutig nicht der Grund für Galgenbergs heutige Erregtheit. Ein weiterer kurzer Blick genügte, und Kappe tippte auf private Neuigkeiten. Galgenberg schien übermüdet, er war rot vor Aufregung und voller Vorfreude, die neuesten Nachrichten zu verkünden.

«Dit gloobste nich! Weeßte, wat mir heute Nacht passiert is?»

Kappe schüttelte ahnungslos den Kopf, lehnte sich auf seinem Stuhl zurück und deutete mit beiden Händen an, dass er wissbegierig sei. Galgenberg liebte schon immer das Berlinerische, seit er aber dem Verein zur Erhaltung der Berliner Mundart beigetreten war, durfte Kappe regelmäßig dessen bühnenreifen Ausführungen lauschen.

«Stell dir vor, da träumste von de Adria – Strand, Sonne, knappe Bikinis, wohin de schaust –, und plötzlich macht dir deine Frau wach. Nachts um drei! Panik inne Stimme. Angeblich hätten wa Einbrecher im Haus. Ick dachte, ick krieg 'nen Herzkasper.

Einbrecher! Bei uns in Steinstücken! Wenn es eenen sicheren Ort uff de Welt jibt, dann ja wohl die Insel vor de Insel. Wer solln da klauen? Rin kommste nich in die Exklave und raus ooch nich. Jedenfalls nich nachtens. Da passt der olle Ossi uff.»

Vor ein paar Jahren waren Hans-Gert Galgenberg und seine Frau Sabine nach Steinstücken gezogen, offiziell wegen der günstigen Immobilienpreise. Hinter vorgehaltener Hand hieß es jedoch, dass Galgenberg wegen der stetig steigenden Arbeitsbelastung bei der Berliner Polizei versucht hatte, die Notbremse zu ziehen. Er glaubte, die exponierte Lage der West-Berliner Exklave in der Ostzone schütze ihn vor Fragen wie «Könntest du mal schnell vorbeikommen?» oder «Wäre es möglich, dass du kurzfristig für den Kollegen x oder y einspringst?». Doch er hatte sich getäuscht. Sein Chef Otto Kappe nahm auf derartige Befindlichkeiten keine Rücksicht. Nun lebte Galgenberg gut bewacht und abgeschirmt, zumindest vor unerwartetem Besuch, in der kaum einen Kilometer langen und dreihundert Meter breiten Exklave, die zum Ortsteil Wannsee zählte. Seitdem hatte er die beste aller Ausreden, wenn er zu spät zum Dienst erschien: «Die Grenzposten sind schuld. Kontrollieren mir immer janz jenau. Keene Ahnung, warum. Die wissen bestimmt, dass ick een treuer Staatsdiener bin.»

«Und was ist nun gewesen?», erkundigte sich Kappe und schaute prüfend auf die Uhr. «Und wenn es recht ist, bitte die Kurzfassung!»

Galgenberg verdrehte die Augen, setzte sich an seinen Schreibtisch, der gegenüber dem von Kappe stand, und lehnte seinen Oberkörper über die Arbeitsplatte. «Plötzlich hör ick ooch wat. Ick spring uff, greif mir dit Erstbeste, wat ick fassen kann, so een Unjetüm von Vase, wo Sabine im Spätsommer imma die Bumskeulen rinstellt, und schleich uffn Hof.» Galgenberg sprang wieder auf und unterstrich das Gesagte mit vollem Körpereinsatz. «Und tatsächlich, im Schuppen seh ick Licht. Ick, mutig wie ick bin, reiß die Tür uff, dit glasierte Steingutteil von irgend so een Designer einsatzbereit über meenem Kopp – und wat bejegnet mir da?»

Kappe, der Galgenbergs Vortrag amüsiert verfolgte, zuckte ahnungslos mit den Schultern und wollte schon zu raten beginnen.

«Otto, sag nischt! Kommste nie druff. Also, wie ick da so stehe in meinem jestreiften Pyjama, barfuß, da entdeck ick in meenem Schuppen een Fensterputzer im Tarnanzug. Een echter Republikflüchtling. Na, der hat sich vielleicht erschrocken! Hätt nich viel jefehlt, und der wär wieder zurück in Osten jemacht.»

«Ein Fensterputzer?»

«Een Flüchtling mit so eener Fensterputzleiter zum Zusammenschieben! Kräftiger junger Mann, noch janz grün hinter de Ohren, neunzehn Jahre, aber ziemlich clever. Dit Prachtstück von eener Leiter hat sich Gefreiter Jürgens, Kai Jürgens, so heißta nämlich, quasi vom Rückwärtigen Dienst der Nationalen Volksarmee ausjeborgt. Die brauchten so een Vehikel, um die Fenster eener alten MIG zu putzen. Dit is een Hobby von General von Trallala zu Sowieso. Dit Flugzeug steht uffn Granitsockel vor de Kommandantur. Wenn der Lametta-Heini meinte, die Fenster von dem Vogel sehen matt aus, dann wurde jeputzt. Im ersten Diensthalbjahr regelmäßig jeden Sonnabend. Und dafür brauchste so een Teil. Dit is Joldstaub im Osten. Die haben ja nischt. Und wat macht der Sprutz? Klaut dit jute Stück und nutzt den Urlaub bei de NVA dazu, dem Arbeiter- und Bauernparadies Tschüss zu sagen. Mann weg. Leiter ooch. Dit Jesicht von dem Oberoffizier hätte ick ma sehen wollen!»

Kappe kannte Galgenberg eine mittlere Ewigkeit, aber selten hatte er ihn so begeistert gesehen. Wenn es gegen den Osten und dessen Staatsführung ging, lief der Kriminalassistent regelmäßig zu Hochform auf. Und seit West-Berlin ein Eldorado für Bundeswehrverweigerer geworden war, sich zunehmend Hessisch, Schwäbisch, Bayerisch und andere unverständliche Dialekte in die Alltagssprache mischten, schien sein Kollege umso mehr von der Notwendigkeit überzeugt zu sein, die Berliner Mundart retten zu müssen. Kappe schaute seinen Kriminalassistenten amüsiert und erwartungsvoll an. Als dieser nicht weitersprach, tat er ihm den Gefallen und fragte neugierig: «Und was ist dann passiert?»

«Na, ick hab den erst mal einjekleidet. Ordentliche Hose, hellet Hemd und meine Lieblingslederjacke von Woolworth, die mir leider nich mehr passt. Du weeßt schon, die schnieke braune mit die geschwungenen hellen Linien uffn Rücken, wat wie een Adler aussieht. Dit Teil is zwar een bisschen abjelebt, aber immer noch eene echte Oogenweide. Kannst doch keenen inna Einstrich-Keinstrich-Uniform durchn Westsektor latschen lassen. Schnieke sieht der Junge jetz aus. Und dann hab ick die Amis ausm Bett jeklingelt und ihnen den Neubürger übergeben. Na, die haben Oogen jemacht! Montach is Wachwechsel. Da fliegen die Amis den bestimmt ooch mit aus.»

Fast wäre Kappe aufgestanden und hätte seinem Kollegen stolz die Hand geschüttelt, besann sich dann aber der wirklichen Probleme. Und davon gab es einige. «Kriminalrat Keunitz will uns sehen. In fünf Minuten. Keine Ahnung, was der will.»

Galgenberg verdrehte die Augen und seufzte theatralisch. «Wat? Der Chef persönlich? Otto, mich grault's!»

«Mir grault's, heißt das», verbesserte Kappe ihn. «Das ist der Akkudativ. Der echte Berliner verwendet immer ‹mir›, selbst wenn es richtig ist. Kollege, du musst noch viel lernen!»

«Es ist das erklärte Ziel unseres neuen Polizeipräsidenten, dass wieder Frieden herrscht in der Stadt. Hübners Linie scheint daher zu heißen: Die Polizei hat zwar nicht mit dem Einsatz von Gewalt begonnen, aber sie soll ihn beenden. Mit anderen Worten: Ab sofort ist Weichspülen angesagt.» Kriminalrat Friedhelm Keunitz konnte seine Abneigung gegen die Politik des neuen Polizeipräsidenten Klaus Hübner kaum verhehlen. «Schlimm genug, dass wir ständig mit diesen Chaoten zu tun haben, mit ihrem ‹Ami-Go-Home›- und ‹Ho-Ho-Ho-Chi-Minh›-Geschrei. Allein wegen der Straßenschlacht vor dem Amerikahaus in der Hardenbergstraße Anfang Mai haben wir immer noch diverse verletzte Polizisten zu beklagen. Verdammt, *wir* sind doch nicht die, die Krieg in Vietnam führen! Und dann noch die gewaltsame Befreiung von diesem Andreas Baader. Bin gespannt, was da noch auf uns zukommt.» Wütend schlug Keunitz auf ein Blatt namens *Agit 883*, ein anarchistisch-libertäres Periodikum aus der linken Szene, das vor ihm auf dem Schreibtisch lag. Kopfschüttelnd deutete er auf einen Artikel: *Die Rote Armee aufbauen!*

Otto Kappe wusste zwar nicht genau, um was es ging, las aber ein paar Zeilen: *Genossen von 883 – es hat keinen Zweck, den falschen Leuten das Richtige erklären zu wollen. Das haben wir lange genug gemacht. Die Baader-Befreiungs-Aktion haben wir nicht den intellektuellen Schwätzern, den Hosenscheißern, den Allesbesserwissern zu erklären, sondern den potenziell revolutionären Teilen des Volkes.*

Kappe kannte derartige Polemik aus anderen anarchistisch gefärbten Artikeln, die zuweilen bar jeder Vernunft schienen. Selbst sein Sohn Peter sympathisierte seit Jahren mit der revolutionären Studentenbewegung. Immer häufiger hatten sie sich wegen ihrer unterschiedlichen politischen Sichtweisen gestritten. Otto Kappes Frau Gertrud litt darunter, und zusehends ging ein Riss durch die Familie. Er war nicht schuldlos daran, aber er vermochte zurzeit nicht auf seinen Sohn zuzugehen. Glücklicherweise hatte der Anfang des letzten Jahres sein Studium der Psychologie beendet und durfte sich jetzt Diplom-Psychologe nennen. Seit Monaten ruhte der Kontakt, und Otto Kappe spürte, dass sie sich immer weiter voneinander entfernten. Er zwang sich, den Gedanken an den Sohn zu verscheuchen, und las verärgert den Aufruf dieser Fanatiker. Die Zeitschrift war keine zwei Wochen alt. Verständnislos überflog Kappe den Artikel und verharrte beim letzten Satz: *Mit dem bewaffneten Widerstand beginnen!*

Keunitz, der seinem Blick folgte, sagte, noch immer aufgebracht: «Aber deswegen habe ich Sie nicht hergebeten.» Er nahm das Machwerk mit spitzen Fingern und ließ es in einem Schubfach verschwinden. «Der Grund, warum ich mit Ihnen reden möchte, hat mit dem leidigen Thema Fluchthilfe zu tun. Willy Brandt und Walter Scheel sind intensiv mit Moskau im Gespräch, um den internationalen Frieden aufrechtzuerhalten und den sogenannten Entspannungsprozess zu fördern. Außerdem munkelt man, dass unser Kanzler in Erfurt mit dem Ministerpräsidenten der DDR, Willi Stoph, über künftige Besuchserleichterungen gesprochen hat. Sieht so aus, als stünden wir kurz vor dem Durchbruch. Da geht es um viel mehr als nur um ein befristetes Passierscheinabkommen für uns West-Berliner.»

Erstaunt schauten sich Kappe und Galgenberg an. Fluchthilfe war für die meisten West-Berliner immer noch eine ehrenwerte Handlung. Zwar drehte sich langsam der Wind. Dennoch, niemand in der eingemauerten Stadt empfand es als Verbrechen, jemandem in die Freiheit zu verhelfen. Außerdem war es ein offenes Geheimnis, dass die Bundesregierung die Fluchthilfe bisher, wenn auch verdeckt, unterstützt hatte. Selbst der Verfassungsschutz hatte seine Finger im Spiel und warnte Fluchthelfer, wenn ihm bekannt wurde, dass die Staatssicherheit der DDR ihnen auf die Spur gekommen war. Es fiel nicht in den Aufgabenbereich der Mordkommission, sich um derartige Angelegenheiten zu kümmern.

Als könnte Keunitz Kappes Gedanken lesen, hob er beschwichtigend die Hand. «Sie bearbeiten doch beide den Fall der unbekannten Toten von Nikolskoe?»

Kappe, der immer hellhörig wurde, wenn es um neue Details für nasse Fische ging, wie ungeklärte Fälle intern genannt wurden, schaute erst den Chef aller Mordkommissionen und dann Galgenberg an. «Mein letzter Stand ist, dass wir alle diesbezüglichen Ermittlungen einstellen sollten. Das war Ihre Anweisung! Wenn ich mich nicht täusche, ist das nicht einmal ein halbes Jahr her», bemerkte er gereizt. Nur mit Grausen erinnerte er sich an den ungelösten Mordfall. Sie hatten weder die Identität der Leiche klären noch den Mörder überführen, geschweige denn auch nur ansatzweise ein Mordmotiv ermitteln können. Stattdessen hatte seine intensive Beschäftigung mit dem Fall zu einer bedrohlichen Ehekrise geführt.

«*Bis auf Weiteres* – das waren meine Worte gewesen. Das gilt immer für derartige Verbrechen. Außerdem, was interessiert mich mein Geschwätz von gestern?», zitierte Keunitz Konrad Adenauer gereizt und ergänzte: «Die Herren vom Verfassungsschutz haben uns freundlicherweise einen Hinweis zukommen lassen. Wir sollen doch mal einem Herrn Wilfried von Thalmann genauer auf die Finger schauen. Fluchthelfer und Lebemann. Dürfte Ihnen kein Unbekannter sein. Eine nicht näher benannte Quelle habe den Hinweis gegeben, dass zwischen der Toten von Nikolskoe und diesem Herrn eine Verbindung bestehen könnte.»

«Der schöne Willi?», fragte Galgenberg verwundert. «Finger dreckig machen ist eigentlich keine Stärke dieses Herrn.»

Kappe, dem die Wut das Gesicht rot färbte, konnte sich nur mit Mühe beherrschen. «Sehe ich das richtig, wir sollen möglichst viel Dreck aufwühlen, damit die Herren Politiker ungestört mit den Kommunisten verhandeln können?»

Keunitz lehnte sich zurück und verschränkte die Hände im Nacken. «Ich würde das nicht so formulieren und öffentlich auch niemals zugeben, aber ja, es trifft wohl den Kern der Sache. Mir ist allerdings mehr daran gelegen, dass das Verbrechen in Nikolskoe aufgeklärt wird. Das ist unsere Aufgabe oder, besser gesagt, Ihre. Also, noch mal das ganze Programm!»

«Ick gloob, mein Schwein pfeift! Sind wa von de Mordkommission jetzt der Stadtreinigung zujeordnet?», empörte sich Galgenberg, der offensichtlich vergessen hatte, dass er vor seinem Chef stand, und seine Bemerkung sofort bereute.

«Kollege Galgenberg, ein bisschen mehr Gelassenheit, wenn ich bitten darf! Ich kann mich nicht daran erinnern, dass der Mörder der Toten von Nikolskoe überführt worden ist, ja dass überhaupt irgendeine Erkenntnis in diesem Fall vorliegt. Also reißen Sie sich bitte zusammen! Und kommen Sie mir nicht mit irgendwelchem Stammtischgezeter. Sie sind Polizist, vergessen Sie das nicht!»

Galgenberg hob entschuldigend beide Hände. Kappe stand

wie versteinert vor dem Schreibtisch. Dass man sie beauftragte, einen Fall neu aufzurollen, der noch vor Kurzem als hoffnungslos eingestuft worden war, empfand auch er als Kritik an ihrer Arbeit.

Keunitz ahnte offenbar, dass es tief im Innern des Kriminaloberkommissars Kappe rumorte. «Anfang September muss ich turnusmäßig eine Leistungsbeurteilung abgeben, die darüber entscheidet, ob Sie und Ihr Kollege Galgenberg höhergestuft werden. Die Zeiten, in denen nach Alter und Gewicht befördert wurde, gehören glücklicherweise längst der Vergangenheit an. Es gilt das Leistungsprinzip – für alle Mitarbeiter der Mordkommissionen.» Freundlich, wenn auch wenig überzeugend fügte er hinzu: «Politik ist nicht meine Besoldungsstufe und, da stimmen Sie mir sicherlich zu, Ihre erst recht nicht. Außerdem bin ich zu alt für derartige Spiele! Also tun Sie mir den Gefallen, und gehen Sie dem Hinweis unserer Staatsschützer nach. Möglicherweise bringt das was. Ach ja, und reden Sie zuerst mit der Gerichtsmedizin. Es gibt interessante neue Informationen. Im Gerichtsmedizinischen Institut hat es übrigens eine Personalaufstockung gegeben. Ich bin überzeugt, Sie werden begeistert sein.»

Das Telefon klingelte. Keunitz deutete mit einem Nicken an, dass die Unterredung beendet war. Er legte die Hand auf den Hörer, nahm ihn aber noch nicht ab. «Und, Herr Kappe – wie sagten Sie so treffend? –, wühlen Sie möglichst viel Dreck auf!»

Kaum hatten Otto Kappe und Hans-Gert Galgenberg das Büro ihres Chefs verlassen, verkündete Galgenberg mit empörter Stimme: «Otto, ick gloob dit nich! Bei dem müssen ja die Nerven blank liegen. Kann mich nich erinnern, dit der mir mal so anjefaucht hat.»

Kappe entfuhr nur ein zischender Laut. Wieder auf jenen Fall angesetzt zu werden, der ihn monatelang erfolglos beschäftigt hatte, löste in ihm Wut und Verzweiflung aus. Gertruds Beschwerden über die vielen Überstunden und darüber, dass er sogar Arbeit mit nach Hause genommen hatte, klangen ihm noch immer in den Ohren. Einmal hatte sie wütend erklärt, dass sie nicht mehr gewillt sei, sich hinter einer Leiche anzustellen, bis der geliebte Göttergatte bereit war, mit ihr über die täglichen Probleme ihres gemeinsamen Lebens zu reden.

Tatsächlich hatte sich Kappe derart in den Fall der Toten von Nikolskoe verbissen gehabt, dass er auf jede Störung aggressiv reagiert hatte. Selbst das Faustballtrainig hatte er monatelang ausfallen lassen, und auch die Kegelabende bei den Rattenkönigen Charlottenburg in jener Zeit konnte er an fünf Fingern abzählen. Zwischen Otto und Gertrud kriselte es seitdem bedenklich. Noch dazu hatte sein Sohn im Spätsommer des letzten Jahres völlig unerwartet Berlin den Rücken gekehrt. Ausgerechnet Hermann Kappe, der Großonkel und Oberkriminaler der Familie, der seinen Lebensabend am Gümser See im Wendland verbringen wollte, schien Peter sozusagen abgeworben zu haben. Alle in der Familie hatten von der Entscheidung seines Sohnes, Berlin zu verlassen, gewusst, nur Otto nicht. Als Peter schließlich doch mit ihm hatte reden wollen, hatte er nur kurz von seinen Unterlagen aufgeschaut und lapidar bemerkt: «Reisende soll man nicht aufhalten.»

Seitdem arbeitete Peter in der Wendland-Klinik, in einer eher übersichtlichen Abteilung, die psychisch Erkrankte behandelte. Die Familie drohte auseinanderzubrechen, und Otto war daran nicht unschuldig. Erst nachdem er die Akte Nikolskoe auf Keunitz' Anweisung im Schubfach hatte verschwinden lassen, hatte sich die Situation mit Gertrud wieder zum Besseren gewendet. Das war nun kaum ein Vierteljahr her.

«Wir können unmöglich einfach beim schönen Willi klingeln und behaupten, es gebe da so einen Hinweis von jemandem, der obergeheim ist, quasi de facto nicht existiert. Demnach solle er etwas mit einer Leiche zu tun haben, zu der wir aber leider überhaupt nichts sagen können», unterbrach Galgenberg Kappes Gedankengang.

Wieder einmal stellte Kappe fest, dass der ehrenwerte Kollege immer dann zu berlinern aufhörte, wenn die Situation ernst wurde.

Um die Absurdität ihrer Aufgabe zu verdeutlichen, schlug sich Galgenberg mehrfach kräftig mit der flachen Hand gegen die Stirn. «Wat solln der schöne Willi darauf antworten? Der lacht sich doch scheckich. Dit können wa voll verjessen!»

Das mit dem Hochdeutsch klappt allerdings nur, wenn Galgenberg nicht wütend ist, stellte Kappe in Gedanken fest. Im Prinzip sah er es genauso wie sein Kollege. Sie hatten nichts in der Hand, um Keunitz den Wunsch zu erfüllen, Dreck aufzuwirbeln. Sie sollten den Hinweis vom Verfassungsschutz mit Vorsicht genießen. Nachgehen aber mussten sie ihm. Es war unmöglich, die Sache zu ignorieren. Doch auch wenn die Informationen äußerst dürftig ausfielen – sie waren ein kleiner Strohhalm. Vielleicht könnten sie den Fall Nikolskoe doch noch aufklären. «Hast du eine Ahnung, wo der schöne Willi sein Domizil hat?», erkundigte sich Kappe.

«Ick gloobe, in Alt-Lübars. Hat so een ufjepeppten Bauernhof jekooft. Über dit Anwesen stand ma wat inne Zeitung.»

«Fahr da am Montag vorbei. Nimm Kynast mit. Schaut euch um. Redet mit ein paar Leuten. Sagt, dass eine unbekannte junge Frau im vergangenen Herbst tot aufgefunden wurde und wir deshalb ermitteln. Alter, Körpergröße und Haarfarbe kennt ihr. Welche Kleidung sie am Tag ihres Todes trug, ist auch wichtig. Ach ja, und dass sie womöglich einen Gehfehler hatte. Dass es um Mord geht, erwähnt ihr allerdings nicht. Über alle anderen Details schweigt bitte auch. Ist jemandem im Mordzeitraum etwas Ungewöhnliches aufgefallen? Die Frau wurde zwischen November 1968 und Februar 1969 umgebracht. Hat irgendjemand die Frau beobachtet? Lasst euch sehen, und wenn einer von Willis Leuten fragt, zeigt eure Ausweise, sagt was von Routineuntersuchung und verweist darauf, dass wir uns in den kommenden Tagen wieder melden werden. Mehr als auf den Teppich klopfen können wir momentan nicht. Vielleicht staubt es ein bisschen. Wenn wir Glück haben, wird jemand nervös.»

Galgenbergs Stöhnen kam tief aus seinem Innern. «Ick hab schon so wat befürchtet. Alles klar, ick kümmere mir drum!»

Einen Augenblick lang standen beide auf dem Flur, starrten durch ein Fenster auf die Keithstraße und beobachteten die vorbeihastenden Passanten.

«Und was machen wir jetzt, so kurz vorm Wochenende?», erkundigte sich Galgenberg vorsichtig mit deutlicher Betonung des letzten Wortes.

«Ich habe noch etwas in Kreuzberg zu erledigen», erwiderte Kappe. Nach einer kurzen Pause ergänzte er: «Außerdem brauche ich dringend Luft. Ich muss das erst mal verdauen. Geh du zurück ins Büro und stell bitte alles, was wir über diesen Wilfried von Thalmann haben, zusammen. Presseartikel über den bunten Vogel wären auch ganz schön. Ich komme später nach.»

«Dann muss ick in die Stadtbibliothek.»

«Dann mach das!», sagte Kappe schulterzuckend.

Galgenberg zog die Stirn kraus und schaute seinen Chef an, der drehte sich um und lief mit energischen Schritten den Gang entlang.

Im Auslieferungslager des Berliner Fuhrunternehmens Liebscher genossen die Fahrer ihre Mittagspause. Niemand kümmerte sich um Helmut Gebhard, der die Lieferpapiere für die kommende Tour ins Bundesgebiet prüfte. Alles schien vollständig und korrekt zu sein. Der Lkw war mit Kisten voller Mikrofone beladen, die neuesten, die es derzeit auf dem Markt gab, die Hecktür war verplombt. Gebhard lief ruhig um das Fahrzeug herum und überprüfte die Reifen. Niemand störte ihn. Er öffnete die Fahrertür, steckte den Schlüssel ins Schloss, drehte ihn in Startposition, zog dann den Aschenbecher aus seiner Halterung und drückte kräftig auf das darunterliegende Blech, auf einen unauffälligen Schalter, den nur Eingeweihte kannten. Der Stromkreis schloss sich, und ein Anlassermagnet entriegelte verborgene Stifte im Bodenblech. Um sicherzugehen, dass ihn niemand beobachtete, schaute Gebhard prüfend zum Kabuff, in dem die anderen Kollegen ihre Pause verbrachten. Alles war ruhig. Vorsichtig klappte er den Fahrersitz nach vorn. Nun brauchte er nur noch die Bodenplatte wegzuschieben, und ein eigens präparierter Hohlraum wurde sichtbar. Viel Platz bot er nicht. Er reichte gerade für eine Person, die sich in Embryonalhaltung zusammenkrümmte. Das Versteck lag gut getarnt zwischen Motor und Tank. Selbst Spürhunde schlugen wegen des starken Benzin- und Ölgeruchs nie an, wenn er jemanden darin schmuggelte.

Sieben Fluchten hatte Helmut Gebhard bisher mit dem umgebauten Lkw des Fuhrunternehmens ermöglicht. Das Versteck war perfekt. Selbst eine einstündige Inspektion am Grenzübergang Staaken war erfolglos gewesen.

Diesmal würde er die Ladung an einen Partner in Hamburg liefern und anschließend hochwertiges Papier laden, das er am Montag an die Bundesdruckerei in der Kommandantenstraße hinter dem Axel-Springer-Haus übergeben musste. Niemand in der Firma ahnte, dass er in der Nähe von Nauen einen kurzen Zwischenstopp auf einem Waldweg einlegen würde. Nur der Inhaber der Firma Liebscher wusste von dem Umbau des Lkw und seinen regelmäßigen Aktionen. Gebhard kannte das Gerücht, dass der Chef des Unternehmens, Bernd Liebscher, seinen Bruder bei einem Fluchtversuch verloren hatte, als der im Februar '64 versucht hatte, den Teltowkanal zu durchschwimmen. Offensichtlich fühlte sich Liebscher schuldig am Tod seines Bruders, weil er ihn nicht von dem irrsinnigen Plan hatte abbringen können. Seitdem tat er alles dafür, anderen bei ihrer Flucht zu helfen. Für ihn war eine derartige Hilfe anscheinend das einzige Mittel, um Abbitte zu leisten.

Den Umbau des Lkw hatte Wilfried von Thalmann an einem Wochenende auf seinem Anwesen vornehmen lassen. Die Idee stammte von einem befreundeten Fluchthelfer, der mit einem Cadillac Flüchtlinge über die deutsch-tschechoslowakische Grenze geschmuggelt hatte. Dem war es drei Jahre lang gelungen, die Grenzposten mit seinem fast sechs Meter langen amerikanischen Schlitten zu narren. Zweihundert Flüchtlingen hatte das Nobelgefährt in die Freiheit verholfen. Das Versteck hatte hinter dem Armaturenbrett gelegen, und wer die Reise gen Westen angetreten hatte, hatte gut getarnt auf dem Rücken mit angewinkelten Beinen im Kotflügel gelegen.

Gebhard prüfte noch einmal den geheimen Raum im Lkw. Wie immer schüttelte es ihn, wenn er an die Enge dachte. Er selbst könnte eine derartige Tortur nicht durchstehen, neigte er doch schon in geschlossenen Räumen zu Atemnot und Panikattacken. Mitfühlend legte er eine zusammengelegte Decke in das präparierte Versteck. Mehr konnte er nicht tun. Sorgsam zog er die Bodenplatte wieder in ihre Verankerung, stellte den Sitz zurück und steckte den vollen Aschenbecher in seine Halterung. Zufrieden schaute er auf die Uhr. Mindestens sieben Stunden dauerte eine Fahrt über die Fernverkehrsstraße 5 nach Hamburg, vorausgesetzt, die Kontrolle am Grenzübergang Lauenburg würde sich nicht wieder endlos in die Länge ziehen.

Otto Kappe musste nichts in Kreuzberg erledigen. Er hatte dies nur vorgegeben, um ungestört zu sein. Nach dem Gespräch mit Kriminalrat Friedhelm Keunitz war er in den neuen VW Käfer gestiegen, den sich seine Frau Gertrud und er Anfang des Jahres geleistet hatten. Inzwischen war er fünf Stundenkilometer schneller unterwegs, als die Polizei erlaubte. Warum er geradewegs zum Kreuzberg fuhr, wusste er selbst nicht. Er stellte das Auto in der Methfesselstraße ab. Zügig ging er an den vor zwei Jahren angelegten Weinstöcken vorbei. Normalerweise schmunzelte er über derartige Ambitionen. Einige Enthusiasten glaubten ernsthaft, dass Berlin auch als Weinstadt einen Ruf zu verteidigen hatte. Tatsächlich hatten Bauern vom 15. bis zum 18. Jahrhundert auf der ursprünglich Götzescher Weinberg genannten Erhebung Weinbau betrieben. Einen Namen für den Rebensaft, der hier künftig wieder hergestellt werden sollte, gab es auch schon: Kreuz Neroberger.

Kappe ließ sich auf einer Bank unterhalb des gusseisernen Nationaldenkmals für die Siege in den Befreiungskriegen nieder und erinnerte sich an einen Sonntag im September des vergangenen Jahres. Es war ein wunderbarer Tag gewesen, der letzte für eine lange Zeit. Gertrud und er hatten auf der Terrasse des Blockhauses Nikolskoe gesessen, mit Heißhunger riesige Wiener Schnitzel verspeist und die freie Zeit genossen. Von dort bot sich ein wunderschöner Ausblick auf die untere Havel und die Pfaueninsel. Andächtig hatten beide dem Glockenspiel der Kirche St. Peter und Paul gelauscht, die nur einen Steinwurf entfernt lag. Damals hatte er nicht geahnt, dass nur Stunden später kaum einen Kilometer entfernt eine Frauenleiche im Wald gefunden werden würde.

Aus seinen Gedanken auftauchend, starrte Kappe auf das in Form eines gotischen Tabernakels gestaltete Denkmal auf dem Kreuzberg. Die zwölf Genien erinnerten an gewonnene und verlorene Schlachten und waren allesamt preußischen Heerführern und Mitgliedern des Königshauses nachempfunden. Mit der Einweihung des Denkmals war aus dem Götzeschen Weinberg der Kreuzberg geworden, zumindest hatte Kappe das in einem Zeitungsartikel gelesen. Grund für die Umbenennung war wahrscheinlich jenes eiserne Kreuz, das das heroische Denkmal krönte.

Siege und Niederlagen prägten auch Kappes Leben. Erfolge waren für ihn eine Selbstverständlichkeit. Ungelöste Fälle ließen ihn dagegen nachts nicht schlafen. Die jahrelange Arbeit in der Mordkommission war nicht spurlos an ihm vorbeigegangen. Sicher, er liebte seinen Beruf, doch all die Verbrechen, mit denen er in seinem langen Berufsleben konfrontiert worden war, wirkten wie eine Bleivergiftung. Die Tote von Nikolskoe glich dem berühmten Tropfen, der das Fass zum Überlaufen gebracht hatte.

Ein Förster hatte die Überreste der jungen Frau, die im Unterholz des Düppeler Forstes versteckt worden waren, gefunden. Einen Tag später hatte Kriminalrat Keunitz den Fall Kappe und seinen Kollegen übertragen. Kappe hatte als Erstes mit dem Mann gesprochen, der den Fund gemeldet hatte. Genau genommen war Trotzki, der Dackel des Försters, der Entdecker der Leiche. Der Waldhüter gab zu Protokoll, dass er gerade die Überprüfung eines Spätbrutplatzes der vom Aussterben bedrohten Schleiereule abgeschlossen hatte und auf dem Rückweg gewesen war, als sein Hund sich aufgeregt gebärdet habe. Er habe einen Augenblick zu spät reagiert, aber schon geahnt, dass etwas nicht stimmte. Trotzki sei unruhig um einen Stapel Holz herumgerannt und habe herzzerreißend gejault. Genüsslich habe er dann seinen Oberkörper über etwas Undefinierbarem gewälzt. Für den Förster ein klares Zeichen dafür, dass unter dem Gestrüpp Verwesendes lag. Weiterhin hatte er zu Protokoll gegeben, dass alle Versuche, den Hund zum Einhalten zu bringen, erfolglos gewesen waren. «Trotzki hat sich aufduften wollen, um seinen Eigengeruch zu kaschieren. Die Ausdünstungen von madenzerfressenem Fleisch sind für Hunde so etwas wie Chanel No. 5.» Kappe erinnerte sich noch genau an die Worte des Försters. Erst dann sei dem Mann klar geworden, dass er die Überreste eines Menschen vor sich hatte. Geschockt sei er zurückgewichen, habe aber wahrgenommen, dass der Körper in einem bunten Kleid steckte.

Bei der stark verwesten Leiche handelte es sich um eine junge Frau, Mitte oder Ende zwanzig, mit mittellangen brünetten Haaren, zirka 1,72 Meter groß. Besondere Kennzeichen: keine. Ihr Kleid stammte von C & A und war schon seit einigen Jahren aus der Mode. Dennoch hatte Kappe prüfen lassen, wer dieses Modell produziert hatte, wo es hergestellt und wohin es geliefert worden war. Alle Filialen in West-Berlin und im Bundesgebiet schienen es im Sortiment zu haben. Auch die einschlägigen Versandhäuser. Fast war es Kappe so vorgekommen, als besäße jede modisch bewusste Frau ein Sommerkleid dieser Art.

Das Opfer war erschlagen worden. Das Gerichtsmedizinische Institut im Krankenhaus Moabit hatte eindeutig eine tödliche Verletzung am Schädel nachgewiesen. Der Schlag war mit einem spitzen Gegenstand, einem kleinen Hammer, einem handlichen Eispickel oder etwas Ähnlichem, ausgeübt worden und hatte das Schläfenbein im oberen Bereich zerstört. Wahrscheinlich war der Tod nicht sofort eingetreten. Laut Bericht war entweder ein Blutgefäß, vermutlich die Arteria meningea media, getroffen worden, sodass das Opfer verblutet war, oder es hatte eine durch den Schlag bedingte Gehirnverletzung zum Tod geführt. Der Zeitpunkt der Ermordung lag laut dem verantwortlichen Gerichtsmediziner Dr. Konrad König zwischen Anfang November 1968 und Ende Februar des vergangenen Jahres. Eine genauere Eingrenzung des Zeitpunkts war wegen des Zustands der Leiche und der witterungsbedingten Einflüsse nicht möglich gewesen. Aufgrund des harten Winters 1968/69, der als sonnenscheinärmster seit Beginn regelmäßiger Wetteraufzeichnungen galt, war der Verwesungsprozess nur langsam vorangeschritten und die Tote sozusagen bis zum Frühjahr auf Eis gelegt gewesen. Daher die Ungenauigkeit. Noch im März hatte man in Dahlem eine Schneehöhe von 52 Zentimetern gemessen, in Potsdam waren es sogar 70 Zentimeter – Werte, wie man sie zu dieser Jahreszeit noch nie registriert hatte. Die warmen Monate von April bis August hatten den Verwesungsprozess dann aber beschleunigt. Die Tatsache, dass die Tote zum Zeitpunkt ihrer Ermordung ein Sommerkleid getragen hatte, passte nicht zum prognostizierten Todeszeitpunkt und hatte daher für einige Spekulationen gesorgt. Inzwischen glaubte Kappe fest daran, dass der Täter dem Opfer die Kleidung angezogen hatte. Nur warum, war ihm ein Rätsel.

Als die Leiche im September 1969 gefunden worden war, war ihre Verwesung so weit fortgeschritten, dass weder Gesicht noch Fingerabdrücke Auskunft über ihre Identität hätten geben können. Dr. König hatte bei der Obduktion eine chirurgische Schraube gefunden, die auf eine komplizierte Hüftoperation hinwies. Zweifelsfrei musste die junge Frau vor ein paar Jahren einen Unfall erlitten haben, höchstwahrscheinlich einen Autounfall. Da das rechte Bein seitdem etwas kürzer war, ging der Gerichtsmediziner davon aus, dass sie gehinkt hatte. Das gefundene medizinische Implantat wurde seit Jahren in westdeutschen und West-Berliner Operationssälen verwendet. Doch trotz der klar umrissenen Diagnose und der Röntgenbilder des längst verheilten Bruchs fand sich kein Krankenhaus, das eine Patientin mit einer derartigen raktur behandelt hatte. Die Befragungen der Mitarbeiter des Wirtshauses Moorlake, des Blockhauses Nikolskoe und des Restaurants Pfaueninsel an dem Fähranleger brachten ebenfalls keine Erkenntnisse. Und der Ordner mit den Vermisstenmeldungen half auch nicht weiter. Selbst die Nachforschungen bei Interpol verliefen ergebnislos. Niemand schien die Frau zu vermissen. Nach sechs erfolglosen Monaten hatte Keunitz schließlich die Anweisung gegeben, die Akte vorerst im Fach für nasse Fische verschwinden zu lassen. Ein weiterer Fall, der auf eine geniale kriminalistische Eingebung oder einen Zufall wartete. Seitdem ruhte die Unbekannte auf dem Friedhof Schöneberg. Der kleine Stein am Kopf des Grabes trug nur eine Nummer.

Dass der Verfassungsschutz die Tote nun mit Wilfried von Thalmann in Zusammenhang brachte, war kein Zufall, das wusste Kappe. Man hatte einem blinden Huhn ein Korn zugeworfen.

Am Nachmittag kehrte Otto Kappe in sein Büro zurück. Auf seinem Schreibtisch fand er eine schmale Akte, einen kurzen Bericht über Wilfried von Thalmann, geborener Böttcher. Galgenberg hatte die Unterlagen wie immer akkurat zusammengetragen. Daneben lag ein Zettel: *Bin in der Stadtbibliothek, Zeitschriften schmökern. Und dann ist Wochenende!*

Kappe wusste, am Montag würde sein Kollege eine erlesene Sammlung von Zeitungsartikeln vorlegen, denen eines gemeinsam sein würde: Sie würden reißerisch über Wilfried von Thalmann berichten. Neugierig nahm er die Akte in die Hand und begann zu lesen.

Wilfried Böttcher, 1935 in Guben geboren, lebte seit 1955 in West-Berlin. 1962 war er als 26-Jähriger von Nora von Thalmann adoptiert worden. Es folgten Angaben über seinen Wohnort in Alt-Lübars und das Register seiner Straftaten. Otto Kappe überflog die Liste kleinkrimineller Vergehen: Diebstahl, Hehlerei, Betrug, Körperverletzung … Das war nichts Besonderes, auffällig erschien ihm nur, dass keines der eingetragenen Delikte direkt mit Fluchthilfe in Verbindung stand. Lediglich ein Eintrag aus dem letzten Jahr deutete auf ein Passvergehen oder etwas Ähnliches hin. Es hieß, dass gegen Thalmann Ermittlungen wegen Urkundenfälschung eingeleitet worden seien. Allerdings waren die Untersuchungen wegen Geringfügigkeit eingestellt worden.

Strafrechtlich ließ sich Wilfried von Thalmann nicht beikommen. Es bedurfte weiterer Informationen. Wenn der Verfassungsschutz seine Finger im Spiel hatte, musste er mehr über den schönen Willi wissen. Kappe erinnerte sich, von einem Mitarbeiter des Verfassungsschutzes gehört zu haben, der Kontakt zur Fluchthelferszene hielt. Glaubte man den Gerüchten, leitete dieser nicht nur relevante Informationen, sondern auch Geld, das er von dritter Seite erhielt, an die einzelnen Fluchthelfergruppen weiter. Der Mann agierte unter einem Decknamen. Wenn Kappe seinem Gedächtnis vertrauen durfte, lautete dieser Merlin.

Otto Kappe nahm den Telefonhörer zur Hand und ließ sich zu Kriminalrat Keunitz durchstellen. Sein Vorgesetzter wollte, dass er Dreck aufwirbelte, also musste er ihm auch das nötige Werkzeug zukommen lassen.

VIER

Sonnabend, 20. Juni 1970

MAJOR GERALD SCHWARZ machte es sich so bequem wie möglich auf dem durchgesessenen Sofa in der Dunckerstraße, zweiter Hof, Seitenflügel, in Prenzlauer Berg. Die Wohnung im fünften Stock des heruntergekommenen Hauses lag direkt unter dem Dach, war schlicht eingerichtet und existierte offiziell nicht im Register des Amtes für Wohnungswesen in Ost-Berlin. Zuweilen schliefen hier Personen, die im Auftrag der Staatssicherheit handelten. Dass die Wohnung für konspirative Zwecke genutzt wurde, wussten die Bewohner, dennoch schwiegen sie. Niemand hatte das Bedürfnis, auf sich aufmerksam zu machen oder wegen allzu offensichtlicher Neugier ins Fadenkreuz von Horch und Guck zu geraten. Bekamen Bewohner des Hauses Besuch, wurde dieser ordnungsgemäß im Hausbuch eingetragen.

Major Schwarz blätterte in dem Buch und prüfte all jene Personen, die länger als drei Tage zu Besuch in der DDR waren. Er studierte den Namen, das Geburtsdatum, die Staatsbürgerschaft, die zurzeit ausgeübte Tätigkeit und die Anschrift. Alles schien seine Richtigkeit zu haben. Einzig eine Besucherin aus Berlin-Steglitz fand sein Interesse. Eine ältere Dame, die zur Beerdigung ihrer Schwester eingereist war, hatte bei ihrem Bruder übernachtet. Offensichtlich war es der Steglitzerin gelungen, eine der seltenen Ausnahmegenehmigungen zu erhalten, die man in solchen Fällen erteilte. Passierscheine für den Besuch von Familienmitgliedern gab es schon seit 1966 nicht mehr. Wenn es nach Schwarz ging, konnte das so bleiben. Großzügigkeit führte nur dazu, dass wieder ein paar Unbelehrbare illegal die DDR verließen. Er notierte sich den Namen der Frau und das Datum des Grenzübertritts. Die Meldung von Nicht-DDR-Bürgern bei der Volkspolizei musste innerhalb von 24 Stunden erfolgen. Er würde das prüfen lassen.

Als Sonderbeauftragter einer Gruppe ausgesuchter Mitarbeiter war Major Schwarz der Abteilung Infiltration des Ministeriums für Staatssicherheit zugeordnet worden und koordinierte geheime Maßnahmen, die die Aktivitäten der Fluchthelferszene unterminierten. Offiziell existierte die Gruppe nicht. Regeln gab es auch keine. Die einzige Vorgabe, die er zu erfüllen hatte, war, Erfolg zu haben. Selbst innerhalb des MfS wusste kaum jemand von dieser Abteilung. Schwarz war allein dem Chef der Staatssicherheit Erich Mielke Rechenschaft schuldig.

Die Arbeit seiner kleinen Gruppe war überaus erfolgreich. Erst im März hatte ihn ein Kontaktmann aus Westdeutschland über die Fluchtabsicht eines renommierten Physikers informiert. Geplant gewesen war, dass der Mann am letzten Tag der Leipziger Messe im Gehäuse einer Werkzeugmaschine außer Landes gebracht werden sollte. Eine herausragende Kapazität, auf die der sozialistische Staat nicht verzichten konnte. Bei der Kontrolle des Lastzugs am Grenzübergang Wartha hatten Grenzschützer den Republikflüchtling scheinbar zufällig entdeckt. Tatsächlich war Major Schwarz bis ins kleinste Detail über den illegalen Grenzübertritt informiert gewesen. Datum, Uhrzeit, Wagentyp, Nummernschild und selbst der Führer des Lastzugs waren bekannt. Ein Wachhund hatte beim Vorbeigehen angeschlagen. Dass der trainierte Hund das immer tat, wenn er einen bekannten Summton hörte, der per Knopfdruck ausgelöst wurde, war eines der strenggehüteten Geheimnisse der Abteilung Infiltration. Bei der anschließenden Kontrolle hatten die Grenzschützer den Physiker aufgespürt. Er war mit erhobenen Händen abgeführt worden. Der Fahrer ebenfalls. Für den jungen Schwaben war es sein erster Auftrag gewesen. Der kaum Dreißigjährige wurde vor Gericht gestellt und bekam wegen verbrecherischen Menschenhandels zwölf Jahre aufgebrummt.

Als die Klingel kurz und energisch meldete, dass sein Gast vor der Tür stand, schlug Major Schwarz das Hausbuch zu, legte es auf die Anrichte und öffnete die Haustür. Sobald er den Besucher erkannte, blickte er unzufrieden auf die Uhr. «IM Gensfleisch, Sie sind spät dran! Gab es Probleme?»

«Den IM können Sie sich sparen!» Der Angesprochene holte tief Luft. «Lief alles wie abgesprochen. Fast.»

Schwarz wusste, dass sich sein Gast über die Begrüßung ärgerte. Zwar hatte dieser ihn mehrmals darum gebeten, niemals mit seinem echten Namen angesprochen zu werden, was der Major durchaus respektierte, aber ab und an erschien es Schwarz sinnvoll, den Spitzel an seine Abhängigkeit zu erinnern. Mit müder Geste bat er ihn herein. «Was meinen Sie mit *fast*?»

«Es gab eine kleine Schrecksekunde, weil der Grenzer meine Aktentasche durchsuchen wollte. Glücklicherweise hat sein Vorgesetzter mich durchgewunken.»

«Na, dann ist doch alles perfekt. Haben Sie die Ausweise dabei?»

«Warum sollte ich denn sonst hierhergekommen sein? So viel Grau – da bekommt man Depressionen. Und dieses Loch hier ist ja wohl das Letzte!» Angewidert schaute sich Gensfleisch um und schüttelte den Kopf. «Wenn ich auf dieser Seite des Eisernen Vorhangs leben müsste, würde ich auch abhauen.» Dann legte er fünf Personalausweise auf den Tisch. Vier waren ausgestellt auf männliche Personen mittleren Alters, einer war für eine Frau, die im vergangenen Monat ihren 22. Geburtstag gefeiert hatte.

Langsam und gewissenhaft blätterte der Stasi-Offizier jeden einzelnen Pass durch. «Den hier behalte ich ein», entschied Major Schwarz in einem Ton, der keinen Widerspruch duldete. «Die der Männer können Sie verwenden.»

«Dachte ich mir», erwiderte Gensfleisch. «Manchmal glaube ich, in den einschlägigen Etablissements rund um den Kurfürstendamm arbeiten nur noch Kommunistinnen. Beine spreizen für den Sieg der Weltrevolution. Ich habe schon ernsthaft daran gedacht, ob ich einen freundlichen Gruß von Ihnen ausrichte und um Rabatt bitte», sagte er albern. Sein Lachen erstarb aber sofort wieder.

Der Stasi-Offizier wippte ein wenig auf den Zehenspitzen und schaute sein Gegenüber abfällig an. «Lieber Freund, unterlassen Sie diese dummen Bemerkungen! Für wen sind die Pässe gedacht?», erkundigte er sich und wies auf die verbliebenen vier Ausweise. Aus seinem Aktenkoffer nahm er einen kleinen Fotoapparat und begann, jeden einzelnen Pass abzulichten. Den Zettel mit den Namen beachtete er vorerst nicht. «Gensfleisch, ich frage mich, was Sie mit den Ausweisen anfangen wollen. Die Grenze ist dicht. West-Berliner können schon seit Jahren nicht in die Hauptstadt der DDR. Einem Bürger der DDR den Ausweis eines West-Berliners zu geben, der ihm ähnlich sieht, damit er widerrechtlich die Grenze passieren kann, ist schon lange nicht mehr möglich. Private Besuche haben wir aus gutem Grund unterbunden. Abgesehen davon, heute verwenden wir Visa.»

Gensfleisch schien die Bemerkung zu amüsieren. «Wer redet denn vom kleinen Grenzverkehr? Ein bisschen mehr Fantasie, Genosse Major! Die Welt ist groß. Kein West-Berliner verbringt seinen Urlaub freiwillig in Ost-Berlin oder gar in Ihrer geliebten DDR. Glücklicherweise gibt es eine Menge Ostblockstaaten, die sich über devisenstarke Urlauber freuen. Zollbeamte lernen dazu, Fluchthelfer aber auch. Visastempel nachzumachen ist nun wirklich kein Problem. Über den Versuch Ihrer Behörde, das Fälschen von Pässen durch den Wechsel der Stempelfarbe zu erschweren, können Fluchthelfer nur lachen. Es gibt keine Farbe, die nicht gefälscht werden kann. Das Informationssystem ist perfekt. Welche Farbvariante ungarische, bulgarische oder jugoslawische Beamte morgens auch immer festlegen, sie ist spätestens eine Stunde später bekannt.»

Einen Augenblick lang hörte Major Schwarz auf zu fotografieren. Er ließ sich die Informationen durch den Kopf gehen. Dass die Stempel erst kurz vor der Ausreise gefälscht wurden, war ihm neu. «Interessant, Ihnen zuzuhören!», bemerkte er erfreut und lichtete den nächsten Ausweis ab. Als er fertig war, gab er Gensfleisch die Pässe zurück und hielt ihm die ausgestreckte Hand entgegen.

«Hat nicht euer Marx auch von Angebot und Nachfrage gefaselt? Ausweispapiere bringen auf dem Schwarzmarkt inzwischen gut und gern eine vierstellige Summe. Ein Pass weniger schmälert meinen Gewinn erheblich. Ein kleiner Abschlag wäre angemessen, oder?», bemerkte Gensfleisch. Offensichtlich wollte er die gute Laune seines Führungsoffiziers ausnutzen. «Einen Ausweis einzubehalten und trotzdem die gesamte Prämie zu verlangen empfinde ich nicht gerade als fairen Handel.»

«Seien Sie nicht so kleinlich! Wenn die Preise steigen, profitieren Sie schließlich davon. Zur Erinnerung: Wir haben genug Material gegen Sie in der Hand. Oder verlangt es Sie nach einer Einraumwohnung im ‹Gelben Elend› wegen verbrecherischen Menschenhandels, Gensfleisch?», drohte der Major beiläufig.

Der Hinweis auf das berüchtigte Gefängnis in Bautzen ließ den inoffiziellen Mitarbeiter einen Augenblick verstummen. «Mit Ihnen zu verhandeln ist immer wieder eine große Freude», sagte er schließlich betont gelassen und legte den verlangten Umschlag in die Hand von Major Schwarz. Dann schob er den Zettel über den Tisch, auf dem jene Personen aufgelistet waren, für die die Pässe gedacht waren. «Wäre schön, wenn das klappt.»

«Wir prüfen das», bemerkte der Major lakonisch. Sorgfältig steckte er den Umschlag mit dem Geld in den Aktenkoffer, nahm anschließend die Liste mit den Namen und überflog sie kurz. Lächelnd legte er sie ebenfalls in den Koffer, den er dann ordentlich schloss. «Vier Ausweise. Zwanzigtausend D-Mark. Möglicherweise mehr. Klingt nach einem guten Geschäft. Was machen Sie eigentlich mit dem ganzen Geld?»

Gensfleisch zuckte mit den Schultern. Die Frage war rhetorisch gemeint, eine Antwort erwartete Major Schwarz nicht. Er war zufrieden und im Begriff zu gehen. Dann erinnerte er sich daran, dass das Hausbuch noch auf der Anrichte lag. «Ich kann mich doch auf Sie verlassen, wegen des leidigen Problems?», fragte Gensfleisch mit ernster Miene.

Der Offizier der Staatssicherheit drehte sich langsam um und schaute sein Gegenüber mit unverhohlener Abscheu an. Er sprach es nicht aus, aber Verräter betrachtete er als Abschaum, selbst wenn sie der feindlichen Seite angehörten. Jemanden aus den eigenen Reihen ans Messer zu liefern widersprach seinem Kodex. «Die Genossen an der Grenze wissen Bescheid. Wir ziehen den Kerl aus dem Verkehr. Und Gensfleisch, die West-Berliner Kontaktnummer rufen Sie nur an, wenn ein Notfall vorliegt!»

Gensfleisch schien erleichtert zu sein.

«Viel Spaß im Hotel Unter den Linden. Sie nächtigen doch an der Friedrichstraße, oder? Ach, übrigens, die meisten jungen Damen, denen sie da begegnen, spreizen – wie formulierten Sie so treffend? – auch die Beine für den Sieg der Weltrevolution. Also Finger weg! Ihre Aufgabe ist die *Schaffung operativer Voraussetzungen zur Kompromittierung der Führungskader der Feindorganisationen.* Mit anderen Worten, die Damen akquirieren neues Personal.»

Gertrud Kappe nannte ihren Mann gern einen Süßschnabel, obwohl Otto Kappe selbst keineswegs der Meinung war, dass diese Bezeichnung auf ihn zutraf. Tatsächlich aber konnte er zu Kuchen schlecht Nein sagen. Erst recht nicht zu Schwarzwälder Kirschtorte.

Das Café Kranzler war gut besucht, und nur mit etwas Glück gelang es Otto Kappe, einen Tisch zu ergattern. Das Pärchen in dem bayerischen Trachtenverschnitt schaute pikiert auf den Berliner, der unerwartet flink das Geschirr der Vorgänger zusammenschob. Die bereits länger wartenden Touristen ignorierend, setzte sich Otto an den freien Tisch, stellte die Teller und Tassen gekonnt aufeinander, reichte sie dem Kellner und grinste frech über das ganze Gesicht. «Dit jeht hier nach de Müllermethode: Wer zuerst kommt, mahlt zuerst.»

«Saupreuß!», war der kurze und abfällige Kommentar des

verärgerten Schluchtenjodlers – so, erinnerte sich Kappe, pflegte Galgenberg gern die Bayern zu bezeichnen. Otto ignorierte die Bemerkung wie auch Gertruds Kopfschütteln. Seine Frau schien zwar für den Tisch dankbar, schämte sich aber offenbar ein wenig für ihren Mann. Verärgert verließ das Trachtenpärchen die Terrasse, und Otto war sich sicher, dass die beiden an den Berlinern im Allgemeinen wie an ihm im Besonderen kein gutes Haar lassen würden. «Und grüß Jott, wennan seht!», murmelte Otto der Vollständigkeit halber.

«Du berlinerst doch sonst nicht so», stellte Gertrud erstaunt fest und deutete bittend auf die Speisekarte. «Seitdem Galgenberg sich verstärkt um die Bewahrung des Berlinerischen verdient macht, färbt das wohl auch auf dich ab.»

Otto zuckte mit den Schultern, reichte seiner Frau die Karte und überlegte, ob er zur Schwarzwälder Kirschtorte eine Extraportion Schlagsahne nehmen oder doch lieber auf die Vernunft hören sollte. Der Griff an den Bauch ließ die innere Waage zugunsten der Warnung ausschlagen, der Blick zum Nachbartisch die Bedenken ob der kalorienreichen Verführung indes als überzogen abtun.

Von der Terrasse aus konnten sie genüsslich die vorbeischlendernden Passanten beobachten. Herausgeputzte Damen. Keck, nach Art der Hippie-Mode gekleidete junge Mädchen, bauchfrei und mit Sandaletten, die nur aus Lederschnüren zu bestehen schienen. Halbstarke mit hochtoupierten Haaren und bunten Hemden, die den Mädchen hinterherschauten. Touristen aus fernen Ländern. Und Geschäftsleute, denen nicht aufzufallen schien, dass Wochenende war. Auf dem Kudamm feierte West-Berlin seine Unbekümmertheit. Nichtstun, Kaffeetrinken, Kuchenessen und zwischen Bewundern und Wundern hin- und herschwanken. So sah nach Gertruds Meinung ein perfekter Sonnabendnachmittag aus.

«Gibt es etwas Neues im Fall der Toten von Nikolskoe?», erkundigte sie sich.

Otto, der mit seiner Kuchengabel die Reste der Schlagsahne zusammenkratzte, wusste sofort, dass Gertrud mit ihrer Frage soeben den schönen Nachmittag verdorben hatte. Augenblicklich waren wieder all die Probleme und Ungereimtheiten präsent, wegen denen er sich den Kopf zermarterte. Schlimmer noch, Gertrud durchschaute ihn. Als wäre ihm schlagartig der Appetit vergangen, schob er den Teller zur Seite, wischte sich mit der Serviette den Mund ab, legte sie auf den Teller und beschwerte sie anschließend mit der Gabel, damit der Wind sie nicht wegwehte. Wie ein Schüler, der beim Abschreiben erwischt worden war, schaute er über den Tisch. Woher wusste Gertrud, dass er erneut diesem Fall nachging?

Sie schien seine Gedanken lesen zu können. «Unser Sohn Peter hat Hans-Gert gestern vor der Stadtbibliothek getroffen. Dein Kollege wollte dort in alten Zeitungen stöbern. Es gebe neue Entwicklungen im Fall Nikolskoe. Offensichtlich ein Auftrag von dir. Erst habe ich geglaubt, Peterchen hat sich verhört. Ich habe das für ein Missverständnis gehalten. Aber nachdem du heute freiwillig vorgeschlagen hast, mit mir zum Schaufensterbummel auf dem Kudamm zu flanieren, und sogar bereit warst, im Kranzler einzukehren, weiß ich, er hat sich nicht verhört.»

«Peter ist in Berlin?», fragte Otto erstaunt

«Ja, er hat ein paar Tage frei und erkundigt sich nach Möglichkeiten sich weiterzuqualifizieren.»

«Er will noch mal studieren? Wieder an der FU?»

Gertrud zögerte einen Moment, bevor sie antwortete: «Nein, nicht, was du denkst. Er will sich beruflich weiterentwickeln. Genaues weiß ich auch nicht. Aber du versuchst nur abzulenken. Wir sprachen über den Fall Nikolskoe. Wann gedachtest du denn, mir die Neuigkeit mitzuteilen?» Sie betrachtete kurz sein kummervolles Gesicht und starrte dann in die Ferne. «Otto, erspare mir diesen Dackelblick!»

Sie war ernsthaft verärgert. Zu Recht, wie Otto sich eingestand. Natürlich hätte er sie darüber informiert, dass er wieder an dem Fall Nikolskoe arbeitete, aber erst in der kommenden Woche. Möglicherweise wären die neuen Ermittlungen schon in ein paar Tagen abgeschlossen.

Der Mordfall Nikolskoe hatte ihre Beziehung erschüttert. Während dieser Zeit war er sehr dünnhäutig gewesen, schnell gereizt und genervt von den Anforderungen des Alltags sowie den Erwartungen seiner Frau. Er hatte es sie nicht nur spüren lassen, sondern es ihr auch in einem Augenblick der Wut gesagt.

Sie hatte ihn damals zum Mittagessen gerufen, und nachdem er bei der dritten Aufforderung immer noch nicht reagieren wollte, hatte sie erbost gefragt: «Übertreibst du nicht ein bisschen? Ich nehme meine Arbeit ja auch nicht mit nach Hause.»

Ohne zu überlegen, hatte er ungehalten reagiert. «Du mit deinen kleinen Buchhalterproblemen und Bürobefindlichkeiten hast doch von dem, was ich tue, keine Ahnung! Das Schlimmste, was dir als Prokuristin passieren kann, ist, dass eine Sarotti-Rechnung nicht stimmt. Das lässt sich aber korrigieren, das bringt niemanden um.»

Gertrud hatte nichts erwidert und ihn nur wie einen Fremden angestarrt. Schweigend hatten sie gegessen, schweigend den Rest des Tages verbracht.

Am nächsten Morgen war Gertrud zu einer Freundin gezogen. Abstand war die einzige Nähe, die sie zusammenhielt. Es dauerte eine Woche, bis Gertrud zurückkehrte. Otto hatte sie angefleht zurückzukommen, ihr versprochen sich zu ändern und sich als verbohrt, ungerecht und egoistisch bezeichnet. Sie hatte ihn angeschaut und still und vorsichtig erwidert: «Versuchen wir es.»

Inzwischen waren die Wunden vernarbt. Er bemühte sich. Sie genoss die Aufmerksamkeit, die er ihr seitdem entgegenbrachte.

Verlegen räusperte Otto sich. «Ich hatte noch keine Gelegenheit, es dir zu sagen. Keunitz selbst hat angeordnet, den Fall wieder aufzurollen. Wir haben neue Informationen erhalten. Wir müssen dem nachgehen. Glaub mir, ich habe mich nicht darum gerissen.» Er legte seine Hand auf ihren Arm.

Sie zog den Arm nicht weg, schaute ihren Mann aber auch nicht an. «Otto, ich respektiere deine Arbeit. Das habe ich immer getan. Ich kann einschätzen, was sie dir bedeutet. Aber niemand weiß besser als ich, was sie mit dir macht. Ich bin diejenige, die dich nachts festhält, wenn Albträume dich plagen. Immer habe ich dir den Rücken freigehalten. Ich liebe dich, weil du bist, wie du bist. Es gibt aber noch ein Leben neben deiner Arbeit. Vergiss das nicht wieder. Ein zweites Mal kehre ich nicht zurück.»

Beide schwiegen. Mehr gab es nicht zu sagen. Eine weitere Entschuldigung wäre unglaubhaft gewesen, und deutlicher hätte sie ihre Warnung nicht formulieren können.

«Wird Peter bei uns übernachten?», fragte Otto und hoffte, gemeinsam mit seinem Sohn das WM-Spiel Deutschland gegen Uruguay um Platz drei sehen zu können.

Gertrud schüttelte bedauernd den Kopf. «Er ist nur kurz in Berlin und schläft bei Freunden.»

Die Bar im Hotel Unter den Linden in Ost-Berlin war so früh am Abend noch nicht gut besucht. Gensfleisch saß auf einem der Hocker und quälte sich mit einem Whisky *Made in GDR*. Normalerweise bevorzugte er schottischen Whisky, da dieser aber nicht in den Osten exportiert wurde, sah er sich genötigt, es mit Hochprozentigem aus der Zone zu versuchen. Der Falckner besaß zwar eine ansprechende Farbe und hatte 43 Umdrehungen, dennoch beleidigte das Destillat seine verwöhnten Geschmacksknospen. Glaubte Gensfleisch dem Barmixer, erinnerte der Name an die Familie C.W. Falckenthal. Der Whisky stammte aus der gleichnamigen Luckenwalder Brennerei, die auf eine jahrhundertealte Tradition zurückblicken konnte. Dass es überhaupt Whisky im Osten gab, war einem Staatsführungsbeschluss zu verdanken. Die Privatbrauerei produzierte seitdem das Gesöff, vermochte aber mit dieser Spirituose allenfalls das trinkfeste Proletariat zu begeistern.

Gensfleisch, dem die unverhohlene Drohung mit ein paar Jahren Bautzen nicht aus dem Kopf ging, bestellte sich ein weiteres

Glas Falckner und hoffte auf einen Gewöhnungseffekt. Tatsächlich hatte die Staatssicherheit genug in der Hand, um ihn ans Messer zu liefern. Kompromittierende Fotos von seinen Besuchen im Café Chérie und einer Nacht im hauseigenen Hotel waren dabei noch das geringste Übel. Seine Arbeit in der Bundesdruckerei wurde zwar gut bezahlt, aber der Handel mit bundesdeutschen Ausweispapieren brachte eindeutig mehr ein. Ärgerlich nur, dass er auf das Wohlwollen von Major Schwarz angewiesen war.

«Sie sehen aus, als könnten Sie Gesellschaft gebrauchen.» Die Stimme gehörte zu einem in die Höhe drapierten roten Schopf mit einem dezent geschminkten Gesicht und einem schlanken, wohlgeformten braungebrannten Körper, der in einem marineblauen Minikleid steckte. Passende Pumps und eine elegante Handtasche, die problemlos ein kleines Aufnahmegerät verbergen konnte, rundeten die beeindruckende Erscheinung ab. Sofort erkannte Gensfleisch, dass die Frau größer war als er, ein paar Zentimeter nur, selbst ohne ihre hochhackigen Schuhe. Freundlich wies er auf den Platz neben sich und fragte mit einem Lächeln: «Darf ich Sie auf einen Drink einladen?»

Er durfte. Gensfleisch hatte auch nichts anderes erwartet. Einen Moment lang dachte er an die mahnenden Worte seines Führungsoffiziers, jedoch beschloss er, diese angesichts dessen, was auf dem Barhocker neben ihm saß, zu ignorieren. Er würde sich einen schönen Abend machen, das Blaue vom Himmel erzählen und die Fremde anschließend vögeln. Ein Hoch auf die Amazonen der Weltrevolution!, prostete er in Gedanken Major Schwarz zu.

Die Frau, die sich Simone nannte, war gut ausgebildet. Angeblich hatte sie ein Bewerbungsgespräch als Stewardess bei der Interflug. Da sie aus Lobbe komme, einem kleinen, verschlafenen Ostseenest auf Rügen, und es am Montagmorgen keine Zugverbindung gebe, die sie pünktlich zum Flughafen gebracht hätte, habe die Interflug notgedrungen ein Zimmer für sie gebucht. Eine Nacht habe sie sich zusätzlich gegönnt, um ein schönes Wochenende zu genießen. Berlin sei schließlich immer eine Reise wert.

Normalerweise sei ein derart exklusives Hotel jedoch nicht ihre Preisklasse.

Gensfleisch tat interessiert, lächelte verständnisvoll und ließ ihr Sektglas nachfüllen. Dankbar nahm sie es an und erklärte dann, dass sie aufgrund ihrer Sprachfähigkeiten – immerhin beherrsche sie perfekt Französisch, Englisch und Russisch – in den engeren Kreis jener Bewerber gerückt war, die für ausgewählte internationale Flugrouten eingesetzt werden sollten. Europa, Naher Osten, Afrika. Ein kurzes sehnsüchtiges Seufzen. Eine perfekte Inszenierung.

«Bin ich dann nicht der falsche Umgang für Sie?», bemerkte Gensfleisch mit einem Lächeln und nippte am Falckner. «Meines Wissens wirken sich Westkontakte ausgesprochen negativ auf hiesige Karrieren aus.»

Sie lehnte sich vor, gewährte einen kurzen Einblick in ihr Dekolleté und hauchte: «Sie müssen mich ja nicht verraten.»

«Von mir erfährt niemand etwas. Ich schweige wie ein Grab.» Er machte eine Geste, als würde er seinen Mund abschließen.

Simone reagierte auf seine Flirtversuche mit einem gekonnten Lächeln und sympathischer Neugier. «Kommen Sie aus West-Berlin?», erkundigte sie sich mit gesenkter Stimme.

Er zögerte einen Augenblick, bevor er ebenfalls leise antwortete: «Ich habe eine fantastische Wohnung in der Nähe des Anhalter Bahnhofs.»

Sie hörte ihm zu und lauschte seinen Ausführungen über das Nachtleben in West-Berlin, führte ihn aber immer wieder auf jenes Thema zurück, das ihr besonders wichtig zu sein schien: Politik.

«Natürlich interessiere ich mich für Politik», behauptete er, um ihr dann Dinge zu erzählen, denen allen eines gemeinsam war: Sie waren erstunken und erlogen. «Ohne Übertreibung kann ich sagen, dass ich zu jenem erlesenen Kreis gehöre, der regelmäßig zu Feierlichkeiten des West-Berliner Senats eingeladen wird. Das hängt mit meiner Aufgabe in der Bundesdruckerei zusammen. Willy Brandt kenne ich sogar persönlich, noch aus seiner Zeit als Regierender Bürgermeister.» Er schaute die junge Frau an, die einen Augenblick irritiert zu sein schien, sich aber sofort wieder unter Kontrolle hatte. «Willy macht immer den Eindruck, als würde er beim Sprechen gleich einschlafen», begann er zu erzählen und ahmte die Stimme des jetzigen Bundeskanzlers nach: «*Auch wenn zwei Staaten in Deutschland existieren, sind sie doch füreinander nicht Ausland; ihre Beziehungen zueinander können nur von besonderer Art sein.*»

Er redete weiter über Persönlichkeiten der Politik, über Intrigen der Mächtigen und angebliche Pläne der Führung in West-Berlin. Der Falckner schmeckte zwar immer noch wie billiger Fusel, wirkte aber angenehm berauschend. Das letzte Glas, das der Barkeeper gebracht hatte, führte auf die Ziellinie. «In meiner Funktion habe ich ständig mit politischen Abgründen zu tun. Ein wirklich einsamer Job.» Er schwieg und schaute traurig in sein Glas. Traurig gucken war eine seiner Stärken.

Simone nahm ihn mit auf ihr Zimmer und besorgte es ihm prächtig.

Er faselte etwas von «Du bist eine fantastische Frau» und «Ich wünschte, ich könnte dich wiedersehen».

Ihren vermeintlichen Erfolg genießend, antwortete sie: «Warum nicht? Das liegt ganz an dir.»

Simone war, wie erwartet, größer als er und am ganzen Körper gebräunt. «FKK – Freikörperkultur am Ostseestrand», resümierte er bewundernd und genoss das falsche Spiel.

Nur kurz fragte er sich, wo die Kamera der Staatssicherheit diesmal versteckt war. Da er keine entdeckte, winkte er unauffällig lächelnd in Richtung des Spiegels. Major Schwarz erpresste ihn schon mit diversen Aufnahmen aus dem Café Chérie. Auf ein paar weitere schlüpfrige Bilder aus einem Ost-Berliner Hotel kam es nun auch nicht mehr an.

FÜNF

Montag, 22. Juni 1970

LANGSAM FUHR HELMUT GEBHARD mit dem Lkw in das dichte Wäldchen, das kaum drei Kilometer vor Nauen lag, und hielt an. Es war sieben Minuten vor sechs. Er schaltete den Motor und das Standlicht aus. Dann kurbelte er das Fenster herunter und lauschte. Bis auf das Zwitschern der Vögel war nichts zu hören. Dennoch schaute er sich gewissenhaft um. Als ihm nichts Verdächtiges auffiel, blickte er wieder auf die Uhr. Drei Minuten blieben noch. Langsam steckte er sich eine HB in den Mund, zündete sie an und sog den Rauch tief ein. Er dachte an die Werbung im Fernsehen und den Spruch «Wer wird denn gleich in die Luft gehen?». Tatsächlich erhoffte er sich durch den Glimmstängel etwas Gelassenheit. Die Zigarette beruhigte ihn zwar nicht, aber es tat gut, sich an ihr festzuhalten. Es war die letzte Tour, die er als Fluchthelfer unternahm. Danach gab es keinerlei Verpflichtungen mehr.

Gebhard hatte in der vergangenen Nacht schlecht geschlafen. Zum einen war der Auftrag für seine letzte Fahrt ungewöhnlich kurzfristig an ihn herangetragen worden. Zum anderen machte er sich darüber Gedanken, dass er ausgerechnet von jenem feinen Pinkel über die Details der Tour informiert worden war, den er zwei Tage vorher im Café Breslau dabei beobachtet hatte, wie er den Pass des verwahrlosten Kerls kaufte. Aber das ging ihn nichts an.

Gebhard war ihm zuvor nur ein einziges Mal begegnet. Er erinnerte sich an den Tag, an dem er in das Büro des Firmeninhabers Bernd Liebscher gebeten worden war. Er hatte mit neuen Arbeitsanweisungen gerechnet, aber nicht mit einem Besuch Wilfried von

Thalmanns und dieses Anzugträgers, der sich bedeckt im Hintergrund gehalten hatte. Auch wenn Gebhard sich ahnungslos gegeben hatte, hatte er sofort gewusst, was Thalmanns Anwesenheit bedeutete. In den letzten Monaten war Gebhard das Glück nicht hold gewesen, seine Spielschulden hatten eine bedrohliche Höhe erreicht. Dass Thalmann einen Anteil an den Spielsalons besaß, hatte er gehört. Es bedurfte auch keiner besonderen Intelligenz, um zu ahnen, dass in diesen zwielichtigen Läden Fluchtgelder gewaschen wurden. Gebhards Chef und Berlins prominentester Fluchthelfer kannten einander offensichtlich gut. Thalmanns Schatten, der Kerl in dem teuren Anzug, hatte Gebhard neugierig angestarrt, schweigend, lauernd, taxierend. Eigentlich hatte Gebhard erwartet, dass man ihm kündigen würde. Doch statt ihn zu entlassen, hatte ihm Liebscher das Angebot des schönen Willi unterbreitet, die Spielschulden durch Gefälligkeiten abzuarbeiten. Seit der Bruder seines Chefs bei seinem Fluchtversuch aus der DDR im Teltowkanal ertrunken war, fühlte der sich schuldig. Er hasste das DDR-Regime. Er hasste die Mauer. Dass Liebscher seit dem Mauerbau Geld in Fluchtunternehmungen steckte, war in der Firma ein offenes Geheimnis. Dass er mit einem kommerziellen Fluchthelfer zusammenarbeitete, war jedoch neu für Gebhard gewesen. Doch er hatte dem Vorschlag, ohne zu zögern, zugestimmt. Was war ihm auch anderes übriggeblieben? Daraufhin hatte ihm der Mann mit der Vorliebe für elegante Anzüge die Idee mit dem präparierten Lkw erklärt.

Erneut schaute Gebhard auf die Uhr. Fast schien die Zeit stillzustehen. Noch zwei Minuten musste er ausharren. Dennoch, der Mann aus dem Café wusste Dinge, die er nicht wissen sollte. Jeder, der mit der Tour zu tun hatte, erfuhr nur so viel, wie für die Absolvierung der eigenen Arbeit notwendig war. Keiner der Beteiligten kannte alle Details des Fluchtplans, geschweige denn die Namen der betreffenden Personen. Eine Vorsichtsmaßnahme zum Schutz aller Beteiligten. Aber dieser Kerl hatte nicht nur wie üblich die Uhrzeit und den Treffpunkt, sondern auch den Namen der jungen Frau gekannt, die gleich im Versteck unter dem Fahrersitz liegen würde. Es war äußerst ungewöhnlich, dass der Überbringer des Auftrags von allen Details wusste. Darauf angesprochen, hatte der Mann alle Bedenken mit einem Lächeln abgetan und behauptet, die Frau sei die Nichte seiner Schwester. Thalmann habe der Flucht persönlich zugestimmt. Anfänglich hatte Gebhard diese Geschichte geglaubt. Je länger er aber darüber nachdachte, umso mehr Zweifel kamen ihm. Wahrscheinlich arrangierte der Mann Fluchten auf eigene Rechnung. War dem so, dürfte es mächtig Ärger mit Wilfried von Thalmann geben. Ärger, den er nicht gebrauchen konnte. Schlimmer noch, er müsste noch eine weitere Tour fahren. Vielleicht sah er aber auch nur Gespenster.

Punkt sechs Uhr öffnete er die Wagentür und stieg aus. Wenige Meter neben dem Lkw traten zwei Personen aus dem Gebüsch. Ein Mann und eine Frau. Schnell bewegten sie sich auf Helmut Gebhard zu. Ungehalten zog er die Augenbrauen hoch. Ihm war nur eine Person avisiert worden. Je mehr Menschen eingeweiht waren, umso gefährdeter war das Unternehmen. Sorgfältig trat er die Zigarette aus und betrachtete die beiden.

«Die Nächte sind zu kühl für einen Juni», flüsterte die junge Frau aufgeregt.

Gebhard nickte und antwortete genauso leise: «Besser trocken und kühl als nass und warm.»

Die Erleichterung war der Frau vom Gesicht abzulesen. Sie strahlte den jungen Mann an ihrer Seite an, der lächelte etwas verkrampft zurück.

«Was soll das? Es ist nur Platz für eine Person.»

Der schüchterne Mann nickte. «Ich passe nur auf, dass ihr nichts passiert. Man weiß ja nie.»

Der junge Mann gefiel Gebhard nicht. Ungepflegte, strähnige Haare, schmales Gesicht, misstrauische Augen. Als er der Frau seinen Rucksack reichte, wurde Gebhard ungehalten. Jedes Detail war abgesprochen, Extrawürste gab es nicht. «Kein Gepäck! Nur das, was Sie am Körper tragen können.»

Die Frau nickte, stellte den Rucksack auf den Boden und entnahm ihm einen dünnen Hefter. Gebhard konnte einen flüchtigen Blick auf den Titel erhaschen: *Nestflüchter – Gedichte aus einer gebrochenen Stadt.* «Wenn ich drüben bin, finde ich einen Verlag und veröffentliche mein Buch. Kunst findet immer einen Weg.» Der Mann nickte, schien aber nicht von ihrem Gedanken überzeugt zu sein. Anschließend legte sie sich eine flache Bauchtasche um die Hüften und zog den Riemen fest. Das dünne Manuskript schob sie unter die Jacke. Gebhard wusste, dass sie in der winzigen Tasche all ihre Wertsachen aufbewahrte. Dann gab sie den Rucksack zurück. «Das ist alles, was ich brauche.»

Gebhard drehte sich zum Lkw, zog den Aschenbecher heraus und öffnete das Versteck unter dem Fahrersitz. Entschuldigend deutete er auf die Decke und sagte: «Bequemer geht's leider nicht.»

Die Frau lächelte verständnisvoll, umarmte den jungen Mann, küsste ihn innig und wollte ihn wieder loslassen, doch er hielt sie zurück.

«Geh nicht! Wir können auch hier glücklich werden.»

«Wir haben das lange genug diskutiert. Ich kann hier nicht leben. Ich muss weg. Wenn du es dir anders überlegst, hol ich dich später nach.»

Er ließ sie los, schüttelte den Kopf. Traurig ließ er die Schultern hängen. Auch wenn er sich zu beherrschen versuchte, wurde deutlich, wie aufgewühlt er war. Er wischte sich mit dem Ärmel übers Gesicht. «Ich kann nicht. Meine Eltern. Ich möchte hier etwas bewegen.»

«Wir müssen los!» Gebhard war ungehalten. Tränenreiche Abschiede waren das Letzte, was entlang ostdeutscher Transitwege beobachtet werden durfte. Jeden Moment konnte jemand kommen. Die Gefahr aufzufliegen war allgegenwärtig.

Die junge Frau kletterte in den Hohlraum, zog die Beine dicht an den Körper und versuchte, eine einigermaßen bequeme Position einzunehmen. Ein letztes Winken.

«Wünschen Sie ihr Glück. Das kann jeder von uns gebrauchen», flüsterte Gebhard dem jungen Mann zu, während er sich eine neue Zigarette ansteckte und ins Fahrerhaus stieg.

Kaum hatte er den Lkw auf der Fernverkehrsstraße beschleunigt, glaubte er im Rückspiegel eine Bewegung im Unterholz des Waldes wahrgenommen zu haben. Erschrocken versuchte er Genaueres zu erkennen. War es nur eine Einbildung? War es ein Wildtier, das die Straße überqueren wollte? Sosehr er sich bemühte, er konnte nichts Auffälliges erkennen. Du fängst an, Gespenster zu sehen!, versuchte er sich zu beruhigen und schaltete in den nächsthöheren Gang.

Otto Kappe hatte die Anregung von Kriminalrat Friedhelm Keunitz, erneut die Gerichtsmedizin zu kontaktieren, durchaus als Anweisung verstanden. Dennoch entschied er sich, den Besuch des Pathologischen Instituts des Städtischen Krankenhauses in Moabit erst für den Montagnachmittag einzuplanen. Zum einen hatte er nicht vor, sich von seinem Chef sagen zu lassen, wie er seine Ermittlungen zu führen habe, und zum anderen wollte er gerne Hans-Gert Galgenberg dabeihaben. Der lief sich aber schon den ganzen Vormittag mit Günter Kynast in Alt-Lübars die Hacken krumm, um rund um Thalmanns Anwesen Nachbarn nach der jungen Frau zu befragen, deren Leichnam im Düppeler Forst gefunden worden war. Galgenberg nannte dieses Vorgehen Teppichklopfen, eine Anspielung auf den Staub, der dabei aufgewirbelt werden sollte. Kappe hatte seine Zweifel, ob ihre Bemühungen erfolgreich sein würden, hoffte aber auf eine unüberlegte Reaktion des schönen Willi. Er selbst nutzte die Stunden, in denen sein Kollege fort war, um die Unterlagen zum Fall Nikolskoe erneut zu studieren. Bis funfzehn Uhr blieb ihm Zeit, sich alle Details wieder in Erinnerung zu rufen, danach wollte er Galgenberg in der Pathologie treffen.

Keunitz' vage Andeutung, dass es im Leichenschauhaus eine personelle Änderung gegeben habe, versprach nichts Gutes. Was Kappe aber dann erwarten sollte, war mehr als überraschend. Es begann damit, dass er sich lapidar am Telefon danach erkundigte, welche angeblich neuen Informationen es im Fall Nikolskoe gebe. Er kenne den Bericht der Untersuchung. Die Frau am anderen Ende der Leitung, auf deren Namen er nicht geachtet hatte, fragte ihn daraufhin unverblümt, ob er ihn auch voll und ganz verstanden habe. Einen Augenblick blieb Kappe die Luft weg, bevor er im strengen Ton verlangte: «Ich möchte Ihren Chef sprechen!»

«Doktor König macht gerade Urlaub am Gardasee. Wenn Sie den beim Limoncello-Schlürfen stören wollen, nur zu! Persönlich rate ick Ihnen, mit mir vorliebzunehmen», antwortete sie spitz, bevor sie mit Kleinmädchenstimme fragte: «Ist Ihnen ein Termin noch in dieser Woche genehm?»

Statt zu antworten, knallte Kappe den Hörer wütend auf die Gabel. Punkt fünfzehn Uhr stürmte er in das Pathologische Institut in der Invalidenstraße 59. Eine hochgewachsene, vollschlanke junge Frau, die mit glänzendem rotem Gesicht im Gang des Leichenschauhauses stand, schien ihn erwartet zu haben.

«Haben wir miteinander telefoniert?», fauchte Kappe schon aus einiger Entfernung. Er erhielt aber erst eine Antwort, als er vor ihr stand.

«Erst mal Juten Tach! Möchten Se een Kaffee, oder regt Se dit noch mehr uff? Nich, dass ick Se ooch noch obduzieren muss!»

Bevor Kappe antworten konnte, öffnete die Frau eine Tür. Kappe wusste, dass diese ins Büro von Dr. König führte. Mit großer Geste bat sie ihn einzutreten. Energischen Schrittes ging Kappe hinein. Die Frau setze sich hinter den Schreibtisch und genoss sein verdutztes Gesicht. «Keen Kaffee also. Glas Wasser jefällig?»

Ohne darauf zu reagieren und noch immer wütend, fragte er mit mühsam beherrschter Stimme: «Was meinen Sie damit, ich hätte den Untersuchungsbericht nicht voll und ganz verstanden?»

Die Frau nickte kurz, wies dann auf den freien Stuhl vor dem Schreibtisch und atmete tief durch. «Bleiben Se ma janz ruhig. Wird allet nich so heiß jejessen, wie's jekocht wird. Aber wie ick sehe, habe ick jetzt Ihre volle Uffmerksamkeit.» Bedächtig setzte sie ihre Lesebrille auf und zog eine Akte aus dem Schubfach.

Kappe verschlug es die Sprache. Er war kurz davor zu explodieren.

In diesem Moment trat Galgenberg durch die offene Tür. «Bin ick zu spät?»

Die Gerichtsmedizinerin schaute nicht einmal auf, sondern fauchte nur ungehalten: «Hat man in de Mordkommission dit Begrüßen abjeschafft? Erst mal Juten Tach!»

«Wer sind Sie denn?», erkundigte sich Galgenberg verblüfft.

«Doktor Doreen Niedergesäß, Gerichtsmedizinerin. Sozusagen Ihre neue Ansprechpartnerin. Ick mach fürn Kollegen Doktor König die Urlaubsvertretung.»

Galgenberg konnte sich ein Grinsen nicht verkneifen. «Wirklich? Niedergesäß?», prustete er los.

Seine Anmerkung scheinbar ignorierend, öffnete die Gerichtsmedizinerin die Akte und blätterte darin. Schließlich fand sie die Passage, die ihr wichtig zu sein schien. Sie stand auf, strich den Rock ihres Kostüms glatt und betrachtete Galgenberg von oben bis unten. «Ja, Niedergesäß. Janz einfach zu merken. Niederjesäß wie Hängearsch. Und Sie sind Jalgenberg, richtig? Ooch nich grad 'n Künstlername.»

Daraufhin war auch Galgenberg sprachlos. Sein Gesichtsausdruck verriet allerdings, dass er sich nicht einen Moment darüber wunderte, dass die beeindruckende junge Frau seinen Chef zum Schweigen gebracht hatte.

«Ick bin die neue rechte Hand von Doktor Konrad König. Solange der weg is, muss ick mich um den janzen Kram kümmern. Passt weder dem gebürtigen Schwaben noch mir, dit können Se mir glooben. Als letzte Amtshandlung hat er mir den Fall der Toten von Nikolskoe überjeben. Anweisung von oben. Ick soll ma kieken, ob mir wat im Untersuchungsbericht uffällt.»

«Und was in dem Bericht soll ich nun übersehen haben?», erkundigte sich Kappe erneut.

Langsam drehte Doreen Niedergesäß die Akte in Kappes Richtung und deutete mit einem Bleistift auf eine unterstrichene Passage: *Die Unbekannte verstarb an einer nicht mit dem Leben zu vereinbarenden scharfen Gewalteinwirkung.*

Kappe, dem momentan nicht nach Rätsellösen zumute war, wischte sich genervt mit der linken Hand über die Augen.

«Mal abgesehen von der blumigen Ausdrucksweise meines geschätzten Kollegen – das Loch im Schädel ist mitnichten verursacht durch einen Eispickel oder die spitze Seite eines Hammers oder eines sonstigen üblichen Mordwerkzeugs. Alles deutet darauf hin, dass diese Verletzung mit einem scharfen Werkzeug zugefügt worden ist. Auffällig sind zwei Riefen in der Knochenstruktur. Das Mordwerkzeug muss also eine strukturierte Oberfläche gehabt haben.» Um ihre Schlussfolgerung zu unterstreichen, legte Doreen Niedergesäß eine Aufnahme auf den Tisch. Die zeigte eine Vergrößerung der Fraktur, eine millimetergroße rechtwinklige Bruchstelle, die an eine Nut erinnerte.

Kappe wechselte einen Blick mit Galgenberg, der ebenfalls interessiert zuhörte und sich das Foto genau anschaute.

«Haben Sie jemals in Betracht gezogen, dass die junge Frau aus dem Osten stammen könnte?», erkundigte sich die Gerichtsmedizinerin, diesmal ohne die Spur eines Vorwurfs.

«Nachdem wir bei allen Vermisstenstellen in West-Berlin und im Bundesgebiet nachgefragt haben, sind wir auch auf diesen Gedanken gekommen. Aber die Schraube in ihrer Hüfte stammt eindeutig aus westdeutscher Produktion. Daran gab es keinen Zweifel. Außerdem, mit wem hätten wir denn im Osten reden sollen? Wir haben ja nicht einmal ein Bild von ihr. Die Kollegen in der Zone geben grundsätzlich keine Auskünfte.»

Sie nickte. Langsam blätterte sie nochmals durch den Bericht. Dann lehnte sie sich zurück. «Ich denke, die Frau stammt aus Ost-Berlin. Da Ihre Ermittlungen in bundesdeutschen Kliniken bisher ergebnislos waren, bleibt doch nur dieser eine Schluss. Ich habe mit dem Leiter des Krankenhauses in Britz gesprochen.

Anfang der Sechzigerjahre ist einiges an medizinischem Material entwendet worden, unter anderem auch die Sorte Knochenschrauben, die wir im Bein der Toten gefunden haben. Man hat den Arzt, der dafür verantwortlich war, überführen können. Ein ausgesprochen renommierter Chirurg. Er hat das Material nach Ost-Berlin geschmuggelt, um einem befreundeten Kollegen zu helfen. Selbstverständlich hat der Chirurg den Schaden sofort beglichen. Daraufhin hat die Leitung von disziplinarischen Maßnahmen abgesehen. Es ist übrigens kein Einzelfall, dass Ärzte Ihren Kollegen im Osten hilfreich unter die Arme greifen.»

Kappe schaute Galgenberg verblüfft an. Er kam nicht umhin festzustellen, dass das die erste konkrete Spur darstellte, seit sie mit dem Fall zu tun hatten. Er stand auf und wandte sich zum Gehen. «Danke für die Information», nuschelte er und schob Galgenberg in Richtung Tür.

«Nun rennen Sie doch nicht gleich weg! Wenn Sie wollen, gebe ich Ihrer Leiche wieder ein Gesicht. Ich bin Spezialistin auf dem Gebiet der Gesichtsrekonstruktion. Darüber habe ich meine Doktorarbeit geschrieben. Bis Freitag könnte ich ein Modell angefertigt haben. Vorausgesetzt, einer Exhumierung wird unbürokratisch und schnell zugestimmt. Glücklicherweise kenne ich einen Richter persönlich ausgesprochen gut.» Sie schmunzelte über die verblüfften Gesichter der beiden Kollegen der Mordkommission. «Meine Herren, wär doch jelacht, wenn wa nich rausfinden, wer die Tote is!», sagte sie und strahlte dabei über ihr rot glänzendes Gesicht.

Auch wenn es nicht das erste Mal war, dass ein amerikanischer Hubschrauber Steinstücken anflog – für die wenigen Kinder der Exklave war es noch immer ein aufregendes Erlebnis. Der *Spirit of Steinstücken*, wie der Hubschrauber genannt wurde, der seit dem Bau der Berliner Mauer das abgeschnittene Territorium mit Lebensmitteln versorgen musste, landete auf einer frisch gemähten Obstwiese. Ein paar GIs stiegen aus und begrüßten die Wartenden. Sobald die Rotorblätter stillstanden, näherten sich die Kinder der Maschine. Wie immer gab es Schokolade und Kaugummi. Von einem der Grenztürme wurde das Treiben misstrauisch beobachtet. Die üblichen Fotos wurden gemacht. Ein bulliger schwarzer Sergeant, den alle Kinder liebten, streckte den rechten Arm aus, rollte mit den Augen und zeigte *the finger*. Sofort taten es ihm die Kinder gleich. Die halbgeschlossene Hand mit dem ausgestreckten Mittelfinger nannten sie Stinkefinger. Ein paar riefen im Chor: «Wie kommste am schnellsten nach Dresden? Steckst 'nen Finger in Arsch und drehsten.» Sie lachten.

Inzwischen luden die Soldaten ein paar Kisten aus. Die Männer lösten jene Soldaten ab, die seit drei Wochen Dienst in der Exklave taten und froh waren, das einsame Nest wieder verlassen zu können. Aber diesmal flogen sie nicht alleine. Kai Jürgens, dem die Flucht aus der Ostzone mit einer schlichten Fensterputzerleiter geglückt war, begleitete sie. Sie würden ihn zuerst nach Marienfelde im amerikanischen Sektor bringen und ihn anschließend im Notaufnahmelager die übliche Prozedur durchlaufen lassen. Auch wenn es inzwischen weniger Flüchtlinge waren, die den sogenannten antifaschistischen Schutzwall überwanden, kam Begeisterung nicht auf. Man hatte sich daran gewöhnt. Es war verständlich, dass Menschen aus der DDR flüchteten, es bedeutete aber auch zusätzliche Arbeit.

Kai Jürgens wartete schon eine halbe Stunde in der Menschenschlange vor dem Eingang des Notaufnahmelagers. Vor ihm standen nicht mehr als zwanzig Personen, zumeist junge Männer wie er. Ein Offizier, der so freundlich gewesen war, ihn nach der Landung in einen Ford zu setzen, hatte ihm mit breitem englischem Akzent geraten, auf zwei Dinge zu achten. «*Firstly*: Kein Kontakt mit anderen Flüchtlingen. Vertrauen Sie niemandem! Reden Sie nur mit den Offiziellen! Mitarbeiter der Stasi sind überall.» Sein strenger Blick hatte die Wichtigkeit des Hinweises deutlich unterstrichen. Nach einem kurzen Zögern und mit einem deutlich freundlicheren Gesicht hatte er schließlich ergänzt: «*Secondly*: Achten Sie gut auf Ihre persönlichen Sachen! Klauen ist eine der Haupteinnahmequellen im Aufnahmelager. *Good luck!*» Dann hatte er mit der flachen Hand auf das Dach des Autos geschlagen, das einen Satz nach vorne gemacht hatte und durch das offene Tor auf die Hauptstraße gefahren war.

Jürgens blickte sich in der Marienfelder Allee um und entdeckte ein riesiges Schild: *Vorsicht! Bei Gesprächen (Spitzelgefahr) / bei Einladungen (Menschenraub).* Instinktiv drückte er die Aktentasche, die ihm der Polizist aus Steinstücken geschenkt hatte, fest an seine Brust. Darin befanden sich all seine persönlichen Dokumente, ein Brief und ein paar Fotos, die er aus seinem alten Leben mitgenommen hatte. Tief durchatmend, betrachtete er argwöhnisch die anderen Flüchtlinge oder Übersiedler. Auch er wurde genau gemustert. Er spürte, wie ihn fremde, misstrauische Blicke trafen.

Ein Mann, der etwas abseits gestanden hatte, trat auf ihn zu. «Keene Angst, ick will nischt von dir. Ick hab nur een großet Herz für Neuankömmlinge. Ado is mein Name, Ado Steinkopf. Eigentlich heiß ick Adolf, aber dit kommt nich mehr so jut. Wenn de mal 'ne Wohnung brauchst oder Arbeit suchst, Steinkopf hilft. Hier is meene Karte. Mich findste jeden Tach ab neunzehn Uhr inne ‹Dicken Wirtin› am Savignyplatz.»

Die «Karte» war ein zusammengefalteter Zettel von einem Block, wie ihn Kellner nutzten, um die Rechnung zu erstellen. Unter dem Konterfei des Charlottenburger Biers stand der Spruch *Er ist in gutes Bier vernarrt, drum trinkt er ständig Engelhardt,* darunter war in Handschrift der Name *Ado Steinkopf* zu lesen.

«Junge, einfach am Stammtisch melden. Dit is mein Büro.»

Jürgens steckte den Zettel ein, bedankte sich höflich und hoffte, möglichst bald an der Reihe zu sein. Als er unweit des Eingangs eine leere Telefonzelle entdeckte, trat er aus der Menschenschlange. Erleichtert, dass das Telefonbuch unbeschädigt war, strich er mit dem Finger über die Namen, bis er den richtigen fand. Er notierte sich die Adresse und die zugehörige Telefonnummer. So bald wie möglich würde er dort hinfahren.

Der Beamte hinter dem Schreibtisch war weder freundlich noch unfreundlich. Routiniert erfasste er die Daten und überreichte Kai Jürgens dann den obligatorischen Laufzettel für das Aufnahmeverfahren.

«Ich möchte gerne in West-Berlin bleiben.»

Ohne aufzusehen, antwortete der Mann: «Das ist hier nicht *Wünsch Dir was.* Ländereinweisung erfolgt in Station 11. Bevor Sie da sind, wollen die Jungs von der Alliierten Sichtungsstelle erst mal mit Ihnen reden. Sind ja als Soldat rübergemacht. Da gibt es immer ein paar Fragen mehr. Und nun nehmen Sie den Laufzettel und gehen zur Tür 1. Ärztlicher Untersuchungsdienst. Nicht, dass Sie uns noch was einschleppen! Der Nächste bitte!»

Wie immer erledigten die Angestellten der Bundesdruckerei ihre Arbeit routiniert und ohne Aufregung. Für den heutigen Tag war der Druck von Passdokumenten vorgesehen. Aufgrund des Viermächtestatus wurde für West-Berlin immer noch der «Behelfsmäßige Personalausweis» ohne Angabe des ausstellenden Staates ausgegeben. Auf dem Umschlag des West-Berliner Personalausweises war wegen eines Vorbehalts der alliierten Schutzmächte Berlins kein Bundesadler aufgedruckt.

Der letzte Probedruck an diesem Tag lief ohne Beanstandungen durch. Alle Merkmale des Dokuments entsprachen den Vorgaben. Die Farben stimmten. Das Schriftbild war klar. Der Druck konnte beginnen. Zufrieden unterschrieb der Leiter der Qualitätskontrolle das Protokoll und wollte es gerade abheften, als das Telefon auf seinem Schreibtisch klingelte. Schwungvoll nahm er den Hörer in die Hand, lehnte sich in seinem Bürostuhl zurück und meldete sich mit einem kurzen «Ja, bitte!».

«Einen wunderschönen Guten Tag, Gensfleisch! Ich freue mich außerordentlich, Sie persönlich am Apparat zu haben.»

Erschrocken sprang der Leiter der Qualitätskontrolle auf und schaute sich verunsichert um. Er war allein in seinem Büro, dennoch flüsterte er. «Sind Sie verrückt, mich hier anzurufen! Woher haben Sie überhaupt diese Nummer?»

«Lieber Gensfleisch, bitte beleidigen Sie nicht meine Intelligenz! Wir kennen viele Telefonnummern. Wenn ich will, kann ich Sie jederzeit anrufen – oder auch Ihren Vorgesetzten oder dessen Vorgesetzten. Das ist momentan wirklich Ihr kleinstes Problem.»

«Sie rufen aus West-Berlin an. Richtig? Gibt es etwa eine Leitung, die Ihre Genossen noch nicht gekappt haben? Seit Mai '52 sind doch alle tot.»

Einen Augenblick war es ruhig in der Leitung.

«Auf meinem Schreibtisch liegen pikante Fotos Ihres letzten Besuchs im Hotel Unter den Linden. Die Kleine haben Sie ja schön an der Nase herumgeführt. Pech für die Dame. Bis auf Weiteres war es das mit ihrer Karriere. Sie darf jetzt wieder Einheimische und Ostseeurlauber im Dorfkonsum belauschen. Das hat sie Ihnen zu verdanken. Gensfleisch, glauben Sie ernsthaft, das Ganze ist ein Spiel? Wir sind Geschäftspartner, und Ihre Person ist nur so lange für die Deutsche Demokratische Republik von Nutzen, wie ich sie positiv einschätze. Sie werden sich wundern, wie schnell wir Sie fallen lassen können. Sie kennen doch den Spruch ‹Wer hoch hinauswill …›. Und Sie werden sehr tief fallen. Ich bin mir nicht sicher, ob ich mich künftig noch auf Sie verlassen kann.»

Kreidebleich und ohne ein Wort erwidern zu können, setzte sich Gensfleisch wieder auf den Bürostuhl. Er schwitzte, seine Finger begannen hektisch die Krawatte zu lösen. «Das können Sie nicht machen!»

«Seien Sie nicht naiv, natürlich kann ich das! Es bedarf nur einer kleinen Randnotiz, nur eines einzigen Wortes: *unzuverlässig*. Dann können Sie Ihre lukrativen Geschäfte vergessen. Schlimmer noch, niemand hält mehr eine schützende Hand über Sie. Ich denke, wir verstehen uns!» Wieder eine Pause. «Wenn wir uns das nächste Mal sehen, IM Gensfleisch, bringen Sie doch bitte eine Handvoll dieser Ösen mit, mit der die Passfotos auf den Ausweisen fixiert werden – ich mag's gern, wenn alles bis ins kleinste Detail stimmig ist. Ich betrachte das sozusagen als kleine Wiedergutmachung für Ihre Ignoranz. Ach ja, und damit Sie begreifen, wie ernst es mir mit unserer Zusammenarbeit ist, schauen Sie doch bitte auf Ihrem Heimweg unbedingt in die aktuelle Ausgabe vom *Abend*. Sie haben mich um einen Gefallen gebeten, und Ihrem Wunsch wurde entsprochen.»

«Was meinen Sie damit?»

«Nur so viel: Ich mag gute Fotos. Zum Beispiel vom Grenzübergang Staaken. Sie wissen schon, die Kleine im Hohlraum unter dem Fahrersitz. Ich bin sicher, *Der Abend* bringt heute noch exklusiv eine kleine hübsche Fotoserie über gescheiterte Hoffnungen.»

«Sind Sie vollständig wahnsinnig geworden?»

«Es sind doch nicht die ersten Fotos einer Flucht! Dieser Fotograf Volker Dietrich rühmt sich ständig seiner exklusiven Aufnahmen. Wir verfolgen das schon seit Langem mit viel Interesse. Jetzt hat Wilfried von Thalmann was zum Grübeln. Gensfleisch, ich verstehe Ihre Aufregung nicht. Sie haben doch wohl niemandem verraten, dass Sie etwas mit diesem Drama zu tun haben? Verhalten Sie sich einfach ganz normal.» Major Schwarz sog genüsslich Luft ein. «Verstehen Sie meinen Anruf nicht als Warnung, sondern eher als Motivation, sich künftig an Absprachen zu halten.»

Mit einem Mal war die Leitung tot. Vorsichtig legte der Leiter der Qualitätssicherung den Hörer zurück auf die Gabel. Er hatte ein ungutes Gefühl. Mit diesem Major war nicht zu spaßen. Natürlich ließ sich anhand der Fotos von der gescheiterten Flucht am Grenzübergang Staaken, die nun im *Abend* erscheinen sollten, keine direkte Verbindung zu seiner Person herstellen. Unruhe in der Fluchtszene würde es aber mit Sicherheit geben – und eine Menge Misstrauen. Niemand aus Thalmanns Umfeld wusste, dass er von Zeit zu Zeit in die eigene Tasche wirtschaftete. Aber das war nicht der Grund für Gensfleischs Sorge, es war die plötzliche Erkenntnis, dass es etwas Verräterisches im Archiv des Fotografen gab, längst vergessene Fotos aus der Vergangenheit, die ihm nun gefährlich werden konnten. Dass ausgerechnet die West-Berliner Kriminalpolizei gerade jetzt in dem Fall einer unbekannten Toten ermittelte, kam ihm ausgesprochen ungelegen. Wären die Beamten nicht so auffällig um das Anwesen in Alt-Lübars geschlichen, hätte er nichts von ihren Aktivitäten erfahren. «Zufälle sind der Nährstoff für Misstrauen», predigte Wilfried von Thalmann bei jeder Gelegenheit, und Gensfleisch musste ihm recht geben. Ein Zeitungsbericht über den gescheiterten Grenzübertritt würde unnötige Fragen aufwerfen. Major Schwarz konnte das nicht wissen. Unruhig schaute Gensfleisch auf die Uhr. *Der Abend* wurde schon seit einer Stunde an die Verkaufsstellen ausgeliefert. Viel Zeit blieb ihm nicht.

Otto Kappe und Hans-Gert Galgenberg brauchten nach dem beeindruckenden Erlebnis in der Pathologie einen Kaffee, der ihnen von Frieda Kessel, der guten Seele der Abteilung, wie immer zu stark gebraut wurde. «Was ist Ihnen denn widerfahren?», erkundigte sie sich besorgt, als sie die beiden schweigend an ihren Schreibtischen vorfand.

«Wir sind gerade den Fängen einer Walküre entfleucht. Eigentlich brauchen wir wat Stärkeres als Kaffee, aber Dienst is ja Dienst», entgegnete Galgenberg.

«Das muss ich nicht verstehen», erwiderte die Sekretärin und begab sich wieder in ihr Büro.

«Haste jestern dit Endspiel jesehen? Die Brasilianer sind echte Zauberer mit dem Ball. Da haben die Italiener aber große Oogen jemacht, mein lieber Herr Jesangsverein! 4:1! Wenn de mich fragst, die Zuckerhuttruppe ist absolut berechtigt Fußballweltmeister.»

Kappe schien gar nicht zuzuhören. Offensichtlich lag ihm das Gespräch in Moabit noch immer schwer im Magen.

«Gloobste ernsthaft, dass die Jerichtsmedizinerin dit Jesicht nur anhand eines Schädels rekonstruieren kann?»

Kappe schüttelte den Kopf. «Erwarten wir lieber nicht zu viel. Was hast du eigentlich vor deinem heiligen Wochenende noch über den schönen Willi herausgefunden? Ich bin wirklich gespannt.»

Galgenberg holte seine Notizen aus der Aktentasche und breitete sie auf dem Schreibtisch aus. «Wilfried ist der einzige Sohn einer Wäscherin und eines Straßenbahnfahrers. Aufgewachsen in Guben uffn Ostufer. Übrigens, Berlin und Guben haben gemeinsam, dass sie geteilt sind. Guben musste gemäß des Potsdamer Abkommens von 1945 jene Hälfte, die uffn Ostufer der Neiße liegt, an Polen abtreten. Die Polen nennen dit jetzt Gubin. Aber eene so schöne Mauer wie wir haben die nich.»

Kappe zog die rechte Augenbraue hoch und deutete auf die handschriftlichen Notizen. «Kollege, Sie schweifen ab.»

«Stimmt überhaupt nicht, Herr Kriminaloberlehrer!», entgegnete Galgenberg, bevor er mit ernster Stimme fortfuhr. «Wilfrieds Vater, der als einer der Letzten im September 1955 aus der Kriegsgefangenschaft zurückkehrte, konnte den Verlust seines Hauses an polnische Umsiedler nicht verkraften. Ein ehemaliger Offizier, mit dem er zusammen bei der Wehrmacht gedient hatte und der ihm offensichtlich verpflichtet war, verschaffte ihm eine Arbeitsstelle bei der Auer GmbH in der Glühbirnenproduktion und eine bescheidene Werkswohnung.»

«Die Auer GmbH, in der Kennedy und Brandt '62 zu Besuch waren?», erkundigte sich Kappe.

«Jenau die! Da hat Willis Vater bis zum Lebensende Glühbirnen fabriziert. Jedenfalls zog Willi im Dezember 1955 gemeinsam mit Vater und Mutter nach Berlin. Zu seinem Vater hatte der junge Mann aber ein ausgesprochen gespanntes Verhältnis. Dessen Versuche, den Sohn mit zwanzig Jahren erziehen zu wollen, führten dazu, dass Wilfried noch im selben Jahr die elterliche Wohnung verließ und sein Geld mit zwielichtigen Geschäften zu verdienen begann.»

«Die üblichen Geschäfte eines Kleinkriminellen», ergänzte Kappe.

«Richtig! Aber der schöne Willi hat relativ schnell ein anderes ausgesprochen lukratives Geschäftsfeld für sich entdeckt: Witwen trösten. Das tat er so erfolgreich, dass eine der Damen ihn 1962 sogar adoptierte: Nora von Thalmann. Seit der notariellen Beurkundung darf er sich auch ‹von Thalmann› nennen, Wilfried von Thalmann. Dafür hat der schöne Willi billigend in Kauf genommen, dass er der exklusive Galan einer ältlichen und exzentrischen Filmregisseursgattin wurde.» Galgenberg schob ein Schwarz-Weiß-Foto einer jungen hübschen Frau über den Tisch. Laut Stempel war es 1921 aufgenommen worden. «Nach ihrem Exil in Argentinien hatte die Gute beschlossen, in den ihr verbleibenden Jahren wieder Berliner Luft zu atmen. Das wollte sie aber nicht alleine tun. Ihr einstiger Ehemann hatte familienbedingt beachtliches Vermögen besessen, da dessen Großeltern im Dezember 1917 weitsichtig Aktien der gerade gegründeten Universum Film AG, kurz UFA, in erheblichen Mengen erworben hatten. Sie sahen im neuen Medium Film weniger ein künstlerisches denn ein merkantiles Potenzial. Erst ihren Enkel, Noras Angetrauten, zog es als jungen Mann Anfang der Dreißigerjahre zum Film, wobei er nie zum Teutonen der Kinematografie avancierte. Zur NS-Zeit brachte er es durch wuchtige Filmbeiträge für die allgegenwärtige Wochenschau immerhin zu einer gewissen Bekanntheit. Im Juni 1943 fiel er jedoch in Ungnade, weil er sich kritisch über den Verlauf des Kriegs äußerte. Er wurde von einem Kollegen denunziert und in eine Zelle im Polizeipräsidium Alexanderplatz verfrachtet. In der folgenden Nacht hat er entweder seine Hosenträger selbstbestimmt um den Hals geschlungen, oder dies geschah mit tatkräftiger Unterstützung der Gestapo. Jedenfalls beschied die amtliche Stelle auf Selbstmord.»

«Ein tragisches Schicksal», fasste Kappe zusammen.

«Freunde halfen der betuchten Witwe bei ihrer Flucht in die Schweiz, wo sich auch das Vermögen der Familie auf einer Privatbank befand. Von dort ging sie ins Exil nach Argentinien, wo sie ein mondänes, aber einsames Leben führte. Ein neuer Ehemann und Kinder waren ihr nicht vergönnt. Sie glaubte, ein aufregendes und glamouröses Dasein hinter sich gelassen zu haben. Das änderte sich schlagartig, als sie dem schönen Willi bei einem Filmball im Kempinski begegnete. Er strahlte jenen jugendlichen Esprit aus, der der betagten Nora von Thalmann schon seit einigen Jahren abhandengekommen war. Lange war es ihr aber nicht vergönnt, seine Dienste zu genießen: Kurz nach den Weihnachtsfeiertagen '63 wachte die Dame eines Morgens nicht mehr auf.»

«Und für seine Mühen bekam Wilfried den adligen Namen, erbte die Villa und das gesamte Vermögen», ergänzte Kappe, der einen Augenblick ernsthaft glaubte, Galgenberg habe seine Informationen aus einem Groschenheft, das Geschichten vom Hofe erzählte.

«Richtig», bestätigte Galgenberg. «Kaum war sie kremiert, umgab sich der schöne Willi nur noch mit blutjungen Frauen und genoss sein Leben in vollen Zügen. Partys, Koks, teure, schnelle Autos und Gespielinnen, die mit Vorliebe in den Luxusgeschäften auf dem Kurfürstendamm einkauften. Das Vermögen schmolz dahin, schneller als erwartet. Eine Zeit lang verkaufte er noch Antiquitäten aus dem Fundus seiner Adoptivmutter, bis ihm schlagartig klar geworden sein dürfte, dass er, wenn er diesen Lebensstil weiterführen wollte, Geld verdienen musste. Die Möglichkeit, wieder alten Damen den Rücken mit Franzbranntwein einzureiben, schloss der schöne Willi offensichtlich aus.» Zufrieden faltete Galgenberg seine Notizen zusammen, entdeckte dabei aber noch einen Vermerk, hob die Hand und rief mit Pathos in der Stimme: «*Last but not least,* wie die Jungs im englischen Sektor zu sagen pflegen: Erstmals aktenkundig als Fluchthelfer wurde der gute Wilfried 1964 beim Bau des legendären Tunnels 57, bei dem er aktiv mithalf. Damals war er noch Idealist und wollte einen Freund aus Gubener Tagen, einen Mann namens Rüdiger Ludwig, in den Westen holen. Die beiden verbindet eine innige Männerfreundschaft.»

Kappe notierte sich den Namen und überlegte, ob er ihn

schon einmal gehört hatte, war sich aber sicher, dass dem nicht so war. Nachdenklich setzte er hinter den Namen ein Fragezeichen.

Ohne auf seine Zettelsammlung zu schauen, berichtete Galgenberg weiter: «Dieser Ludwig war Kantinenkoch im Stahlwerk und hatte sich dem Kraftdreikampf verschrieben: Kniebeugen, Bankdrücken und Kreuzheben mit beträchtlichen Gewichten. Außerdem verfügte er über reichlich Erfahrung in Kneipenschlägereien, die er nach einigen Bieren regelmäßig anzettelte. Als Guben im Januar 1961 in Wilhelm-Pieck-Stadt Guben umbenannt wurde, beschloss Ludwig, sich bei der nächsten Gelegenheit in den Westen abzusetzen. Da Ludwig aber nicht zu jenen Menschen gehörte, die einen Beschluss sofort und konsequent umsetzen, überraschte ihn der Bau der Mauer. Es dauerte drei Jahre, bis ihn sein alter Freund Willi auf jene Liste von Flüchtlingen setzen konnte, die dem Tunnel 57 ihre Freiheit verdanken. Offensichtlich war dieses Erlebnis für den schönen Willi die Initialzündung für seine spätere Karriere als Fluchthelfer. Als ihm aufgrund seines ausschweifenden Lebensstils Anfang 1965 das Geld auszugehen drohte, muss er sich an diese Zeit erinnert und beschlossen haben, in die kommerzielle Fluchthilfe einzusteigen.»

Galgenberg schob ein paar Kopien von Zeitungsartikeln über den Tisch. «Glaubt man der Presse, gelang es von Thalmann innerhalb kürzester Zeit, die Nummer eins in seiner Branche zu werden. Rüdiger Ludwig wurde sein Leibwächter und avancierte zu seiner schlagkräftigen rechten Hand. Ein Mann fürs Grobe, wie es so schön heißt, die Strafakte beweist das.»

Kappe wusste, dass sich das Geschäftsfeld der Fluchthilfe in den letzten Jahren prächtig entwickelt hatte. Wer Leistungen eines Schleusers in Anspruch nahm, musste dafür ordentlich blechen. Die Honorare waren inzwischen exorbitant hoch und wurden meist von den westlichen Verwandten der Flüchtenden übernommen. Zehntausend D-Mark waren üblich, manchmal wurden sogar fünfzehntausend gezahlt. In besonderen Einzelfällen konnte es auch das Dreifache sein. Seitdem die Idealisten der ersten Stunde, zumeist Studenten oder ehemalige Flüchtlinge aus der Zone, ihre Fluchthilfetätigkeit weitgehend aufgegeben hatten, blühte das Geschäft der professionellen Fluchthelfer. Für Typen wie den schönen Willi garantierte die Schleusertätigkeit satte Gewinne. Die West-Berliner Justiz behelligte sie kaum. Es galt Artikel 11 des Grundgesetzes: *Alle Deutschen genießen Freizügigkeit im ganzen Bundesgebiet* – und die Bundesrepublik beanspruchte nun mal, ganz Deutschland zu vertreten. Ein Delikt wie Urkundenfälschung wirkte in diesem Zusammenhang wie ein Witz.

«Was hat euer Teppichklopfen in Alt-Lübars eigentlich ergeben?», erkundigte sich Kappe.

«Nichts Konkretes. Kynast wertet zwar noch alle Informationen aus, verspricht sich davon aber nicht viel. Eines steht jedenfalls fest: Die Nachbarn vom schönen Willi haben die Nase gestrichen voll. Ständig veranstaltet er Partys, auf denen Gestalten auftauchen, die so gar nicht in die Gegend passen. Auch sein Verschleiß an jungen Mädchen muss immens sein. Offensichtlich traut ihm jeder in der Nachbarschaft einen Mord zu.»

«Hat der schöne Willi euch gesehen?»

«Er nicht, aber sein Anwalt Emanuel Böhl. Der war gemeinsam mit einem anderen Typen den ganzen Vormittag bei Thalmann. Auf dem Heimweg hat der sich sogar die Mühe gemacht, aus seinem Nobelschlitten auszusteigen, um sich zu erkundigen, was wir dort suchen würden. Der Herr Rechtsanwalt war etwas ungehalten, aber unseren Ausführungen über die unbekannte Tote hat er artig zugehört. Ich habe ihm eine Visitenkarte gegeben, deinen Namen genannt und ihn gebeten, Fragen direkt an dich zu stellen.» Galgenberg grinste. «Der wurde richtich wütend, und als er wieder in seinen Mercedes einsteigen wollte, hab ick ihm höflich die Beifahrertür jeöffnet und natürlich een Blick hineinjeworfen. Der Fahrer war een kräftiger Typ mit Bullenbeißerjesicht. Eindeutig Rüdiger Ludwig. Auf der Rückbank saß aber, wie ick erwartet habe, noch eener, een feiner Herr, der sofort ausm Fenster jekiekt hat, als er meines freundlichen Mondjesichts gewahr wurde. Der Rechtsverdreher hat natürlich protestiert. Da is man eenmal höflich, hält die Tür uff, und dann is dit ooch nich jut. Die Herren sind dann, gelinde gesagt, etwas überstürzt los. Erinnerte ein wenig an Flucht. Melde gehorsamst: Staub in erheblichem Maße aufgewirbelt!»

«Kanntest du den Mann?»

«Den von de Rückbank? Nee, aber die Visage is jetz drin in meenem Kopp», gab Galgenberg mit ernstem Gesicht zur Kenntnis und tippte sich energisch gegen die Stirn.

Wilfried von Thalmann kochte innerlich vor Wut. Dieser Tag schien ein besonders ärgerlicher zu werden. Erst das Gerücht, dass jemand in seinem Gebiet wilderte und offensichtlich einen florierenden Handel mit echten Pässen betrieb, dann die Polizeibeamten, die in seiner Nachbarschaft Erkundigungen über ihn eingeholt hatten. Und schließlich auch noch der unerwartete Besuch von Haffidh al-Malih. Glücklicherweise waren da die Bullen schon wieder abgezogen. Die Forderungen von diesem syrischen Wüstensohn wurden immer unverschämter. Jemand musste dem Kerl den derzeitigen Preis für eine Flucht in einem Diplomatenwagen gesteckt haben. Kaum hatte er den Botschaftsmitarbeiter verabschiedet, war Thalmann zornig in sein Trophäenzimmer zurückgekehrt. Verärgert starrte er auf die ausgestopften Tierköpfe, die die Wände zierten. Durchweg exotische Arten, die er selbst zur Strecke gebracht hatte. Sein Blick blieb an der Kaminuhr hängen, die er seit der letzten Großwildjagd in Rhodesien sein Eigen nennen durfte. Es war neunzehn Uhr dreißig. Haffidhs Besuch hatte länger gedauert als erwartet. Die im kolonialen Stil gehaltene Uhr war eine aus Ebenholz geschnitzte Allegorie der Big Five. Die stolzen Tiere, gruppiert um das goldene Ziffernblatt, strahlten Pathos aus. Ein Geschenk des Safari Club of Salisbury. Die sich als unabhängig betrachtende ehemalige englische Kronkolonie wurde zwar international nicht anerkannt, brauchte deshalb aber auch auf keinerlei Befindlichkeiten Rücksicht zu nehmen. Thalmann war es bei seinem letzten Afrikabesuch gelungen, ein Spitzmaulnashorn zu erlegen, das zu jenen fünf Arten zählte, deren Jagd als besonders schwierig und gefährlich galt. Jeweils ein Exemplar der anderen vier Tierarten – einen Afrikanischen Büffel, eine Elefantenkuh, einen prächtigen Löwen und einen verschlafenen Leoparden – hatte er schon in den Jahren zuvor von seiner Liste streichen können.

Am liebsten hätte er Haffidhs Kopf neben die anderen Trophäen gehängt. Selbstverständlich stimmte es, dass die Diplomatentour immer noch die sicherste Route war. Solange die DDR um staatliche Anerkennung buhlte, war sie ein Selbstläufer. Doch fünfzig Prozent der vereinbarten Zahlung zu verlangen war dreist. Sich Haffidhs Forderung zu verweigern hieße aber, einen der erfolgreichsten Fluchtwege aufzugeben. So musste er die Preise für die Touren eben anheben. Er war Unternehmer. Er zahlte sogar artig Steuern an den Fiskus, damit nicht der leiseste Verdacht auf ihn fiel. Sicherheit hatte ihren Preis. Wer in der Lage war, 15 000 D-Mark zu zahlen, der verfügte auch über ausreichend Reserven, um nachzuschießen. Das Geld kam ohnehin von betuchten Verwandten, denen die Familienzusammenführung am Herzen lag. Angebot und Nachfrage, resümierte von Thalmann in Gedanken. Die Ressourcen bestimmten nun mal den Preis. Außerdem war er der Einzige in der Branche, der die Diplomatentour anbieten konnte. Dennoch, dass der Kerl wie ein Kamelhändler feilschte, ärgerte ihn außerordentlich. Auch Haffidhs Wunsch, historische Gegenstände, die mit der Wehrmacht und der SS in Zusammenhang standen, erwerben zu wollen, bereitete unnötige Mühe. Allerdings verrechnete der syrische Diplomat authentische NS-Devotionalien ausgesprochen gut.

So schnell, wie Thalmanns Wut aufgeflammt war, erlosch sie auch wieder. Etwas müde ließ er sich in den Sessel fallen und steckte sich eine Zigarette an. Aus der Jackentasche zog er einen Flachmann, nahm einen kräftigen Schluck und stellte die Flasche mit seinen Initialen auf den Mahagonitisch, der einst seiner verstorbenen Adoptivmutter gehört hatte. Bei dem Gedanken an Nora schloss er angewidert die Augen. Nie wieder würde er es alten fetten Frauen besorgen! Angestrengt versuchte er, das Bild aus dem Kopf zu verbannen. Ein kurzes Nickerchen sollte genügen, um den Gedanken an Nora zu verscheuchen.

Für den morgigen Tag war ein Flug nach Frankfurt am Main geplant. Dort galt es, einen Koffer voller Erinnerungsstücke der Waffen-SS abzuholen, der Haffidh bei Laune halten sollte. Gustav Terpitz hatte den Kontakt vermittelt. Gemeinsam mit ihm würde Thalmann mit der ersten Maschine vom Flughafen Tegel starten und das Geschäft abschließen. Die Echtheit der Orden, Dolche, Uhren, Gemälde und einiger Büsten des ehemaligen NS-Diktators musste Terpitz noch bestätigen. Der Mann verstand etwas von derartigem Trödel. Was aber schwerer wog: Er kannte sich auf jenem Markt gut aus, dessen Käufer gern im Dunkeln blieben. Über ihn hatte Thalmann auch schon gewinnbringend einen Teil der verstaubten Erinnerungen seiner Adoptivmutter veräußert, als diese noch gelebt hatte.

Aus dem Nebenraum, der durch eine zweiteilige Glasschiebetür abgetrennt war, hörte Thalmann ein spitzes Lachen. Conny schien sich köstlich zu amüsieren. Es bedurfte nicht viel, um die Kleine zu belustigen. Das Mädchen war eher schlichter Natur. Gerade achtzehn geworden, unverbraucht und von jener Schlankheit, die Mädchen auszeichnet, die noch nicht zur Frau gereift waren. Müsste sie sich um Arbeit bemühen, würde die Aufzählung ihrer Stärken zwei Punkte umfassen: Lachen und Bumsen. Viel Auswahl blieb ihr nicht.

Leise öffnete sich die Schiebetür, und mit einem Kichern schlich sich Conny von hinten an Thalmann heran. Sie hielt ihm die Augen zu und flüsterte: «Rate mal, wer ich bin!»

«Conny, lass mich zufrieden! Ich muss mich um die Geschäfte kümmern.»

Schmollend setzte sie sich auf seinen Schoß und tat erstaunt, dass er sie sogleich erkannt hatte. «Du bist schon drei Stunden in diesem schrecklichen Zimmer. All die toten Köpfe – da wird man ja plemplem.» Sie schaute sich um und verdrehte die Augen, hatte dann aber eine Idee und zeigte mit der linken Hand auf den großen Nashornkopf über dem Kamin. «Wenn ich im nächsten Leben eine Gazelle bin, hängst du meinen Kopf dann auch an die Wand?»

Thalmann fehlte für derartige Albernheiten das Verständnis. Er gab einen Seufzer von sich, der deutlich zum Ausdruck brachte, dass er genervt war, und schob Conny mit seinen kräftigen Händen von seinem Schoß. «Kannst du mich bitte allein lassen? Ich muss nachdenken. Bekommst du das in dein hübsches Köpfchen hinein?»

Beleidigt verschränkte Conny die Arme vor der Brust und wippte ein bisschen mit dem Oberkörper. «Ich bin dir wohl vollkommen egal, was?»

«Hast du nichts Wichtiges zu tun? Nägel feilen? Augenbrauen zupfen? Schwimm von mir aus ein paar Runden im Pool, aber lass mich zufrieden!»

Conny zog ihre Oberlippe schmollend nach oben. Ihre Augen verengten sich zu Schlitzen. Fast schien es, als wollte sie beleidigt abziehen, aber dann nahm sie den Flachmann vom Tisch und machte Anstalten, einen Schluck zu trinken. Das war eindeutig zu viel für den schönen Willi. Er sprang auf und holte aus. Viel hätte nicht gefehlt, und er hätte Conny eine saftige Backpfeife verpasst.

Doch in diesem Moment eilte Rüdiger Ludwig ins Zimmer. «Es gibt ein Problem», sagte er besorgt und legte die Zeitung auf den Tisch. «Gebhard ist an der Grenze festgenommen worden.»

Thalmann starrte ihn erstaunt an. «Was hast du da gerade gesagt?»

Ludwig deutete auf die reißerische Überschrift auf der Titelseite vom *Abend*: *Fluchtversuch in letzter Sekunde verhindert – Mauerbrecher von Grenzposten angeschossen.*

Ungläubig nahm Thalmann die Zeitung zur Hand und las den Artikel.

Heute Morgen versuchte ein Fahrer der Firma Liebscher die Sperranlagen am Grenzübergang Staaken zu durchbrechen. Der Versuch misslang. Der Mann wurde festgenommen. Kurz darauf verhafteten die Grenzposten eine junge Frau, die offensichtlich in einem präparierten Versteck im Wagen versucht hatte, die Grenze zu überwinden. Der Fahrer wurde durch mehrere Schüsse verletzt. Über seinen Gesundheitszustand ist nichts bekannt. In welchem Verhältnis Fahrer und Fluchtwillige standen, lässt sich derzeit noch nicht sagen.

Neben dem Artikel waren Fotos der gescheiterten Flucht abgebildet. Eines zeigte das schmerzverzerrte Gesicht des Fahrers.

«Gebhard hatte gar keinen Auftrag von uns», stellte Thalmann nachdenklich fest. «Ich kann mir kaum vorstellen, dass er auf eigene Faust gehandelt hat.» Er schüttelte den Kopf. Was für ein beschissener Tag!, dachte er und stöhnte verzweifelt. «Conny, lass uns allein! Ruf Rechtsanwalt Böhl an! Er soll sofort kommen.»

Ohne zu widersprechen, stellte Conny den Flachmann vorsichtig auf den Tisch. Sie war offensichtlich froh, seine kräftigen Hände nicht gespürt zu haben.

Thalmann schaute sich die Fotos erneut an. Seine Augen verengten sich. Energisch tippte er mit dem Zeigefinger auf die Zeitung. Als Conny die Glastür vorsichtig zuschob, sagte er: «Die Fotos sind von Volker Dietrich. Offenbar wusste unser lieber Didi, wann und wo die Flucht scheitern sollte. Ich möchte wissen, woher. Rüdiger, kümmere du dich darum! Wenn ich morgen am späten Abend aus Frankfurt zurück bin, will ich Antworten haben.»

SECHS

Dienstag, 23. Juni 1970

OTTO KAPPE begrüßte den Verfassungsschützer, der als Verbindungsmann seit Jahren Kontakt zur Fluchthelferszene hielt. «Danke, dass Sie kurzfristig Zeit für mich haben.»

Merlin drückte ihm unerwartet fest die Hand. «Immer gerne.» Auffordernd deutete er auf einen Kiosk an der Kantstraße, Ecke Kaiser-Friedrich-Straße. «Ich habe heute noch nichts gegessen. Ist zwar noch früh am Morgen, aber hier soll es die besten Würste geben. Angeblich hat hier die Imbissbesitzerin Herta Heuwer die Currywurst erfunden.»

Kappe kam der Vorschlag recht, zumal er selbst bisher nur einen Kaffee getrunken hatte. Als er an der Reihe war und nicht gleich seine Bestellung aufgab, blaffte ihn der Mann hinter der Theke unwirsch an. «Mit oder ohne Darm?»

Kappe entschied sich für die zweite Variante.

«Allet klar, Meester. Ham keene Zähne mehr, wa?»

Der Imbissbesitzer grinste breit, und Kappe blieb nichts anderes übrig, als zurückzulächeln. Einen Moment lang dachte er an Hans-Gert Galgenberg und dessen Angst, dass die Berliner Mundart in den nächsten Jahrzehnten aussterben könnte. Solange es solche Verkäufer gab, musste dem Kollegen nicht bange sein.

Nachdem sie sich gestärkt hatten, gingen Otto Kappe und Merlin in Richtung Lietzensee. Noch waren die Temperaturen zu ertragen. Laut Wetterbericht sollten heute 27 Grad erreicht werden, Tendenz steigend. Auf dem Weg konnten sie ungestört miteinander reden.

«Ihr habt einen Tipp bekommen, dass die Tote von Nikolskoe etwas mit Wilfried von Thalmann zu tun hat? Ehrlich gesagt, begreife ich das nicht. Niemand kennt die Identität der Leiche. Keiner kann sagen, wie die Frau aussieht, und doch behauptet jemand, es gebe eine Verbindung zwischen ihr und dem schönen Willi», begann Kappe. «Das klingt in meinen Ohren ausgesprochen dünn.»

Merlin zog die Schultern hoch, so als würde er frieren. «Das ist es auch. Verdammt dünn sogar. Wir haben in der letzten Woche einen anonymen Anruf erhalten mit dem direkten Hinweis auf Wilfried von Thalmann.» Er reichte Otto Kappe einen Hefter. «Alles, was wir an Informationen besitzen, steht hier drin. Alles, was Sie nicht wissen dürfen, haben wir geschwärzt. Erwarten Sie also nicht zu viel! Ist sowieso nur eine Zusammenfassung. Die Unterlagen über unseren gemeinsamen Freund füllen einige Regalmeter.»

Kappe schaute Merlin fragend an und nahm den Hefter entgegen. Für eine Zusammenfassung war der erstaunlich dick. «Können Sie etwas mehr über den Anrufer sagen?»

Merlin schwieg so lange, bis sie an einer Bushaltestelle vorbeigelaufen waren. «Es war ein Mann. Kein Akzent. Er hat seine Stimme natürlich verstellt, sprach aber ruhig und deutlich. Mittleren Alters, schätze ich.»

Kappe blieb kurz an der Fritschestraße stehen, um ein Taxi vorbeizulassen. Neugierig öffnete er den Hefter. Auf dem Deckblatt stand der Name Wilfried von Thalmanns. Er blätterte ein paar Seiten weiter, bis er den Eintrag über den anonymen Anrufer fand. *Die Tote von Nikolskoe und Wilfried von Thalmann kannten einander. Ich halte es für meine Bürgerpflicht, Sie darüber zu informieren.* Kappe zog die Stirn kraus und klappte den Hefter wieder zu, bevor er weiterging. «Können Sie mir eine Zusammenfassung der Zusammenfassung geben?»

Merlin schmunzelte. «Ich wusste, dass Sie das fragen. Also gut, die Kurzversion. Der schöne Willi ist Besitzer der Thalmann AG mit Hauptsitz in West-Berlin. Die AG steht mit kleinen Reisebüros in Deutschland, Österreich und der Schweiz in Verbindung, die die Kunden vermitteln. Diese Büros sind gesellschaftsrechtlich alle selbstständig, arbeiten aber ausschließlich für Wilfried von Thalmanns Aktiengesellschaft. Die Vertretungen haben keinen Kontakt zueinander. Jede von ihnen ist hierarchisch aufgebaut. Verantwortlich ist jeweils ein sogenannter Projektkoordinator. Dieser sucht sich die Mitarbeiter für das jeweilige Fluchtunternehmen. Nur Thalmann kennt alle Einzelheiten. Und darüber hinaus den Namen des sogenannten Kunden, seine Adresse und die Art der Finanzierung. Der Projektkoordinator kümmert sich um alle technischen und logistischen Details: Ort, Zeit, Route. Nicht einmal innerhalb der einzelnen Gruppen kennen alle einander. Das ist äußerst clever. Eine Arbeitsteilung, die zu durchschauen für einen Geheimdienst kaum möglich ist. Jede Gruppe bekommt Aufträge zugeteilt und nach deren Erfüllung auch das Geld von der Thalmann AG. Wirtschaftet jemand in die eigene Tasche, wird das mit dem Ausschluss aus dem Firmenkonstrukt bestraft, neben dem finanziellen Aus hat das persönliche Konsequenzen. Bis auf einen Kerl aus Wien scheint das auch noch niemand versucht zu haben.»

«Was ist mit dem geschehen?», erkundigte sich Kappe interessiert.

«Das wissen wir nicht genau. In Österreich gilt er offiziell als vermisst. Vielleicht ist er untergetaucht. Allerdings gibt es ein Interview im *Berliner Blitz* mit einem angeblichen Aussteiger vom Sommer 1969. Ein ehemaliger Vertrauter Thalmanns versicherte damals, der schöne Willi zeige jedem neuen Mitarbeiter am Ende des ersten Gesprächs zwei Bilder. Auf dem ersten sei ein lächelnder Mann zu sehen, auf dem zweiten derselbe lächelnde Mann – dem allerdings die Mundwinkel bis zu den Ohren reichten. Der Mann auf den Fotos ist angeblich der verschwundene Österreicher.»

Ein Ton, der tiefste Abneigung und Entsetzen zum Ausdruck brachte, schlüpfte über Kappes Lippen. «Halten Sie derartige Horrorgeschichten für wahr?»

«Schwer zu sagen. Beweise gibt es nicht, und Desinformation

ist eine der Stärken der Kollegen im Osten. Aussteigergeschichten werden mit Vorliebe der Boulevardpresse zugespielt. Ein anonymer Kontakt aus der Nähe des erklärten Feinds, da muss man immer vorsichtig sein. Nachprüfbar ist das meist nicht. Aber für die Bildung der öffentlichen Meinung sind derartige Gruselgeschichten ein wirksamer Katalysator. Der Wind dreht sich. Fluchthilfe, zumal kommerzielle, wird von vielen West-Berlinern zunehmend kritisch gesehen. Viele glauben inzwischen, dass derartige Unternehmungen von Kriminellen organisiert werden und eine Mitschuld am Scheitern des Passierscheinabkommens haben. Thalmann war so schlau, auf den Artikel nicht zu reagieren. Und wenn Sie mich fragen, ob ich ihm ein derartiges Verhalten zutraue – ehrlich gesagt, nein. Dann schon eher seiner rechten Hand, Rüdiger Ludwig.»

«Sie halten es für eine schlaue Reaktion zu schweigen?»

«In Thalmanns Augen wäre ein Dementi unglaubwürdig. Und für seine Mitarbeiter ist es ein deutlicher Fingerzeig: Haltet euch an die Regeln, haltet euch an die Absprachen, dann verliert niemand sein Gesicht. Das ist seine Devise.»

«Verstehe», murmelte Kappe, obwohl er sich unsicher war, ob er tatsächlich alles verstand.

«Thalmann lebt gefährlich. Es gab mindestens zwei Mordversuche, die wir der Staatssicherheit zuschreiben. Im letzten Jahr wurde sein Sportwagen manipuliert, und ein Jahr davor schoss jemand in Griechenland auf ihn.»

Nachdenklich verlangsamte Kappe seine Schritte. «Davon haben wir keine Kenntnis.»

«Der schöne Willi hat eine tiefe Abneigung gegen die Polizei. Wir haben ihm damals zu einer Anzeige geraten, aber er wollte nicht. Stattdessen hat er seine Aktivitäten noch verstärkt. Kein Fluchthelfer verdient mehr Geld als er und seine Mitarbeiter. Der Kerl lässt sich nicht lumpen. Angeblich gibt es sogar einen Fonds, der dazu dient, die Angehörigen verurteilter Fluchthelfer, die in ostdeutschen Gefängnissen schmoren, finanziell zu unterstützen. Natürlich nur, wenn der Erwischte gegenüber dem Ministerium für Staatssicherheit dichthält. Das steigert das Durchhaltevermögen. Bautzen ist alles andere als ein Zuckerschlecken.»

Offensichtlich führte der schöne Willi sein Fluchthilfeunternehmen mit harter Hand, schien aber auch eine soziale Ader zu haben. Dass sich die Stasi ernsthaft für ihn interessierte, war nachvollziehbar.

Merlin, der Kappes Gedanken erriet, ergänzte: «Der schöne Willi hat für alle Fälle schon mal vorgesorgt. Im vergangenen Sommer hat er eine kleine Farm in Rhodesien, in der Nähe des Ufers des Sambesi, erworben. Niemand weiß davon, nicht einmal seine engsten Freunde. Er hegt gegen alles und jeden Misstrauen.»

«Aber Sie wissen davon.»

Ein breites Grinsen bestätigte, dass der Mann vom Verfassungsschutz noch sehr viel mehr wusste. Es verriet aber auch, dass er nicht bereit war, diese Informationen mit Kappe zu teilen.

«Warum dieser Deckname: Merlin?», erkundigte sich Kappe, als sie vor dem kleinen Park des Amtsgerichts Charlottenburg anhielten, um sich voneinander zu verabschieden.

Merlin dachte einen Augenblick nach, bevor er antwortete: «Er stammt aus der Zeit, als die Fluchthelfer noch Idealisten waren und ihr letztes Hemd für Landsleute gaben, die den Osten verlassen wollten. Offiziell hat sich der Verfassungsschutz nie in deren Aktivitäten eingemischt. Doch meine Aufgabe wurde es, finanzielle Unterstützung für ihre Vorhaben zu organisieren und die einzelnen Gruppen über Gegenmaßnahmen der Stasi zu informieren. Ein Zauberer bin ich aber keineswegs.»

Theo Löffler schaute auf den Wecker und wusste, dass er den Termin in der Vaganten Bühne, dem Kellertheater im Delphi Filmpalast, verpassen würde. Große Chancen, den Auftrag für die Gestaltung der Bühnenbilder zu erhalten, hatte er sich zwar sowieso nicht ausgerechnet, aber zumindest war der Intendant bereit gewesen, sich seine Entwürfe anzuschauen. Doch nun konnte sich ein anderer freuen, die passenden Kulissen für Wolfgang Borcherts

Protagonisten, den Wehrkriegsheimkehrer Beckmann, schaffen zu dürfen. Dabei war Löffler prädestiniert dafür, die Rolle des Außenseiters und Opfers mit seinen minimalistischen und bedrückend wirkenden Illustrationen zu unterstützen, fühlte er sich doch selbst wie jener Beckmann. Auch er war kurzsichtig. Auch ihn sprachen die meisten nur mit dem Nachnamen an. Sein körperlicher Zustand konnte auch als lädiert bezeichnet werden. Löffler hatte ganze Passagen aus dem Drama *Draußen vor der Tür* auswendig gelernt. Nun konnte er sie mehr als passabel rezitieren, wie er selbst fand. Aber er war Bühnenbildner, kein Schauspieler. Löffler lebte von der Hand in den Mund und hatte den Winter über oft gefroren, weil er sein Geld lieber für Alkohol statt für Kohlen ausgegeben hatte. Das Bühnenstück um den aus der Kriegsgefangenschaft zurückkehrenden Beckmann wäre der ideale Einstieg in die West-Berliner Theaterszene gewesen. So hätte er wieder festen Boden unter den Füßen gehabt. Er brauchte nur eine einzige Chance, um sein Talent zu beweisen. Er würde alle überzeugen, daran gab es für ihn keinen Zweifel. Aber der heutige Zug war abgefahren.

Die polternden Geräusche der Müllabfuhr hatten ihn geweckt. Die Mitarbeiter der Stadtreinigung schienen sich einen Spaß daraus zu machen, die eisernen Mülltonnen lärmend über den gepflasterten Hof zu ziehen und sie krachend Stufe für Stufe in den schmalen Flur des Vorderhauses zu transportieren. Löffler versuchte, seine Abneigung gegen den Plebs, wie er einfache Menschen abwertend bezeichnete, herunterzuschlucken und schaute sich in seinem Zimmer um. Auf dem Boden lag das geduldige Publikum der letzten Nacht: zwei leere Flaschen Fusel. Denen hatte er Beckmanns Monolog über seine Wiederkehr vorgetragen. Beckmann war ein Antiheld wie er. Auch ihm, Theo Löffler, einem ehemaligen Bühnenbildner der DDR, hatten die Menschen im Westen nach seiner Flucht aus dem Osten nicht den ersehnten glücklichen Empfang bereitet, sondern eher abweisend die Türen verschlossen. In West-Berlin zählten Urkunden mit Hammer und Zirkel im Ährenkranz nichts.

Mühsam richtete sich Löffler auf, setzte sich auf die Bettkante und bemerkte erst jetzt, dass er in der vergangenen Nacht in seiner Kleidung geschlafen hatte. Er musste etwas trinken. Der Kater brachte ihn fast um den Verstand. In der Küche wusste er noch ein Röhrchen mit Alka-Seltzer. Obwohl er vor hämmernden Kopfschmerzen kaum einen klaren Gedanken fassen konnte, fiel ihm der Werbespruch auf der Verpackung ein: *Alka-Seltzer sprudelt – sprudelt Unbehagen fort. Alka-Seltzer. Macht aus Wasser Wasser mit Wohlgefühl.* Er nahm ein Bierglas aus dem Schrank, füllte es bis zum Eichstrich und löste zwei Tabletten darin auf. Dann trank er es in einem Zug leer. Es würde eine Weile dauern, bis die Wirkung einsetzte. Unschlüssig stand er vor dem Spülbecken. Der Tag war zwar noch jung, aber schon jetzt gehörte er zu denen, auf die Löffler gern verzichtet hätte.

Sein Blick wanderte zum Wandregal über dem Küchentisch. Neben einem Einweckglas, in dem er ein paar Münzen aufbewahrte, stand ein einzelnes Foto. Darauf war eine Familie zu sehen. Vater, Mutter, zwei Kinder. Alle lächelten. Die Sonne hatte das Bild ausgeblichen. Auch Löfflers Erinnerung an eine gute und glückliche Zeit war hinter dem Nebel des Alkohols undeutlich geworden. Löffler nahm das Glas vom Regal und schätzte die Summe der Münzen. Für eine kleine Flasche reichte es noch.

Das Poltern der Mülltonnen erstarb. Die Müllabfuhr zog weiter. Erleichtert öffnete er das Fenster. Doch Ruhe war ihm an diesem Vormittag nicht vergönnt. Von der gegenüberliegenden Seite des Hofs hörte er das fremdsprachige Geschrei einer Mutter, die ihre kreischenden Kinder zur Ruhe bringen und zugleich ihren Mann vom Weggehen abhalten wollte. Beides gelang ihr nicht. Kurz darauf lief der Mann über den Hof, während die Frau ihm wüste Beschimpfungen hinterherschickte.

Seitdem Löffler die Wohnung auf dem Gelände einer Fleischerei am Neuköllner Karl-Marx-Platz bezogen hatte, waren immer häufiger alteingesessene Mieter aus- und neue, meist Perser, eingezogen. Dass ein Teil von ihnen ihr Geld nicht mit redlicher

Arbeit verdiente, wusste Löffler. Nach einem Streit mit einer Prostituierten auf der Kurfürstenstraße hatte er sich einmal einem seiner südländisch aussehenden Nachbarn gegenübergesehen. Die Schlampe hatte es ihm viel zu schnell besorgt. Eine Diskussion mit dem Luden war aber schon aus rein sprachlichen Gründen nicht möglich gewesen. Ein gezogenes Messer hatte Löffler dazu gebracht, die Beschwerde zurückzuziehen.

Er beschloss, zwei weitere Tabletten aufzulösen, obwohl er an ihrer Wirkung zweifelte.

Auf das erste Läuten an seiner Wohnungstür reagierte er nicht. Meist versuchten nur Hausierer, ihm etwas aufzuschwatzen, ein Abo für eine Zeitschrift, irgendein unnützes Haushaltsgerät oder die Schriften eines selbsternannten Messias. Erst beim zweiten Klingeln, das nicht aufhören wollte, reagierte er, wenn auch weniger aus Neugier denn aus Verzweiflung. Sein Kopf drohte zu explodieren. Wütend riss er die Wohnungstür auf, um den vermeintlichen Störenfried in die Schranken zu weisen. Aber statt deutliche Worte zu finden, schaute er sein Gegenüber nur entsetzt an. Mit allem hätte er an diesem Morgen gerechnet, nur nicht mit diesem Besuch.

Als Otto Kappe am späten Morgen ins Büro kam, fand er Hans-Gert Galgenberg mit verschränkten Armen hinterm Kopf und einem seligen Lächeln im Gesicht auf dem Bürostuhl vor. Galgenbergs Füße ruhten auf einer Schreibtischecke. Auf seinem Schoß lag *Der Abend.* Vor ihm stand eine Tasse Kaffee, und daneben lagen einige zu einem lächelnden Gesicht arrangierte Kekse.

«Was ist denn mit dir los?»

Galgenberg schien Kappes Anwesenheit nicht wahrzunehmen. Er verharrte in seiner Haltung. «Keunitz hat mir doch Jelassenheit jepredigt. Und dit mach ick jetz. Inne Ruhe liegt die Kraft! Chinesisches Sprichwort. Ick halt dit wie Konifärius oder Koniziosus oder so.»

Kappe schüttelte den Kopf. «Wenn ich mich nicht irre, wolltest du dich um die Geschäftsbeziehungen des schönen Willi kümmern.»

«Na, dit mach ick doch gerade. Ick hab lautstark innen Wald gerufen, und nu warte ick, dass it wieder rausschallt.»

«Ich verstehe kein Wort. Außerdem heißt der weise Mann Konfuzius.»

«Na, mein ick doch. Also Konsortius sagt: Is man in kleenen Dingen nicht jeduldig, bringt man dit janze Vorhaben zum Scheitern!»

«Hans-Gert, du machst mich wahnsinnig! Und erspar mir deine chinesischen Plattitüden.»

«Platte Tüten is französisch.»

In diesem Moment klingelte das Telefon. Galgenberg sprang wie von der Tarantel gestochen auf und riss den Hörer von der Gabel. «Galgenberg, Mordkommission. Ich bin ganz Ohr!»

Kappe beobachtete neugierig, wie sein Kollege angespannt lauschte und sich Notizen machte.

«Und da gibt es keinen Zweifel?», erkundigte sich Galgenberg. Fast bedächtig legte er den Hörer anschließend wieder auf, setzte sich auf seinen Stuhl und schwieg.

«Wenn du mir jetzt nicht sagst, was los ist, kündige ich dir die Freundschaft und muss dich anschließend erschießen. Oder ich erschieße dich erst und kündige dir dann die Freundschaft.»

Galgenberg, der ernst geworden war, starrte auf seinen Zettel und sagte: «Gestern Vormittag wurde Helmut Gebhard am Grenzübergang in Staaken gefasst. In seinem Fahrzeug befand sich eine junge Frau. Die Genossen werden die beiden wohl eine lange Zeit hinter ostdeutsche Gardinen verfrachten.»

«Helmut Gebhard? Sollte ich den kennen?», fragte Kappe verwundert, der den Namen noch nie gehört hatte.

«Als Kynast und ich um das Gehöft vom schönen Willi geschlichen sind und mit den Leuten gequatscht haben, da hat einer von den netten Nachbarn erzählt, dass in der Garage manchmal bis tief in die Nacht gearbeitet wurde. Einmal, muss ungefähr ein

Jahr her sein, als Thalmanns Jungs einen Lkw umbauten, habe er sogar die Polizei gerufen. Ruhestörung. Und was glaubst du, was das für ein Lkw war? Liebscher Transporte. Und während ich beim morgendlichen Kaffeeschlürfen vor mich hin sinniere, wie man denn über den Thalmann weitere zweckdienliche Informationen bekommen kann, klopft es an der Tür. Der aufmerksame Nachbar tritt ins Büro, legt mir den *Abend* vom Vortag auf den Tisch, tippt energisch mit dem Finger auf das Foto und sagt: ‹Genau den Kerl hab ich mit dem Lkw beim Herrn Thalmann gesehen.›»

Kappe schmunzelte. «Und dessen Namen hat dir der Wald zurückgeschallt?»

«Na ja, in jedem Wald jibt dit ooch 'ne Quelle. Und meine Quelle ist een Mitarbeiter der Personalabteilung der Firma Liebscher. Den hab ick anjerufen und mich erkundigt. Und wie de gerade Zeuge wurdest: Als ick die von Keunitz verschriebene Jelassenheit so richtig genießen wollte, klingelt der Apparat. Rückruf vom Inhaber Bernd Liebscher persönlich. Und der hat mir den Namen geflüstert. Helmut Gebhard ist der arme Kerl, den die Grenza erwischt haben.»

Mit besorgtem Blick las Kappe den reißerischen Artikel. *Fluchtversuch in letzter Sekunde verhindert.* Das dazugehörige Bild war von Volker Dietrich. Kappe kannte den Mann. Eine zwielichtige Gestalt, die als Skandalfotograf einige Berühmtheit erlangt hatte. Daran, dass Dietrich zufällig zur richtigen Zeit am richtigen Ort gewesen war, glaubte Kappe nicht. Schon jetzt tönte Dietrichs Fistelstimme in seinem Kopf: «Pressefreiheit ist ein hohes Gut!» Wie immer würde der Kerl von seinem Zeugnisverweigerungsrecht Gebrauch machen. Doch Kappe war überzeugt, dass Dietrich von dem Fluchtversuch gewusst hatte und davon, dass er scheitern würde. Schlechte Nachrichten waren für den gute Nachrichten. Kappe nahm die Zeitung, setzte sich auf seinen Stuhl und blätterte darin herum.

«Dit is meine», protestierte Galgenberg.

«Die habe ich gerade konfisziert. Der *Abend* ist jetzt ein Beweisstück», erwiderte Kappe und fand endlich die Information, die er gesucht hatte. Es kam nicht oft vor, dass er Lotto spielte, und wenn, dann tippte er immer dieselben Zahlen. Diesmal hatte er fünf Zweier. Zwei Fünfer wären ihm lieber gewesen. Enttäuscht faltete er die Zeitung zusammen und ließ sie im Schubfach verschwinden.

Kai Jürgens fuhr mit dem Doppeldeckerbus durch Berlin. Er hatte einen der begehrten Plätze direkt vor der Frontscheibe auf dem Oberdeck ergattert und betrachtete aufmerksam die Straßenzüge entlang der Linie. Entdeckte er eine junge Frau, drehte er sich um und versuchte ihr Gesicht zu erkennen. Doch bisher waren ihm alle fremd gewesen, keiner war er jemals begegnet. Das Gelenk seiner rechten Hand schmerzte. Er musste es sich verstaucht haben. Auch die Fingerknöchel sahen nicht besonders gut aus. Zwei waren aufgerissen und bluteten. In seinem Zorn hatte er nicht richtig getroffen und gegen die Wand geschlagen. Notdürftig wickelte er ein Taschentuch um die Wunde und starrte wieder auf die Straße. Nach der unerfreulichen Begegnung war er in den erstbesten Bus gestiegen, hatte eine Fahrkarte gelöst und fuhr nun in Richtung City.

Erneut betrachtete er seine Hand und bewegte die Finger. Er war sich sicher, dass die Verletzungen nur oberflächlich waren. Mit etwas Spucke wischte er das verschmierte Blut von den Knöcheln. Anschließend steckte er das Taschentuch wieder ein. Dabei entdeckte er den Zettel, den ihm Ado Steinkopf vor dem Notaufnahmelager gegeben hatte. Ohne Zweifel ein windiger Typ, keiner, dem man ernsthaft trauen sollte. Amüsiert schaute er auf das Bild mit dem Engel, der ein Bier servierte. Einen Moment lang war er versucht, den Zettel zusammenzuknüllen und unter die Sitzbank fallen zu lassen, er besann sich aber eines Besseren und steckte ihn wieder ein.

Die Befragung durch die Alliierten hatte sich länger hingezogen, als er erwartet hatte. Fast den gesamten Vormittag. Die Nachrichtendienste der Amerikaner, Engländer und Franzosen überprüften jeden einzelnen Flüchtling auf eine mögliche Staatsgefährlichkeit. Zwar erfolgten die Interviews durch erfahrene Mitarbeiter, dennoch hatte Jürgens seine Zweifel, ob sich dadurch auch nur ein einziger geschulter Spitzel enttarnen ließ. Als Erstes hatte er mit einem Amerikaner gesprochen, der sich besonders für alle Details interessiert hatte, die mit seinem Dienst bei der Nationalen Volksarmee zu tun hatten. Der Name des Mannes war Jürgens längst entfallen. An seinen kräftigen Handschlag konnte er sich aber noch erinnern. Begonnen hatte das Interview mit der Frage: «Wir sind eine alliierte Dienststelle. Hatten Sie jemals Kontakt zu einem Angehörigen des Ministeriums für Staatssicherheit?»

Jürgens hatte militärische Informationen weitergegeben und Angaben zu Mitbürgern aus seinem Umfeld gemacht. Gewissenhaft hatte er aufgezählt, wer aus seinem Bekanntenkreis Mitglied in der SED war, bei der Volkspolizei arbeitete, als Offizier bei den bewaffneten Streitkräften diente oder gar im Verdacht stand, für das MfS tätig zu sein. Ausführlich hatte er über seine Mutter berichtet, die als Historikerin im Museum für Deutsche Geschichte gearbeitet hatte, dann in Ungnade gefallen war und jetzt im Einzelhandel Regale bestückte. Nur auf die Frage, ob er Verwandte in West-Berlin oder Westdeutschland habe, hatte er eine ausweichende Antwort gegeben. «Von der Familie Jürgens gibt es niemanden im Westen.»

Der Bus hielt an. Einige Fahrgäste stiegen aus, andere, die zustiegen, versuchten sich einen der freien Plätze zu erkämpfen. Kai Jürgens starrte aus dem Fenster und beobachtete die Menschen, die ins KaDeWe strömten. Die Betriebsamkeit der West-Berliner faszinierte ihn. Sie gingen ihrem Tagewerk nach oder amüsierten sich, als würde die Mauer nicht existieren.

Verzweifelt überlegte er, was er tun konnte. Theo Löffler hatte ihn im Stich gelassen, er hatte keine seiner Fragen beantwortet. Weder eine Adresse noch eine Telefonnummer, nicht einen einzigen Hinweis, der weiterhalf. In seiner Verzweiflung hatte er blindlings zugeschlagen. Wieder und wieder. Er war wie im Rausch gewesen. Fast hätte er ihn zu Tode geprügelt. Erneut betrachtete Jürgens seine Hände, als wären sie ihm fremd. Resigniert ließ er sie sinken. Er wusste nicht, wo er weitersuchen sollte.

Nachdenklich griff er in seine Aktentasche und zog einen Stapel Papiere heraus. Obenauf lag ein Umschlag, der letzte Brief seiner Schwester. Er starrte auf den Poststempel: *17.10.1968*. Ein Wildfremder hatte den Brief über die Grenze geschmuggelt und mit einem fiktiven Absender an ihn geschickt. Langsam faltete Jürgens das Schreiben auseinander, das nur wenige Zeilen umfasste. Er las es zum hundertsten Mal.

Lieber Kai,
es geschehen noch Wunder. Es ist so weit! Ich habe eine Möglichkeit gefunden, uns wieder zusammenzubringen. Jene, die damals die Flucht organisiert haben, werden uns auch diesmal helfen. Jemand wird sich bei dir melden. Mit ihm musst du alle Details abstimmen. Wenn alles klappt, werden wir Weihnachten zusammen feiern.
Ich umarme dich.
Silvia

Doch niemand hatte sich bei ihm gemeldet. Unruhig faltete Jürgens das Schreiben wieder zusammen. Er sortierte die Papiere, die auf der Aktentasche lagen. Schließlich fand er das Gesuchte. Es war ein winziger Beitrag in einer Zeitung. Ein paar Zeilen über eine geglückte Flucht und ein Foto von zwei Personen, die in einem Kofferraum lagen. Er las den Artikel erneut, aber zum ersten Mal nahm er die Initialen *V. D.* unter dem Bild wahr.

Als der Bus an der Gedächtniskirche hielt, stieg Kai Jürgens aus. Es gab noch eine Möglichkeit, seine Schwester ausfindig zu machen. Wer immer das Foto geschossen hatte, er würde ihm weiterhelfen können.

Otto Kappe bemühte sich am Nachmittag, den Fotografen Volker Dietrich ans Telefon zu bekommen. In der Redaktion vom *Abend* reagierte man verärgert, als er sich nicht abwimmeln lassen wollte.

Offensichtlich hatte Dietrich eine Redaktionssitzung verpasst und dadurch für Unruhe gesorgt. Zwar versprach die Sekretärin Kappe, dessen Nummer mit der Bitte um Rückruf weiterzuleiten, aber bis zum Feierabend schwieg das Telefon. Kappe beschloss daher, auf dem Heimweg direkt bei Dietrich vorbeizuschauen. Dessen Wohnung befand sich in Schöneberg. Ein Spaziergang würde ihm guttun.

Die Haustür stand offen. Nachdem der Kriminaloberkommissar erfolglos ein paarmal an der Wohnungstür in der zweiten Etage geklingelt hatte, stieg er die Treppe wieder hinunter. Einen Augenblick überlegte er, ob er eine Nachricht mit der Bitte um Rückmeldung im Briefkasten hinterlassen sollte, er stellte dann aber erstaunt fest, dass dieser zugeklebt war. Auf einem Zettel stand in dicken Buchstaben, dass Post und Lieferungen in der gegenüberliegenden Kneipe «Leuchtturm» abzugeben seien. Vielleicht hatte Dietrich schlechte Erfahrungen mit neugierigen Nachbarn gemacht.

Hinter dem Kneipentresen stand eine Frau, die unablässig Bier zapfte. Dennoch nahm sie sich Zeit, um auf Kappes Frage zu antworten.

«Jestern Abend wara noch hier. Ick hab Didi die Abendzeitung und seene Post jejeben. Das mach ick imma, nich, dass wida wat verschwindet. Hat sich jefreut wie een Schneekönig. Zeit zum Quatschen war nich. Jedenfalls hata sich noch een halben Liter und een paar Bouletten mit Kartoffelsalat mitjenommen. Und natürlich den *Abend.* Der kiekt sich ja immer die Fotos an, die er selbst jeschossen hat. Is schon een seltsamer Vogel.»

«Haben Sie ihn denn heute schon gesehen?», fragte Kappe und bewunderte, mit welcher Geschicklichkeit sie ein Glas nach dem anderen füllte und dabei mit traumwandlerischer Präzision auf jedem eine beachtliche Blume hinterließ.

«Nee, hab ick nich. Aber wenn Ihn Didi heute noch übern Weg läuft, sagen Se ihm, ick will meine Zeitung wiedahaben. Die wollta nämlich jestern noch runterbringen. Und wehe, er hat dit

Kreuzworträtsel jemacht! Dit löse ick immer vorm Einschlafen, sonst zapf ick die janze Nacht Bier im Traum. Eijentlich kann man sich auf den verlassen. Hata wohl verjessen, der Schlingel. Wollen Se eigentlich ooch een Bier?»

Ohne sie anzuschauen, schüttelte Kappe den Kopf. «Er kam gestern also nicht mehr in die Kneipe?»

«Nachm Essen bringta immer dit leere Jeschirr und die Zeitung runter. Keene Ahnung, wat der jestern hatte. Vielleicht schau ick nachher ma vorbei.»

«Wissen Sie, wo sich Herr Dietrich momentan aufhalten könnte?»

«Sind heute schon der Zweete, der dit wissen will.»

Kappe sah sie erstaunt an. «Es hat sich noch jemand nach ihm erkundigt?»

«Ja, so een Jungscher, Schüchterner. Hübscher Bursche.»

«Können Sie mir den jungen Mann beschreiben?», fragte Kappe interessiert.

«Keene 25 Lenze, schlank, sportliche Figur, een Meter achtzig vielleicht, kurze Haare, wie eener vonne Armee. Jeans, braune Lederjacke und unterm Arm so 'ne abjewetzte Aktentasche.»

«Wollte der junge Mann noch mehr wissen?»

«Nee, als ick ihm schöne Oogen jemacht habe, isa abjehauen.»

Kappe starrte in den Schankraum, der bis auf den letzten Platz gefüllt war, und ließ sich ihre Worte durch den Kopf gehen. «Die Lederjacke, können Sie die näher beschreiben?»

«Wenn Se nischt trinken, fällt mir ooch nischt ein.»

«Ist es Ihnen lieber, wenn ich Sie vorlade?», fragte Kappe gereizt.

Das Gesicht der Thekenkraft sprach Bände, und zum ersten Mal, seit Kappe mit der Frau sprach, lief Schaum über den Rand des Glases, das sie gerade befüllte. «Dit is nun der Dank für meene Hilfe! Se sind von de Polizei, wa? Hätte ick mir ja denken können, dass Se keen Freund von Didi sind.»

«Würden Sie bitte die Frage beantworten!»

«Wie jesagt, braun war se. Bisschen in die Jahre jekommen, und uffn Rücken waren da zwee so 'ne kurvigen Linien einjeprägt. Wie die Schwingen von eenem Vogel.»

Otto Kappe wurde unruhig. Die Beschreibung passte haargenau zu jener Jacke, die Galgenberg seinem nächtlichen Gartenbesucher in Steinstücken überlassen hatte. «Sie haben nicht zufällig einen Schlüssel zu Dietrichs Wohnung?», erkundigte er sich, einer Ahnung folgend.

Die Frau drehte den Zapfhahn zu und schaute Kappe an. Sie wirkte nachdenklich. «Manchma putz ick bei ihm. Kleenet Zubrot. Ab und an will unsereins sich ooch ma wat leisten, wa?» Energisch stellte sie die Gläser auf ein Tablett und winkte dem Kellner zu, damit der die Bestellungen auf den Tischen verteilte. «Ick quatsch zu viel, dit is meene Schwäche. Deswegen steh ick ooch hinterm Tresen, weil ick immer nich von die Jäste wegkomme.»

«Haben Sie einen Schlüssel, ja oder nein?», fragte Kappe ungehalten.

«Mensch, wenn Se so ernst kieken, mach ick mir ooch gleich Sorgen! Didi wird doch nischt passiert sein?» Schnell wischte sie sich die Hände an der Schürze ab und griff dann unter den Tresen. «Soll ick mitkommen? Vielleicht braucht der ja Hilfe oder so.»

Das Glas Bier und die Bouletten standen noch unberührt auf dem Tisch. Zwar hatte sich die Blume aufgelöst, aber Otto Kappe hatte keinen Zweifel, dass nicht davon getrunken worden war. Volker Dietrich saß mit vorgebeugtem Oberkörper im Sessel, sodass Kappe das Loch in seinem Hinterkopf sofort erkennen konnte. Der Mann war tot. Die Zeitung lag auf dem Boden. Offensichtlich war er in seine Lektüre vertieft gewesen, als der Schuss ihn getroffen hatte. Anschließend musste der Täter Dietrichs Fotoarchiv durchforstet haben. Es gab kaum eine Archivkiste, die nicht ausgeschüttet worden war. Auf dem Boden lagen Negative und Abzüge. Ohne etwas zu berühren, schaute sich Kappe um. Auf den Kisten standen Jahreszahlen. Angesichts des Chaos war zweifelhaft, ob der Täter tatsächlich etwas gesucht hatte und fündig geworden war oder ob er nur seine Spuren hatte verwischen wollen.

Fünfzehn Minuten später trat die Spurensicherung durch die Tür. Wuttke und die anderen Mitarbeiter schauten sich skeptisch um. Nachdem Kappe versichert hatte, nichts angefasst oder verändert zu haben, begannen sie routiniert ihre Arbeit. Nachdenklich beobachtete Kappe ihr Bemühen, Fingerabdrücke zu sichern oder sonstige verräterische Spuren aufzunehmen. Wuttke wies auf ein Kissen. Der Täter hatte es wohl verwendet, um das Geräusch des Schusses zu dämpfen. Die Waffe fand man allerdings nicht. Mit hoher Wahrscheinlichkeit musste der Mörder seinem Opfer aufgelauert haben. Vermutlich hatte er sich Zugang zur Wohnung verschafft, wegen des simplen Schlosses stellte das selbst für Laien kein Problem dar.

Vorerst konnte Kappe nichts tun. Er beschloss, nach Hause zu fahren und später noch einmal vorbeizuschauen. Gertrud hatte am Wochenende eines seiner Lieblingsgerichte gekocht. Berliner Löffelerbsen im Römertopf mit Kartoffeln, Porree, Rauchfleisch und viel Majoran. Sie hatte es gut gemeint, und Kappe wusste, dass im Kühlschrank noch ein kleiner Rest auf ihn wartete. Die Leiche würde nicht weglaufen, und er hatte nicht vor, sich den Appetit verderben zu lassen. Bevor die Kollegen der Spurensicherung und der Gerichtsmedizin ihre Arbeit beendet hatten, konnten gut und gern zwei Stunden vergehen. Gertrud würde sich freuen, dass er wenigstens zum Abendessen nach Hause kam.

Wilfried von Thalmann starrte abwechselnd Rechtsanwalt Emanuel Böhl und Rüdiger Ludwig an. Wie abwesend legte er den Koffer mit der umfangreichen Sammlung eines ehemaligen Offiziers der 6. SS-Gebirgs-Division Nord auf den Schreibtisch. Conny öffnete neugierig die beiden Schlösser und klappte den Deckel hoch. Enttäuscht zog Sie einen Flunsch, als sie den Inhalt sah.

«Dietrich ist tot? Von hinten erschossen?», fragte Thalmann zum wiederholten Mal und lief angespannt durch das Zimmer.

Dass Conny wie immer nach einem Geschenk suchte, da er ihr regelmäßig etwas von seinen Reisen mitbrachte, interessierte ihn momentan nicht. Angestrengt versuchte er, einen klaren Gedanken zu fassen. «Kaum bin ich einen Tag in Frankfurt, drehen hier alle durch!», fluchte er. Er blieb vor Ludwig stehen, der fahrig seine Hände knetete und dem Blick seines Chefs nicht standhielt. «Das ergibt doch alles keinen Sinn! Gebhard wird an der Grenze gefasst. Dietrich fotografiert die Festnahme. Anschließend bringt ihn jemand um. Was soll das?»

Böhls Schulterzucken verriet, dass auch er die Frage nicht beantworten konnte.

«Noch mal!», fuhr Thalmann Ludwig an. «Du bist nach unserem Gespräch mit Haffidh noch am Montagabend zu Dietrich gefahren. Auf dein Klingeln hat niemand geöffnet. Da du dir aber absolut sicher warst, etwas gehört zu haben, hast du die Tür aufgebrochen. Und dann, was war dann?»

«Dietrich saß einfach nur da. Loch im Kopf. Der war tot.»

«Du hast ein Geräusch gehört! Tote sind still, die machen keinen Krach! Bist du überhaupt nicht auf die Idee gekommen, dass der Mörder noch in der Wohnung gewesen sein könnte?»

Rüdiger Ludwig wusste darauf keine Antwort und setzte sich mit einem ratlosen Blick auf einen Stuhl.

Conny hatte inzwischen etwas entdeckt, das ihr Interesse weckte. Vorsichtig öffnete sie eine kleine Kiste, die mit wertvollem Leder ausgeschlagen war. Aber statt des erwarteten Schmucks fand sie nur ein paar Glasampullen.

Thalmann riss ihr das Kästchen aus der Hand und legte es zurück in den Koffer. «Verdammt, Conny, willst du dich umbringen?»

Beleidigt stand sie auf und verließ das Zimmer.

«Was soll ich jetzt machen?», fragte Ludwig mit ernster Stimme.

«Hast du etwas angefasst? Die Tür oder sonst was?», erkundigte sich Rechtsanwalt Böhl.

«Ich hab nur das Schloss geöffnet. War ganz leicht. Die Tür habe ich mit dem Dietrich aufgeschoben. Ich glaube, ich habe nichts berührt.»

«Bist du dir sicher?», hakte der Anwalt erneut nach.

Ludwig versuchte offenbar, sich den Moment, in dem er die Türe geöffnet hatte, in Erinnerung zu rufen. Das gelang ihm aber nicht. Verunsichert zog er den Kopf zwischen die Schultern.

Thalmann stöhnte genervt auf. «Hast du mit irgendjemandem gesprochen? Im Hausflur? Auf der Straße?», fragte er mit Nachdruck und tippte mit dem Finger mehrfach energisch gegen Ludwigs Stirn. «Denk nach!»

Kopfschütteln.

«Hat dich jemand gesehen?»

Wieder Kopfschütteln, diesmal allerdings weniger überzeugt.

«Du weißt es nicht!»

Ludwig schaute seinen Chef und Freund verzweifelt an. «Ich hab den nicht umgebracht.»

Beruhigend legte Thalmann seine Hand auf Ludwigs gewaltige Schulter. Rechtsanwalt Böhl zog die Stirn kraus. Auch ihm gefiel die Geschichte nicht.

Thalmann betrachtete das Häufchen Elend vor sich und schüttelte nachdenklich den Kopf. Ob er Ludwig glaubte, war nicht wichtig. Die Frage war, ob die Polizei etwas von Ludwigs Besuch erfuhr und was das für ihn persönlich bedeutete. Die Dinge änderten sich fortwährend, und Wilfried von Thalmann begegnete schon immer allem und jedem mit Misstrauen. Ludwig hatte oft, vielleicht zu oft Probleme verursacht. Jedes Mal hatte Thalmann schützend die Hand über ihn gehalten. Ermittlungen in einem weiteren Mord konnte er jedoch überhaupt nicht gebrauchen. «Wir warten erst einmal ab. Sollte es Probleme geben, finden wir einen Weg», sagte er aufmunternd und sah Erleichterung in den Augen seines Leibwächters aufblitzen.

Böhl sparte sich jeden Kommentar. Sein Blick ruhte auf dem Koffer, der auf dem Schreibtisch lag.

Otto Kappe wartete, bis die Gerichtsmedizinerin Dr. Doreen Niedergesäß ihre Untersuchungen beendete. Sein Magen rumorte wegen des Eintopfs, den er nicht nur vollständig verspeist, sondern auch viel zu schnell gegessen hatte. Wahrscheinlich rebellierte sein Magen gegen den Porree, den Kappe zwar mochte, aber zuweilen nicht gut vertrug. Er hoffte, dass sein Magen wenigstens ein paar Minuten Ruhe gab. Um nicht wieder mangelnder Höflichkeit geziehen zu werden, nickte er der Gerichtsmedizinerin zur Begrüßung deutlich zu. «Können Sie schon etwas zum Todeszeitpunkt sagen?», erkundigte er sich, als Doreen Niedergesäß zwei Mitarbeiter des Gerichtsmedizinischen Instituts mit einer gebieterischen Handbewegung anwies, Dietrichs Leiche abzutransportieren.

«An dem Tag, an dem een Kriminaler mal nich jenau die Frage zuerst stellt, mach ick mir een Kreuz innen Kalender und erklär den zum Feiertach.»

Kappe, der wenig Lust auf eine Diskussion über die richtige Reihenfolge kriminalistischer Fragen verspürte, zog die Augenbrauen hoch und übte sich in Beherrschung. Sein Magen allerdings kommentierte lautstark, was er von der Äußerung der Medizinerin hielt.

Doreen Niedergesäß hob beide Hände, als gedachte sie sich zu ergeben. Sie schaute Kappe auf den Bauch, was ihm augenblicklich dazu brachte, innerlich zu erstarren. «Nehm ick den Grad der Leichenflecke und addiere die Ausbildung der Körperstarre dazu, subtrahiere davon die noch nich bejonnene Zersetzung, multipliziere dit Janze mit Zimmertemperatur durch Restkörperwärme, komm ick uff maximal 24 Stunden. Reicht dit? Wenn nich, jenauere Anjaben jibts erst nach der Obduktion.»

«Danke, das hilft mir ungemein!», behauptete Kappe, der es zwar gerne ein bisschen genauer gehabt hätte, aber nicht noch eine weitere Abfuhr erteilt bekommen wollte. Außerdem meldete sich sein Magen erneut, diesmal mit einem lang anhaltenden Blubbern. Kappe hätte vor Scham im Boden versinken können.

«Haben Se heute noch nichts jejessen?», erkundigte sich

Doreen Niedergesäß etwas besorgt. «Oder schlägt Ihnen nach all den Jahren immer noch 'ne Leiche uffn Magen?»

«Meine Frau hat gekocht.»

«Und dit bekommt Ihnen nich?»

«Doch, selbstverständlich. Sie kocht fantastisch. Nur Porree vertrage ich manchmal nicht gut», beeilte sich Kappe zu erklären, während sich weitere Magentätigkeit ankündigte.

«Lauch is jut für die Verdauung. Ausgezeichnetes Mittel gegen Pilze und Bakterien im Darm. Dit wirkt reinigend und antibiotisch. Is een kleenet Wundermittel gegen Verstopfung.» Doreen Niedergesäß legte eine kurze Kunstpause ein und ergänzte dann mit bemüht ernster Miene: «Sie glooben nich, wat Leichen für Jeräusche machen. Ick meene, nischt Menschlichet is mir fremd.»

Kappe spürte, dass ihm seine Verzweiflung anzusehen war. Er wusste nicht, was er darauf antworten sollte.

Die Gerichtsmedizinerin, die sich ihres zweifelhaften Kommentars bewusst wurde, deutete verlegen in Richtung Ausgang. «Ick muss dann mal los. Sobald ick den Todeszeitpunkt jenauer bestimmt habe, sag ick Bescheid.»

SIEBEN

Mittwoch, 24. Juni 1970

DAS GESICHT von Hans-Gert Galgenberg zeigte eine Mischung aus Skepsis und Fassungslosigkeit. «Dit gloob ick nich!», murmelte er und starrte entgeistert auf seinen Schreibtisch. «Kai Jürgens hat sich nach Volker Dietrich erkundigt? Was hat der denn mit dem Fotografen zu tun?»

Otto Kappe schaute Galgenberg ratlos an, der sich ernsthaft Sorgen zu machen schien. «Kann es sein, dass dein nächtlicher Besucher andere Gründe hat, nach West-Berlin zu kommen, als die, von denen du ausgegangen bist? Ich meine, es ist doch kein Zufall, dass er im ‹Leuchtturm› auftaucht, sich nach Dietrich erkundigt und der zwei Stunden später Geschichte ist.»

Galgenberg dachte angestrengt nach, und sosehr er sich gegen den Zweifel aufzulehnen schien, so deutlich verrieten seine Augen, dass ihn Enttäuschung packte. Er sagte mit gedrückter Stimme: «Otto, ick kann dit nich glooben. So kann sich doch keener verstellen.»

«Irgendeinen Zusammenhang zwischen dem Fotografen und dem jungen Mann muss es aber geben. Vielleicht hat dir Jürgens ja nicht alles erzählt.»

«So 'ne Lederjacke ist doch keen Unikat. So een Teil tragen doch viele», sagte Galgenberg, um eine Erklärung für die Sachlage zu finden.

«Glaubst du wirklich an Zufälle?»

Mit einer schnellen Bewegung stand Galgenberg auf und schaute auf seine Armbanduhr. «Ick fahr sofort nach Marienfelde ins Aufnahmelager. Den finde ick, und dann bin ick ja mal gespannt, wat der mir erzählt.»

«Nimm einen Kollegen mit! Wir wissen nichts über Jürgens.»

Kurz darauf war Kappe allein im Büro. Er gedachte, alle Unterlagen noch einmal zu sichten, die sich auf seinem Schreibtisch stapelten. Außerdem wollte er den wunderbaren Apfelkuchen genießen, der auf ihn wartete. Mit Sicherheit ein weiteres Meisterwerk der Sekretärin. Gäbe es eine Rangliste der Sympathie für die einzelnen Mitarbeiter bei der Mordkommission, so würde Frieda Kessel, die gute Seele der Abteilung, unangefochten auf Platz eins stehen – und das nicht nur wegen ihrer Backkünste.

Galgenberg würde mit Kai Jürgens sprechen, um in Erfahrung zu bringen, ob der etwas mit dem Tod Dietrichs zu tun hatte. Günter Kynast war mit der Aufgabe betraut, das in Mitleidenschaft gezogene Fotoarchiv Dietrichs wieder in einen geordneten Zustand zu bringen. Möglicherweise hatte der Täter Fotos gesucht. Um das herauszufinden, blieb nur der Weg des Ausschlussverfahrens. Zwar deutete bisher nichts darauf hin, dass ein Bild oder gar eine ganze Bilderserien verschwunden waren, aber Kappe hegte keinen Zweifel daran.

In Kynasts Augen war alles andere als Begeisterung zu lesen gewesen, als die Kisten mit den durcheinandergeratenen Abzügen und Negativen geliefert worden waren. Ihm stand in den nächsten Tagen ein Puzzlespiel der besonderen Art bevor.

Die Maschinerie der Polizei lief. Noch gab es keine konkreten Anhaltspunkte. Aber die Dinge waren in Bewegung geraten. Otto Kappe blickte optimistisch auf seinen Schreibtisch. Zuerst nahm er sich die Polizeiakte von Rüdiger Ludwig vor.

Merlins Hinweis auf Wilfried von Thalmanns rechte Hand stimmte Kappe nachdenklich. Der Verfassungsschutz spielte nie mit offenen Karten, und Kappe tat gut daran, vorsichtig mit den Informationen umzugehen, die von dort kamen.

Rüdiger Ludwig stammte wie Thalmann aus Guben und lebte seit sechs Jahren in Berlin. Anscheinend war er die einzige

Person, der Thalmann vertraute. Kappe entnahm den polizeilichen Unterlagen, dass Ludwig in Halbweltkreisen respektvoll «der Schweiger» genannt wurde. Worte waren wohl nicht nötig, wenn er im Auftrag des schönen Willi Angelegenheiten zu klären hatte. Dafür sorgte schon seine beeindruckende körperliche Erscheinung. Außerdem umgaben seine Person ein paar Legenden, deren Wirkung auf Widersacher nicht ausblieb. Als einmal ein Zeuge in einem Gerichtsprozess gegen Thalmann hatte aussagen wollen, habe der ehemalige Koch hart durchgegriffen. Er habe dem Mann einen von dessen geliebten Hunden in einer Semmel-Käse-Kruste serviert und ihn gezwungen, davon zu essen. Der Pudelliebhaber hatte anschließend über seinen Anwalt erklärt, dass er alle Aussagen zurückziehe, da diese ausschließlich seiner Fantasie entsprungen seien. Der Prozess war geplatzt.

Außerdem wurde Ludwig nachgesagt, dass er Verrätern für die Ewigkeit ein lachendes Gesicht verpasste. Kappe erinnerte sich an Merlins Bemerkung über die beiden Fotos eines Mannes, die angeblich jedem neuen Mitarbeiter der Thalmann AG gezeigt wurden. Die Vorstellung, dass die Mundwinkel eines Menschen bis zu den Ohren verlängert worden waren, ließ Kappe erneut einen Schauer über den Rücken laufen.

Die Geschichte mit dem verschwundenen Österreicher, von dem Merlin erzählt hatte, war auch in der Polizeiakte zu Ludwig zu finden. Alles hatte damals auf ein Verbrechen hingedeutet. Ludwig war verdächtigt worden, den Mann ermordet zu haben. Beweise gab es dafür aber keine. Zeugen hatten ausgesagt, der Österreicher habe am Vorabend seines Verschwindens eine heftige Auseinandersetzung mit Ludwig in einer Hotellobby gehabt. Doch Wilfried von Thalmann hatte eidesstattlich erklärt, dass beide in seinem Wiener Hotelzimmer zusammengesessen und sich die halbe Nacht über geschäftliche Belange ausgetauscht hätten. Die Ermittlungen der österreichischen Kollegen gegen Ludwig waren daraufhin eingestellt worden.

Ludwigs Besuche in den einzelnen Vertretungen der Thalmann AG waren auch dem Verfassungsschutz bekannt und standen ordentlich aufgelistet in deren Akte. Nur half das Kappe nicht weiter.

Das Gespräch mit Merlin war aufschlussreich gewesen, auch wenn sich Kappe fragte, warum der Verfassungsschutz ausgerechnet an Rüdiger Ludwig Interesse zeigte. Dass es den Verfassungsschützern nicht um die Aufklärung des Mords von Nikolskoe ging, war ihm von Anfang an klar gewesen. Aber warum hatte man ihn auf Ludwig gestoßen?

Hans-Gert Galgenberg und Günter Kynast hatten ganze Arbeit geleistet. Anders war nicht zu erklären, warum Rechtsanwalt Emanuel Böhl persönlich in die Keithstraße gekommen war, um den Verantwortlichen für die Ermittlungen gegen seinen Mandanten Wilfried von Thalmann zu sprechen.

Otto Kappe, der den als harten Hund bekannten Anwalt eine gute Stunde hatte warten lassen, bat ihn schließlich mit einer Tasse Kaffee in der Hand in sein Büro. Er deutete auf einen freien Stuhl, stellte den duftenden Kaffee auf den Tisch, nahm den Telefonhörer ab und wählte die Nummer von Kynast, obwohl er wusste, dass der nicht an seinem Arbeitsplatz war. Um sich nicht zu verraten, presste er den Hörer so dicht ans Ohr, dass Böhl das Tuten in der Leitung nicht hören konnte. «Kappe hier. Ich verspäte mich ein bisschen. Momentan habe ich noch einen Gast. Dauert aber nicht lange. Ich komme anschließend bei dir vorbei. Ach ja, stell mir doch mal den Bericht von diesem Gebhard zusammen. Ja genau, von dem Lkw-Fahrer. Ja ich weiß, dass sie ihn festgenommen haben. Also, bis gleich.» Kappe legte auf und machte ein verlegenes Gesicht. «Tut mir leid, aber momentan ist hier die Hölle los. Was kann ich für Sie tun?»

Böhl, der es wohl gewohnt war, dass man ihn aus Respekt fürchtete oder ihm zumindest gebührende Aufmerksamkeit entgegenbrachte, hatte einige Mühe sich zu beherrschen. «Helmut Gebhard? Wieso kümmert sich die Mordkommission um diesen Fall?»

«Sie kennen den Mann?»

«Natürlich nicht!»

«Und woher wissen Sie, dass er Helmut heißt?»

An Böhls Reaktion war abzulesen, dass ihm gewahr wurde, dem ältesten aller Polizeitricks auf den Leim gegangen zu sein. Er wusste nun, dass er auf der Hut sein musste. «Ich glaube, es stand in der Zeitung, oder ich habe das irgendwo aufgeschnappt.»

«Nein, in der Presse ist der Name nicht genannt worden. Aber lassen wir das – vorerst. Was ist denn der Grund Ihres werten Besuchs?», erkundigte sich Kappe betont freundlich und sog den Duft des Kaffees ein.

«Ich vertrete Wilfried von Thalmann in juristischen Angelegenheiten.» Böhl öffnete seinen Aktenkoffer und entnahm ihm eine Vollmacht, die er mit wichtiger Miene über den Schreibtisch schob. Anschließend schloss er den Koffer wieder, wischte sich über die Mundwinkel und ergänzte: «Mein Mandant ist darauf aufmerksam geworden, dass Polizeibeamte seine Nachbarn zu seinen Geschäften und zu seiner Person befragt haben. Ich würde gerne den Grund für die Ermittlungen gegen meinen Mandanten erfahren.»

Mit Bedacht stellte Kappe die Tasse auf den Tisch zurück und überflog das Schreiben mit dem beeindruckenden Signet der Kanzlei Böhl. «Ich glaube gerne, dass Sie das wissen möchten. Reine Routinebefragungen. Aus ermittlungstechnischen Gründen kann ich Ihnen leider nicht mehr dazu sagen.»

Böhl lief rot an, beherrschte sich aber. «Ich kann auch mit Ihrem Vorgesetzten sprechen. Wenn Sie gegen meinen Mandanten ermitteln, möchte ich den Grund dafür erfahren. Darauf hat er ein Recht.»

«Selbstverständlich können Sie gerne mit meinem Chef sprechen. Aber wer sagt Ihnen, dass wir gegen Herrn von Thalmann ermitteln? Meine Kollegen haben nur ein paar allgemeine Fragen zu einer aufgefundenen weiblichen Leiche gestellt, und wir gedenken, auch Ihren Mandanten höflich zu bitten, uns als möglicher Zeuge zur Verfügung zu stehen.»

Auch wenn Böhl darin geübt sein musste, sich nicht durch seine Mimik zu verraten, war unverkennbar, dass sein Gehirn auf Hochtouren arbeitete. «Wenn die Mordkommission ermittelt, ist diese Frau mit Sicherheit Opfer eines Verbrechens geworden.»

Kappe lehnte sich mit besorgter Miene zurück, verschränkte die Arme und schaute so, als wäre er unglücklich über die Kombinationsgabe des Anwalts. «Wie gesagt, reine Routinesache. Von Zeit zu Zeit überprüfen wir einen ungelösten Fall. Sehr undurchsichtige Geschichte. Es geht in der Tat um einen Mord.»

«Und Sie glauben, mein Mandant hat damit zu tun?»

Kappe fixierte sein Gegenüber, lehnte sich vor und schob die Vollmacht mit spitzen Fingern zurück über den Tisch. «Dafür gibt es keinerlei Anhaltspunkte. Dennoch, ich möchte gerne mit Herrn von Thalmann persönlich sprechen, als möglichen Zeugen selbstverständlich. Vielleicht kennt er die Tote. Tun Sie mir doch den Gefallen und teilen Ihrem Mandanten mit, dass ich ihn morgen um zehn Uhr besuchen werde. Ach ja, wenn er nicht da sein sollte, lasse ich ihn vorladen. Und jetzt entschuldigen Sie mich bitte. Die Pflicht ruft. Meine Kaffeepause ist leider vorbei.»

Als Hans-Gert Galgenberg am Nachmittag ins Büro zurückkehrte, konnte Otto Kappe ihm sofort ansehen, dass der Besuch in Marienfelde erfolglos gewesen war.

«Kai Jürgens war nicht da. Der ist in Berlin unterwegs, angeblich will er Bekannte ausfindig machen. Ick habe eine Nachricht mit der Bitte hinterlassen, dass er sich unverzüglich bei uns melden soll», berichtete Galgenberg. Er zögerte einen Augenblick. «Die wenijen Klamotten, die er hat, sind im Schrank. Schlafanzug ordentlich zusammengelegt unter der Decke. Zahnbürste im Becher. Die drei anderen Männer im Zimmer können nischt über ihn sagen. Freundlich sei er, nur Privates von sich geben sei nich so seine Sache. Aber dit is üblich unter Flüchtlingen. Man weeß ja nie, wer noch so im Zimmer wohnt.»

«Übernachtet hat er aber dort?»

«Kam mitten in der Nacht und is dann gleich ins Bett. Aber statt heute früh ordentlich seinen Laufzettel abzuarbeiten, is er schon nach Station 4 wütend in die Stadt jefahren.» Galgenberg merkte, dass Kappe mit dieser Bezeichnung nichts anfangen konnte. «Abteilung 4, Fürsorglicher Dienst. Verantwortlich für die Verteilung von Flüchtlingen uff die West-Berliner Lager. Essensmarkenausgabe. Beratung, wat man für Leistungen bekommen kann, Sozialhilfe zum Beispiel.»

«Gibt es einen erkennbaren Grund, warum Jürgens das Notaufnahmelager wutentbrannt verlassen hat?»

«Richtig klar war dit den Mitarbeitern nicht. Wahrscheinlich weil er eine Garantie haben wollte, dass er in West-Berlin bleiben kann. Dit entscheidet aber erst Station 11, Ländereinweisung.»

«Wie viele Stationen gibt es denn?»

«Dreizehn.»

«Was meinst du, meldet sich Kai Jürgens, oder müssen wir ihn zur Fahndung ausschreiben?»

Galgenberg zögerte einen Augenblick. «Ick gloob, wir können beruhigt sein. Klamotten sind noch da, andere persönliche Dinge ooch. Der meldet sich bestimmt.»

ACHT

Donnerstag, 25. Juni 1970

PÜNKTLICH UM ZEHN UHR standen Otto Kappe und Hans-Gert Galgenberg vor dem Thalmann'schen Anwesen in Alt-Lübars. Das pompöse und etwas kitschig anmutende Gebäude hatte ein Architekt angeblich nach den Wünschen Nora von Thalmanns entworfen. Es lag hinter einer zwei Meter hohen Mauer. Sobald Kappe den Klingelknopf betätigt hatte, stürmten mehrere Hunde mit einem ohrenbetäubenden Bellen auf das schmiedeeiserne Tor zu. Sie freuten sich offensichtlich, etwas zu tun zu haben. Kappe zählte fünf Rottweiler und tat es Galgenberg gleich, der respektvoll einen Schritt zurücktrat. Es dauerte einen Augenblick, bis sich die Haustür öffnete und ein Mann heraustrat, der nicht nur durch seinen eleganten Anzug auffiel, sondern vor allem durch seine beeindruckenden Körpermaße.

«Rüdiger Ludwig», flüsterte Kappe, der das Gesicht des Mannes inzwischen aus der Polizeiakte kannte.

Seelenruhig zog Ludwig eine Hundepfeife aus seiner Hosentasche und blies hinein. Obwohl kein Ton zu hören war, ließen die Hunde sofort von Kappe und Galgenberg ab. Ein einziger Fingerzeig genügte, und die Rottweiler trotteten dem Riesen hinterher, der mit ihnen hinter dem Haus verschwand. Ein metallenes Klicken verriet, dass Ludwig sie in einen Zwinger sperrte.

«Dem kann man ja beim Loofen die Schuhe besohlen», meckerte Galgenberg.

In der Tat dauerte es eine kleine Ewigkeit, bis Ludwig zurückkehrte, den richtigen Schlüssel fand und das schmiedeeiserne Tor öffnete. Kappe nannte seinen und Galgenbergs Namen, erwähnte, warum sie da waren, und zeigte vorschriftsgemäß seinen Dienstausweis. Weder schien Ludwig das zu interessieren, noch schien er beeindruckt zu sein. Eine müde Handbewegung, mit der er bedeutete, dass sie ihm folgen sollten, war seine einzige Reaktion. Jetzt verstand Kappe, warum der Kerl «der Schweiger» genannt wurde. Reden war erkennbar keine Stärke von ihm.

Ludwig führte sie in einen Raum, in dem sich ein Sammelsurium von modernen und antiken Möbeln befand. Um ein Monstrum von Tisch waren Stühle verschiedenster Epochen gruppiert. Einige wiesen Verzierungen auf, andere besaßen die Schlichtheit der Moderne. In die hintere Zimmerecke war eine Bar aus Teakholz eingebaut, die mit einer beeindruckenden Sammlung an Hochprozentigem aufwartete. Eine junge Frau stand dahinter und schien auf Anweisungen zu warten. Klassische und moderne Ölschinken schmückten die Wände. Alles Originale, soweit Kappe das erkennen konnte. Ihre Anordnung schien sich nicht nach der Optik zu richten, sondern nach ihrem finanziellen Wert.

Wilfried von Thalmann kam strahlend auf sie zu, streckte ihnen die Hand entgegen und begrüßte sie wie alte Freunde. «Danke, dass Sie mir den Besuch in der Keithstraße ersparen. Das ist nicht gerade mein Lieblingsort, wie Sie sich denken können.» Er drehte sich um, deutete auf Emanuel Böhl und ergänzte: «Ein Freund von mir. Sie hatten ja schon das Vergnügen miteinander.»

Kappe lächelte dem Rechtsanwalt kurz zu, der sich, ohne eine Regung zu zeigen, an den monströsen Tisch setzte und demonstrativ in seinen Unterlagen blätterte.

«Nehmen Sie bitte Platz! Möchten Sie einen Kaffee? Oder etwas anderes?»

Kappe winkte ab, während Galgenberg gar nicht auf die Frage antwortete, sondern stattdessen interessiert die Gemälde betrachtete.

Thalmann nickte der jungen Frau zu. «Dann lass uns bitte allein. Du weißt schon, Männergespräche.»

Enttäuscht zog sie die rechte Augenbraue hoch und wandte sich zum Gehen.

«Und Sie sind?», erkundigte sich Kappe.

«Conny. Sie dürfen mich wie all seine Gäste …», dabei deutete sie auf den schönen Willi, «… einfach Conny nennen.» Langsam und noch immer schmollend verließ sie den Raum und schloss die Tür.

«Danke, dass Sie sich Zeit nehmen. Wir bleiben nicht lange», begann Kappe das Gespräch und setzte sich auf den angebotenen Stuhl, der zwar neu aufgepolstert war, aber anscheinend schon seit dem vorletzten Jahrhundert seinen Dienst tat.

«Wie kann ich Ihnen behilflich sein?»

«Wir ermitteln im Fall einer unbekannten Toten, die vor einem Jahr in der Nähe der Blockhütte Nikolskoe gefunden wurde. Möglicherweise kannten Sie sie.»

Entweder war Thalmann tatsächlich erstaunt, oder er besaß ausgesprochen gute schauspielerische Fähigkeiten. Kappe tippte auf das Letztere. Mit Sicherheit hatte Rechtsanwalt Emanuel Böhl ihn über ihr gestriges Gespräch in Kenntnis gesetzt.

«Nikolskoe? Das liegt doch am anderen Ende der Stadt», stellte Thalmann fest. «Wie kommen Sie darauf, dass ich die Frau kenne?»

«Momentan gehen wir allen Hinweisen nach, seien sie auch noch so dürftig», erklärte Kappe.

«Und mindestens ein Hinweis deutet also auf mich.» Thalmann zog bedächtig die Unterlippe nach unten. Nachdenklich schaute er zum Rechtsanwalt, der aber weiterhin in den Unterlagen blätterte. «Was genau erwarten Sie von mir?»

«Es ist kein Geheimnis, dass Sie oft Besuch von jungen Damen haben. Von den Partys in Ihrem Hause einmal abgesehen. Es wäre außerordentlich freundlich, wenn Sie uns eine Liste aller weiblichen Personen zukommen lassen könnten, die im Zeitraum von November 1968 bis Februar 1969 bei Ihnen zu Gast waren.» Kappe zögerte einen Augenblick, bevor er weitersprach. «Das ist nur eine Bitte. Ich weiß, und Ihr ehrenwerter Freund weiß natürlich auch …», er deutete dabei auf den Rechtsanwalt, «… dass wir Sie nicht dazu zwingen können.»

Thalmanns langes Ausatmen verriet, dass er nicht begeistert war. «Haben Sie eine Vorstellung, wie viele Frauen das sind? Die wenigsten kenne ich mit vollständigem Namen. Und was die Partys angeht: Über die Begleiterinnen meiner Gäste werde ich selbstverständlich keine Auskünfte geben», sagte er ungehalten.

«Es liegt ja wohl kaum im Interesse der Polizei, dass die Scheidungsrate in Berlin einen exorbitanten Sprung nach oben macht», scherzte Rechtsanwalt Böhl.

«Wieso? Haben Sie nebenbei ooch wat am Loofen?», mischte sich Galgenberg ein, dessen Interesse an der Malerei inzwischen befriedigt schien.

Thalmann grinste. Offensichtlich amüsierte er sich über die spitze Bemerkung. Böhl zog genervt den rechten Mundwinkel hoch.

«Zählen zu Ihren Gästen auch Personen aus der Fluchthelferszene?», hakte Kappe unbeeindruckt nach.

Das Lächeln, hinter dem sich Thalmann bisher versteckt hatte, erstarb schlagartig. Mit ernster Stimme erwiderte er: «Ja, neben einflussreichen Politikern und wichtigen Geschäftsleuten sind zuweilen auch engagierte Bürger eingeladen, die Landsleuten aus dem Osten in die Freiheit verhelfen.»

Auch wenn Kappe nicht auf Thalmanns Stimmungswandel reagierte – er hatte erreicht, was er wollte. Thalmann offenbarte seine verletzliche Seite. Die Bemerkung, einflussreiche Persönlichkeiten zu kennen, verstand Kappe als deutliche Drohung. «Wie gesagt, es ist kein Muss, nur der Appell an einen …», Kappe unterbrach den Satz und dachte über eine passende Formulierung nach, «… an einen ehrenwerten Bürger der Stadt, die Polizei bei ihrer Arbeit zu unterstützen.» Er machte eine solch ernste Miene, als würde er selbst an den Unsinn glauben, den er gerade von sich gegeben hatte.

Ein Räuspern verriet, dass Rechtsanwalt Böhl es für wichtig erachtete, auf das Anliegen des Kriminaloberkommissars einzugehen. Ohne die beiden Beamten anzuschauen, aber mit einem deutlichen Blick in Richtung Thalmann sagte er: «Sie bekommen Ihre Liste, sobald wir sie erstellen konnten. Geben Sie uns ein paar Tage Zeit. Natürlich kann ich Ihnen nicht garantieren, dass sie vollständig sein wird.»

Kappe und Galgenberg waren zufrieden und bereits im Begriff sich zu verabschieden, da fragte Thalmann: «Gibt es nicht noch etwas, über das wir reden sollten?»

«Über was möchten Sie denn noch mit uns sprechen?»

«Alle Tageszeitungen berichten von der gestrigen Ermordung Volker Dietrichs. Ich kann mir kaum vorstellen, dass Sie Ihre Hausaufgaben nicht gemacht haben. Didi war mein Freund. Sie wissen doch sicherlich, dass wir eine enge berufliche Zusammenarbeit pflegten.»

Einen Moment überlegte Kappe ernsthaft, ob er sich wieder setzen sollte, dann sagte er aber nur mit einem Lächeln: «Alles der Reihe nach! Sobald wir Fragen haben, melden wir uns garantiert. Aber wenn Sie jetzt etwas zu gestehen haben, höre ich Ihnen gern zu.»

«Tut mir leid, ich war den gesamten Dienstag in Frankfurt am Main, um ein paar Geschäfte zu tätigen.»

«Neues Fluchthilfeprojekt?», fragte Kappe.

«Antiquitätenhandel. Kaufen und Verkaufen. Gustav Terpitz, mein Sachverständiger, kann das gerne bestätigen. Wir sind erst nach 23 Uhr wieder in Berlin eingetroffen.»

Kappe notierte sich den Namen. Im Rahmen der Ermittlungen im Mordfall Dietrich würde er Thalmanns Alibi routinemäßig prüfen lassen.

Kurz nachdem sie das Grundstück verlassen hatten, hörten Kappe und Galgenberg erneut das wütende Bellen der Rottweiler. Ludwig stand zwischen den Hunden am schmiedeeisernen Tor und beobachtete sie argwöhnisch.

«So hinter Jittern wirkt der richtich sympathisch. Könnt ick mir glatt dran jewöhnen. Dit Janze natürlich ohne Verzierungen», bemerkte Galgenberg und winkte Thalmanns Leibwächter zum Abschied zu.

Kappe feixte. «Was nicht ist, kann ja noch werden.»

Erst als sie in Kappes VW Käfer stiegen und losfuhren, beruhigte sich die Meute wieder. Rüdiger Ludwig war inzwischen zurück ins Haus gegangen.

Donnerstag war Kegelabend. Otto Kappe schob die Kugeln nicht mehr regelmäßig über die Bohle. Heute aber verspürte er das Bedürfnis, die Kegel besonders kraftvoll umzulegen. Dass es sich um eine Präzisionssportart handelte, schien er vergessen zu haben. Seine Ergebnisse waren unterirdisch, wie einer seiner Sportsfreunde befand. Der spendierte Kappe deshalb zur Verbesserung der Technik ein Schultheiss Bier mit einem Glas Zielwasser, dem obligatorischen Korn. Doch die Trefferquote erhöhte sich dadurch nicht.

Die Kneipe an der Bismarckstraße war gut besucht, auch wenn ein Teil der Kegelbrüder Rattenkönige Charlottenburg den Verein in den letzten Jahren verlassen hatte. Einige schworen auf die modernere Form, das Bowling, andere fühlten sich schlicht zu alt, hatten die Lust verloren und bevorzugten die Bequemlichkeit eines Sofas. Manchmal erwischte sich Kappe auch bei dem Gedanken daran. Die Freude am Sport war mit den Jahren zur Pflicht geworden. «Wer rastet, der rostet», pflegte Gertrud zu sagen. Sie erinnerte ihn regelmäßig daran, dass jede nicht geschobene Kugel seinen Schmerbauch ein bisschen praller werden ließ. Heute hatte es keiner Ermahnung bedurft.

Kappe gab sich beim nächsten Wurf besonders viel Mühe und spürte schon beim Aufsetzen der Kugel, dass er wieder nur einen Teil abräumen würde. Erneut blieben die äußeren Kegel stehen. Ein paar der Sportsfreunde lachten. Enttäuscht hob Kappe beide Hände und ließ sie dann wieder sinken.

«Tja, Otto, wat nich sein soll, soll nich sein. Sieht so aus, als hättste heute 'ne Pechsträhne.»

Kappe nickte, nahm die nächste Kugel und überlegte, welchen Kegel er wegräumen sollte. Er konzentrierte sich.

«Wer die Wahl hat, hat die Qual. Stimmt doch, Otto, oder? Ick würde ja immer die Linken weghauen, schon aus Prinzip. Aber dit erinnert dich vielleicht zu sehr an deinen engagierten Sohn.»

Kappe verzog. Die Kugel jagte neben der Bohle entlang. Eine Ratte.

Wütend drehte er sich um und fixierte den Kameraden, der den Spruch mit seinem Sohn zum Besten gegeben hatte. «Was willst du damit sagen?», fragte Kappe scharf.

«Bleib ma janz ruhich! Nischt für unjut, aber dein Peterchen is inne Zone jesehen worden. Is zwar schon een Dreivierteljahr her, aber er scheint richtig jute Freunde da drüben zu haben.»

Empört schaute Kappe den Mann an. Er kannte ihn seit Jahren. Dessen Sohn und Peter hatten sich als Halbwüchsige Geld mit dem Aufstellen der Kegel verdient und später gemeinsam an der Freien Universität studiert. Allerdings hatte der Sohn seines Kameraden Ökonomie als Hauptfach gewählt.

«Unsereens kann nich rüber. Der Ossi jibt ja keene Passierscheine mehr aus. Vielleicht ist der Sohn vom Kriminaler ja einfach mir nichts, dir nichts den Ho-Chi-Minh-Pfad Richtung Friedrichstraße entlangmarschiert. Macht eenen schon stutzig, wenn der im Sommer so unbehellicht in Ost-Berlin flaniert.»

Die Anspielung auf den sogenannten Dienstübergang für Mitarbeiter der Deutschen Reichsbahn, über den auch Agenten geschleust wurden und den Funktionäre der Sozialistischen Einheitspartei Westberlins und deren Mutterorganisation, der Deutschen Kommunistischen Partei, für einen unbeobachteten Grenzübergang nutzten, traf Otto Kappe völlig unvorbereitet. Es war ein offenes Geheimnis, dass dort ein Übertritt ohne Identitätsfeststellung und ohne Zollkontrolle nach Ost-Berlin möglich war, wenn man ein vorher vereinbartes Zeichen kannte. Die Bezeichnung Ho-Chi-Minh-Pfad hatten die Berliner dem Übergang in der Friedrichstraße in Anspielung auf den gleichnamigen Schleichweg in Vietnam gegeben.

Schlagartig war es ruhig geworden. Die Rattenkönige Charlottenburg hörten interessiert zu.

«Willst du damit etwa sagen, dass mein Sohn ein Spitzel ist?»

«Hab ick nich jesagt. Und ick hab dit ooch nur jehört. Aber wundern dürfen darf man sich schon.»

Tatsächlich hatte sich Peter in den letzten Monaten nicht zu Hause blicken lassen, selbst wenn er zu Besuch in Berlin gewesen war. Seit Kappes Sohn im Wendland lebte, in der Nähe seines Großonkels Hermann, war der Kontakt abgebrochen. Dass er mit linken Ideen liebäugelte, war kein Geheimnis. Das hatte Kappe schon immer Sorgen bereitet. Gertrud tat es als vorübergehende Verirrung ab. Jugendliche Spinnereien, die vorübergingen. Aber wenn Peter wirklich heimlich nach Ost-Berlin gereist war, hatten seine Spinnereien möglicherweise eine andere Qualität angenommen. Kappe verwarf den Gedanken sofort wieder. Er konnte sich das beim besten Willen nicht vorstellen. Sein Sohn vertrat zwar linke Ideale, aber am Sozialismus in der DDR hatte er nie ein gutes Haar gelassen. Bei aller Kritik am bestehenden System war Peter Realist. Andererseits hatten beide ewig nicht mehr miteinander gesprochen. Kappe spürte, wie ihm die Knie weich wurden. Seit gut vier Jahren durfte kein West-Berliner in den Ostteil der Stadt, auch nicht zu Weihnachten, Ostern oder anderen Feiertagen. Nur als Geschäftsreisender oder als Gast einer amtlichen Stelle der DDR war man zu einem Besuch berechtigt. Es musste schon ein Familienangehöriger ersten Grades gestorben sein, damit man vielleicht eine Ausnahmegenehmigung erhielt. Eine Goodwill-Entscheidung, die von der politischen Stimmungslage abhängig war. Besorgt fragte sich Kappe, ob sein Sohn vielleicht in irgendwelchen Schwierigkeiten steckte.

Er knallte das Bierglas, das er noch immer in der Hand hielt, mit voller Wucht auf den Tisch, lehnte sich vor und schaute dem bierseligen Kegelbruder direkt in die Augen. «Ach so, du hast da was gehört? Wenn du mit solchen Unterstellungen auffährst, solltest du auch Beweise haben. Anderenfalls ist das Rufmord. Und da werde ich ganz schnell krötig. Verstehste?»

Der Mann wurde blass und fühlte sich sichtbar unwohl. Sein vorsichtiges Nicken reichte Kappe, um sich wieder aufzurichten. Wortlos verließ er die Kneipe in der Bismarckstraße.

Otto Kappe wachte schweißgebadet auf und sog mit aller Kraft Luft ein, so als hätte er lange nicht mehr geatmet. Er hatte einen dieser Albträume gehabt, in denen man ins Bodenlose fiel. Otto setzte sich auf die Bettkante. Er versuchte, leise zu atmen. Gertrud schlief tief und fest. Sie hatte nichts mitbekommen. Gut so, dachte er. Es reichte, wenn einer nicht schlafen konnte. Auch hätte er ihre Frage, was ihn quäle, nicht beantworten wollen.

Mühsam versuchte er, die Zeiger auf dem Wecker zu erkennen. Kurz nach vier Uhr. Otto stand auf, schlich in die Küche und kochte sich einen Kaffee.

Machte sein Sohn mit den Kommunisten gemeinsame Sache? So naiv konnte Peter doch nicht sein, dass er plötzlich die Ungerechtigkeit im Osten nicht mehr wahrnahm. Oder hatte ihn die Stasi wegen irgendeines Vergehens in der Hand? Schon immer hatte Otto Probleme mit den politischen Ansichten seines Sohnes und dessen Sympathie für die Außerparlamentarische Opposition gehabt. Peter hatte sich '68 politisch stark engagiert, und bei manch einem seiner Kommentare über das «herrschende System» in der Bundesrepublik war ihm als Vater der Unterkiefer heruntergeklappt. Sicherlich, es war das Vorrecht der Jugend, alles infrage zu stellen. Dennoch wünschte sich Otto manchmal, dass Peter den Erfahrungen der älteren Generation genauso viel Aufmerksamkeit entgegenbringen würde wie den flotten Sprüchen selbstherrlicher Studentenführer. *Unter den Talaren – Muff von 1000 Jahren.* Es war wohlfeil, alles Bestehende abschaffen zu wollen.

Otto erinnerte sich, dass das letzte Gespräch mit seinem Sohn im Streit geendet hatte. Peters Meinung, dass der Westen alles dafür tue, den Osten zu diskreditieren, war der Grund dafür gewesen. Dass es der Nachkriegsgeneration so gut ginge, liege nicht allein an deren Leistungen, sondern vor allem daran, dass die USA dem Westen mit dem Marshallplan auf die Füße geholfen hätten. Reparationszahlungen an die Sowjetunion würden nur die Ostdeutschen leisten. Da sei es kein Wunder, dass es denen schlechter gehe. Otto hatte erwidert, dass der Sozialismus offensichtlich für viele Menschen nicht attraktiv sei. Die Massenflucht in den Westen bis 1961 und der widerrechtliche Bau der Mauer seien Beweis genug für das Scheitern des «real existierenden Sozialismus».

Peter hatte sich überheblich zurückgelehnt und mit süffisantem Lächeln Rudi Dutschke zitiert: «*In der DDR ist alles real, nur nicht der Sozialismus ... In der BRD ist alles real, nur nicht Freiheit, Gleichheit, Brüderlichkeit.*»

«Den Dutschke kannst du dir sparen. Und was soll das überhaupt heißen? Bist du etwa der Meinung, wir leben in einer Diktatur?», hatte Otto wütend gefragt.

«Na, viel fehlt nicht. Die Politik bastelt doch schon fleißig am Polizeistaat. Bullen sind doch nur der verlängerte Arm der Politiker!» Peter war hochrot angelaufen. Doch er hatte innegehalten, als hätte er gespürt, wie undifferenziert seine Meinung war. Dickköpfigkeit wurde in der Familie Kappe von Generation zu Generation weitervererbt.

Otto Kappe sah in Gedanken, wie er wütend aufgestanden war, um den Raum zu verlassen. Kurz vor der Tür hatte er sich noch einmal umgedreht und mit belegter Stimme gesagt: «Ich hätte nie gedacht, dass mein eigener Sohn so ein verbohrter Sozi ist! Das Geld der Eltern wird gern und selbstverständlich genommen, aber Verantwortung für sich selbst übernehmen – nein danke! Vielleicht ist es besser, wenn du uns eine Weile nicht besuchst, zumindest so lange, bis sich der rote Nebel in deinem Hirn wieder gelegt hat.»

Peter hatte spitz erwidert: «Ohne radikale Selbstkritik gibt es keine radikale Kritik der Verhältnisse. Denk mal drüber nach, Vater!» Da war schon alles zu spät gewesen. Otto hatte die Tür ins Schloss geknallt und beschlossen, Luft zu schnappen. Besser gesagt, er war in das Lokal «Zum Anker» in der Lohmeyerstraße geflüchtet, um seinen Frust mit Bier herunterzuspülen. Seit 1904 konnte man dort einkehren. Ein guter Ort, um abzuschalten.

Seit diesem Abend hatte er Peter nicht mehr gesehen. Über ein Dreivierteljahr war das jetzt her. Solange aber Peter der Meinung war, ihn agitieren zu müssen, sah er keinen Grund, sich mit ihm an einen Tisch zu setzen. Gertrud und Peter trafen sich ab und an. Aber darüber wurde nicht gesprochen.

«Kannst du nicht schlafen?» Gertrud stand an der Tür und schloss ihren Morgenmantel.

Otto schüttelte den Kopf und trank von seinem Kaffee, der inzwischen kalt geworden war.

«Ist es wegen deines Falls?»

Erneut schüttelte er den Kopf. Gertrud setzte sich neben ihn auf einen Küchenstuhl, nahm seine rechte Hand und legte sie zwischen ihre beiden. Sie hatte ganz warme Hände. Es tat gut, sie zu spüren.

«Was ist mit dir?»

«Hast du dich in der letzten Zeit mal mit Peter über seine Pläne unterhalten?»

Erstaunt schaute sie ihn an. «Warum fragst du?»

«Es gibt da so ein Gerücht. Angeblich hat man ihn in Ost-Berlin gesehen.»

Augenblicklich ließ Gertrud seine Hand los. Otto merkte ihr an, dass sie kurz davor war, die Fassung zu verlieren.

«Bitte reg dich nicht auf! Ich wollte bloß wissen, ob es ihm gut geht.»

«Wann soll das denn gewesen sein?»

«Im vergangenen Sommer.»

Gertrud seufzte und schüttelte leicht den Kopf. «Peter besuchte Ost-Berlin damals auf Einladung der FDJ. Man hatte ein paar linke Studenten der FU zu einem Kennenlerngespräch eingeladen. Peter war mehr zufällig dabei.»

Otto schüttelte den Kopf.

«Das Gespräch war belanglos. Peter wusste nicht einmal, was das sollte.»

«Hat er sonst noch etwas davon erzählt?» Otto schaute Gertrud besorgt an.

«Was hast du denn? Du machst mir Angst.»

«Ist sonst noch irgendetwas vorgefallen? Das ist wichtig.»

Sie überlegte einen Augenblick. «Peter hat nur erzählt, dass er im Taxi vom Fahrer gefragt wurde, ob er Westgeld tauschen wolle. Der hat ihm sogar einen Kurs von eins zu fünf angeboten.»

Nachdenklich legte Otto die Hände um die Tasse, als wollte er sich daran festhalten. «Ist er auf den Vorschlag eingegangen?»

«Nein, natürlich nicht. Peter hat dem Mann erklärt, dass er der sozialistischen Volkswirtschaft nicht schaden wolle. Damit war die Sache erledigt. Was soll das? Du siehst wieder Gespenster!»

Otto atmete hörbar aus. «Trudchen, du bist eine gute Seele! Eine gutgläubige, aber eine gute Seele. Illegaler Devisenhandel ist ein bewährter Trick der Stasi. Schwarzumtausch ist verboten und wird in der DDR als Devisenvergehen strafrechtlich verfolgt. Hätte Peter sich darauf eingelassen, wäre er erpressbar gewesen, und wenn er nicht bereit gewesen wäre, Spitzeldienste zu leisten, wäre er ins Zuchthaus gegangen.»

Jetzt war es an Gertrud, blass und ernst zu werden. Die Tragweite von Peters Ostbesuch war ihr nicht klar gewesen. «Du meinst, das war eine Falle?»

«Das kann ich nicht genau sagen, aber wundern würde es mich nicht.»

In Gertruds Gesicht spiegelte sich Sorge wider.

Otto, der Gertruds Mimik bis ins kleinste Detail zu lesen verstand, entging das nicht. «Gibt es noch etwas, das du mir sagen willst?», fragte er mit ruhiger Stimme.

Gertrud zögerte einen Augenblick, bevor sie sich entschloss, mit der Wahrheit herauszurücken. «Peterchen ist für ein paar Tage in Prag. Das dritte Mal in diesem Jahr. Er kommt nächste Woche wieder. Er hat mich gebeten, dir das nicht zu erzählen.»

«Was macht er denn in Prag?», fragte Otto verzweifelt. Mit seiner mühsam aufrechterhaltenen Beherrschung war es vorbei.

«Ich weiß es nicht. Er hat nur gesagt, ich solle ihm vertrauen.»

Gertrud war eine kluge, selbstbewusste und weitsichtige Frau. Auch deswegen liebte Otto sie. Nur wenn es um ihren gemeinsamen Sohn Peter ging, neigte sie aus Mutterliebe dazu, die Realität zu verklären. Anfang des letzten Jahres hatte Peter sein Psychologiestudium mit dem Diplom abgeschlossen. Anschließend war er in den Urlaub nach Ungarn gefahren. Dann war er in Ost-Berlin gesehen worden. Und nun dieser Kurzbesuch in Prag. Was hatte das alles zu bedeuten?

Otto konnte Gertrud nicht lange böse sein. Er selbst war dafür verantwortlich, dass sich sein Sohn immer weiter von ihm entfernte. Was immer Peter in Prag tat, Otto hatte ein ungutes Gefühl.

NEUN

Freitag, 26. Juni 1970

OTTO KAPPE setzte sich an diesem Morgen, ohne Hans-Gert Galgenberg zu begrüßen, mit mürrischem Gesicht an seinen Schreibtisch, schob die Unterlagen, die fein säuberlich auf ihn warteten, zur Seite und stellte stattdessen eine Tasse Kaffee vor sich. «Ist schon bekannt, wonach der Mörder von Volker Dietrich gesucht hat?», erkundigte er sich gereizt und atmete gierig den Kaffeeduft ein.

«Bis auf die Brieftasche scheint nischt jestohlen worden zu sein. Kynast ist noch dabei, die Negative mit den Fotoabzügen abzugleichen. Das dauert.»

«Raubmord?», fragte Kappe erstaunt.

Galgenberg schüttelte den Kopf. «Kann ick mir nich vorstellen.»

«Ist der Ballistikbericht schon da?»

«Nee, nich, dass ick wüsste.»

«Dachte ich mir.» Kappe war ungehalten. Er hatte eindeutig zu wenig Schlaf bekommen. «Hast du die Nachbarn von Dietrich befragt oder die Leute in der Kneipe?»

Galgenberg seufzte ob der miesen Laune seines Chefs. «Selbstverständlich sind alle befragt worden. Die Protokolle haste gerade zur Seite jeschoben.»

Ohne darauf zu reagieren, nippte Kappe an seinem Kaffee, verzog das Gesicht und fluchte leise vor sich hin. «Wäre es zu viel verlangt, wenn ich eine Zusammenfassung erwarte?»

«Wat is denn los mit dir? Kaffee zu heiß? Oder hat Mutti dich nich ranjelassen?», fragte Galgenberg, den Kappes schlechte Laune nervte.

Einen Augenblick sah es so aus, als würde Kappe über den Schreibtisch springen wollen, um seinen Kollegen und Freund in die Schranken zu weisen. Dann besann er sich aber und machte nur eine müde Handbewegung. «Du hast recht. Entschuldigung. Du kannst ja nun wirklich nichts dafür. Es ist nur so, dass Peter mir große Sorgen bereitet. Ich verstehe den Jungen einfach nicht mehr. Aber lassen wir das.»

Galgenberg, der selbst keine Kinder hatte, schien zu ahnen, dass es hier um mehr als eine der üblichen Verstimmungen im Hause Kappe ging. Verlegen räusperte er sich und sagte: «Otto, wenn de mal een Ohr brauchst, meins steht dir jederzeit offen.»

«Danke. Sollte es notwendig sein, komme ich darauf zurück.» Erneut trank Kappe einen Schluck und atmete tief durch, bevor er fragte: «Also, was gibt es Neues?»

«Zwee jute Nachrichten. Erstens: Ick hab mit einem Redakteur vom *Abend* jesprochen. Es jibt wirklich eene Verbindung zwischen Thalmann und dem Fotografen. Der schöne Willi nahm nämlich regelmäßig die Dienste Volker Dietrichs in Anspruch. Deswegen hat der sich ooch bei unserem Besuch so jewundert, dass wir ihn nich gleich zur Causa Dietrich befragt haben. Didi, wie Dietrich von allen nur genannt wurde, war sich seines Sonderstatus durchaus bewusst. Wenn jemand über Thalmanns erfolgreiche Fluchten berichten durfte, dann er. Zuweilen wurde er sogar direkt in Fluchtprojekte eingebunden, die er dann dokumentarisch begleitete. Besonders lukrativ waren vor zwei Jahren die Aufnahmen von einem sogenannten Sperrbrecher, der sich und seiner Familie den Weg durch Stacheldraht und Betonwände bahnte. Hinter vorjehaltener Hand heißt es, Thalmanns Unterstützung hätte darin bestanden, Männer zu engagieren, die die Sperranlagen von westlicher Seite aus sabotierten, einen Wachhund töteten, per Funkgerät über den besten Weg informierten und Nebeltöpfe warfen, damit sich die Familie in den Westen retten konnte. Weltweit druckten Zeitungen die spektakulären Aufnahmen. Selbst die *New*

York Times veröffentlichte die Fotos. Lukratives Jeschäft für Didi. Termin, Ort und Hintergrundinformationen zur Flucht kamen eindeutig von Thalmann. Im Gegenzug sorgte Didi dafür, dass ausgewählte Journalisten positiv über den Fluchthelferkönig berichteten. Das Bild, das die Zeitungen von Thalmann zeichneten, hat daher wenig mit den Schattenseiten seiner Fluchtgeschäfte zu tun. Alle Reportagen lassen einen glauben, dass der schöne Willi ein romantischer Abenteurer und Rebell im Kampf gegen die Bestrebungen sozialdemokratischer Politiker der Bonner Republik sei, die Teilung Deutschlands zähneknirschend zu akzeptieren. Die Folge ist, dass Thalmanns Unternehmen als das professionellste in der Branche gilt.»

«Sehr interessant. Und was ist die zweite gute Nachricht?»

«Einer von Dietrichs Nachbarn will einen ausgesprochen kräftigen Kerl gesehen haben, der im Mordzeitraum ziemlich hastig das Haus verlassen habe.»

Kappe schaute erstaunt auf.

«Steht allet in den Protokollen», sagte Galgenberg und wies erneut auf den Stapel auf Kappes Schreibtisch.

«Denkst du das Gleiche wie ich?»

«Klingt nach Rüdiger Ludwig, Thalmanns Mann fürs Grobe. Bin nur jespannt, ob der diesmal wieder een Alibi bekommt.»

«Bevor wir uns den vornehmen, müssen wir mehr über ihn in Erfahrung bringen. Rede noch mal mit dem Nachbarn, zeig ihm ein Foto von Ludwig! Mit ein bisschen Glück erkennt der ihn wieder. Vielleicht gibt es auch noch weitere Zeugen. Auch sollten wir mal mit Thalmanns Freundin reden. Conny hieß die, glaube ich. Klär doch mal, wann die junge Dame Zeit hat.» Kappe schaute nun entschlossen und hellwach auf den Berg Unterlagen, den er vorher lustlos beiseitegeschoben hatte.

«Und noch wat: Die Walküre von de Jerichtsmedizin hat den Kopp rekonstruiert. Die Niedergesäß hat Sehnsucht nach dir.» Auch Galgenberg war nun wieder guter Laune.

Nichts war so konstant wie die Veränderung. Das hatte Otto Kappe in all den Jahren bei der Mordkommission immer wieder erfahren müssen. Und das war gut so, auch wenn nach Kappes Meinung nicht jede Neuerung einen Fortschritt darstellte. Zu leichtfertig wurde von den jungen Mitarbeitern so manch Bewährtes aufgegeben. Was noch vor Kurzem als richtig und angemessen empfunden worden war, galt oft viel zu schnell als falsch und überholt. Auf der anderen Seite wurden Neuerungen von den Altgedienten auch gern als vorübergehende Modeerscheinung abgetan. Kappe meinte, keiner der beiden Gruppen anzugehören.

Bevor er die Moabiter Gerichtsmedizin betrat, um sich die Gesichtsrekonstruktion anzusehen, erwischte er sich dabei, wie er diese als Spinnerei abtat. Für ihn hatten derartige Rekonstruktionen wenig mit wissenschaftlicher Sorgfalt zu tun. Eher hielt er sie für eine Art künstlerisches Lotteriespiel mit schlechten Gewinnquoten. Dennoch war er gespannt. Nach allem, was er über Dr. Doreen Niedergesäß in Erfahrung gebracht hatte, galt sie in ihrem Fach als außerordentlich kompetent. Medizinstudium mit Staatsexamen. Zwei Jahre später Promotion. Sechs Monate Aufenthalt in den USA, verbunden mit einer pathologischen Ausbildung. Anschließend hatte sie einige Jahre in verschiedenen bundesdeutschen Universitätskliniken gearbeitet, bis sie nach Berlin gekommen war. Offensichtlich war sie eine der wenigen Mediziner, die sich auf dem Gebiet der forensischen Gesichtsrekonstruktion perfekt auskannten. Dennoch, die Vorstellung, dass man anhand des Totenschädels allein Erkenntnisse über die Ermordete gewinnen könne, kam Kappe abstrus vor.

Umso verblüffter war er, als er die Labortür öffnete und in das freundliche Gesicht einer jungen Frau schaute. Sofort glaubte er, ihr schon einmal begegnet zu sein. Sie hatte mittellange brünette Haare, einen offenen Blick, und es schien, als erwarte sie die Antwort auf eine Frage. Tatsächlich handelte es sich aber nur um einen Modellkopf auf einer Stele. Kappe neigte seinen Kopf ein wenig. Dann lief er um die Plastik herum und betrachtete sie von allen Seiten, so als suchte er nach einem Detail, das ihn endgültig davon überzeugte, dass sie einander kannten. Konnte die Tote so ausgesehen haben? An wen erinnerte ihn das Gesicht? Vorsichtig trat er dicht an die Skulptur heran, schloss die Augen und atmete tief durch die Nase ein.

«Ick weeß nich, ob Küssen wat bringt, aber tun Se sich keen Zwang an! Wenn dit Ihnen bei den Ermittlungen hilft, nur zu! Dit Material is ja schon ausjehärtet.»

Kappe schreckte auf. Schlagartig überzog ein leichter roter Schimmer sein Gesicht, beinahe glich er einem pubertierenden Jugendlichen, der bei der Frage nach einer Freundin im Boden versinken wollte. Doreen Niedergesäß musste aus dem Nebenraum gekommen sein und ihn still und vergnügt von der Tür aus beobachtet haben. Langsam ging sie auf ihn zu, stellte sich neben ihn und betrachtete ebenfalls ihre Arbeit.

«Sie kommen aber auch auf Ideen!», murmelte Kappe kopfschüttelnd und hoffte, dass die Gerichtsmedizinerin sein Erröten nicht bemerkte.

«Ick denke, früher hat die Jutste nich nach Plastilin jerochen. Eher hat se een leichten Duft jenutzt. Gloob ick, ehrlich jesagt, aber ooch nich. Wenn man so jung is, duftet man von Natur aus jut.»

Erneut studierte Kappe das Gesicht. «Warum sind Sie sich sicher, dass die Tote so ausgesehen hat?»

«Wissenschaftliche Methoden und weibliche Intuition. Jeder Schädel ist ein Unikat. Meine Rekonstruktion stützt sich einerseits auf die individuelle Ausprägung der knöchernen Strukturen und andererseits auf wissenschaftliche Erkenntnisse der Weichteilbeschaffenheit des menschlichen Gesichts. Die Wahl der Augen ist allerdings reine Geschmackssache. Jenauso wie die Ohrform. Da bleibt mir ooch nur Raten.»

«Ich frage mich, ob sie wirklich so eine lebensfrohe Ausstrahlung hatte.»

«Das weiß ich natürlich ooch nicht. Aber ich kann sie mir nur so vorstellen. Vielleicht weil die Leichen auf meinem Seziertisch im Allgemeinen sehr ernst sind.»

Einen Augenblick überlegte Kappe, ob ihre letzte Bemerkung ein typischer Scherz unter Gerichtsmedizinern war. Er verwarf den Gedanken aber schnell wieder, da er die Entschlossenheit in ihrem Gesicht sah. Die Frau meinte es so, wie sie es sagte. Unbewusst entschied sich Kappe in diesem Moment dafür, sich die unbekannte Tote ebenfalls als einen freundlichen und lebensbejahenden Menschen vorzustellen. Er würde die Person finden, die sie kaltblütig ermordet hatte. «Kann ich den Kopf mitnehmen?»

«Natürlich nich! Unter all dem Plastilin ist der echte Schädel. Der muss so bald wie möglich wieder zurück inne Kiste, wegen der gestörten Totenruhe. Aber ick hab Ihnen richtig schöne Fotos jemacht.» Lächelnd zog Doreen Niedergesäß mit einer schnellen Handbewegung einen Umschlag hinter ihrem Rücken hervor. Wäre dabei ein Trommelwirbel erklungen, wäre Kappe nicht verwundert gewesen.

«Danke, dass Sie der Toten so schnell ein Gesicht gegeben haben. Das ist wirklich beeindruckend!»

Dr. Doreen Niedergesäß nickte nur kurz. Kappe wusste nicht recht, ob er diese Reaktion als Bestätigung für seine Einschätzung der Qualität ihrer Arbeit, als Annahme seines Lobs über die schnelle Realisierung des Auftrags oder schlicht als Verabschiedung auffassen sollte, aber er hatte dem nichts mehr hinzuzufügen und wandte sich zum Gehen. Dann drehte er sich noch einmal um. «Eine Frage habe ich noch. Wie haben Sie das mit der Exhumierung so schnell hinbekommen?»

«Mein Herzallerliebster ist Richter am Kriminalgericht Moabit. Wenn ick dem mit Kassler, Sauerkraut und Kartoffelpüree komme, hat die Bürokratie keene Chance mehr.»

Bewunderung huschte über Kappes Gesicht, er zollte der jungen Frau Respekt.

Als er die Labortür öffnete, sagte Doreen Niedergesäß unvermittelt: «Wissen Se, wenn so een leichter Rotton über Ihr Gesicht schleicht, dit steht Ihnen richtich jut. Da komm Se gleich een bisschen anheimelnder rüber. Also, rein menschlich jesehn. Se wissen schon, nich so verkniffen und verkoppt wie sonst.»

Kappe wusste nicht, was er darauf antworten sollte, und versuchte es daher mit einem Lächeln. Doch er spürte, dass es bemüht wirkte.

«Na, dit hätte ick mir jetzt lieber verkneifen sollen. Also nischt für unjut. Wat ick eigentlich sagen wollte: Wenn Se noch Fragen haben, rufen Se einfach an.»

Es bestand immer die Gefahr, bei einer Grenzkontrolle erwischt zu werden. Das gehörte zum Risiko. Die ostdeutschen Grenzbeamten waren nicht auf den Kopf gefallen, auch wenn die West-Berliner Presse das gerne behauptete. Mit jeder geglückten Flucht, die publik wurde, lernte der Osten dazu. Angst war ein ständiger Begleiter, für jeden, der sich auf das Geschäft mit der Fluchthilfe einließ. Wenn eine Aktion jedoch klappte, war das schnell verdientes Geld.

Wilfried von Thalmann tobte. Das Glas mit dem Whisky, das Conny gerade erst nachgefüllt hatte, trank er in einem Zug leer. Die Situation begann ungemütlich zu werden. Dietrich war tot, und Gebhard war angeschossen den Grenzern in die Hände gefallen. Das konnte kein Zufall sein. Wer immer auf die Idee gekommen war, seinen präparierten Lkw für eigene Touren zu nutzen, der würde ihn kennenlernen. Helmut Gebhard war entbehrlich, ein Möchtegern. Dass der Kerl in jenen Spielkasinos Berlins, in denen Thalmann Fluchtgelder waschen ließ, beträchtliche Schulden angesammelt hatte, war nur anfänglich ein Ärgernis gewesen. Die Überprüfung des privaten und beruflichen Umfelds Gebhards hatte ergeben, dass er in der Firma Liebscher als Kraftfahrer arbeitete. Thalmann hatte das als einen Fingerzeig aufgefasst. Er wusste schon seit Langem, dass Liebscher einen Rochus auf die Genossen im Osten hatte. Alles hatte perfekt gepasst. Liebscher war überzeugt, am Tod seines Bruders schuldig zu sein. Er hatte geglaubt, durch das Bereitstellen des Lkw Buße zu tun. Und Gebhard war durch die Kuriertätigkeit die Chance zuteilgeworden, seine Schulden abzuarbeiten. Abgesehen davon, war dessen Naivität die beste Tarnung gewesen. Die Nordweststrecke zwischen Berlin und Hamburg, auf der er regelmäßig unterwegs war, war optimal. Es war die einzige Transitstrecke, die keine Autobahn war, sondern eine Fernverkehrsstraße mit Wäldern und kleinen Seitenwegen. Viel verraten konnte Gebhard nicht. Schon gar nicht über die inneren Strukturen der Thalmann AG. Wirklich ärgerlich waren aber der Verlust des Lkw und das Bekanntwerden der Fluchtroute. Außerdem war immer noch unklar, ob Gebhard die Schussverletzung überhaupt überlebt hatte. Didis Tod indes war tragisch, aber ohne Belang. Richtig leiden hatte Thalmann den Fotografen sowieso nicht können. Der war zu unberechenbar, zu fixiert aufs Geldverdienen. Dass Ludwig die Leiche Volker Dietrichs gefunden hatte und aufgrund seiner Dämlichkeit eine direkte Verbindung zu ihm und der Organisation gezogen werden konnte, machte Thalmann mehr Sorgen. Dennoch erwähnte er gegenüber den anderen kein Wort darüber, um nicht noch mehr Unsicherheit zu verbreiten.

Seit Stunden stritten Rechtsanwalt Emanuel Böhl, der Kontaktmann des Verfassungsschutzes Merlin und er darüber, was der Grund für die Geschehnisse war. Ludwig hörte inzwischen nur noch zu, ohne sich an der Diskussion zu beteiligen. Er beobachtete lieber Conny, die auf einem Sessel saß, die Beine übereinandergeschlagen und lustlos in einer Modezeitschrift blätternd.

Eindeutig klar war, dass Gebhards Versuch, die junge Frau nach West-Berlin zu schmuggeln, kein Projekt der Thalmann AG war. Böhl erklärte mit Nachdruck, dass man auch die Konkurrenz ausschließen könne. Es gebe diesbezüglich keinerlei Anhaltspunkte. Keiner der anderen professionellen Fluchthelfer würde auf die Idee kommen, ungefragt ihre Fluchtrouten zu nutzen. In diesen Kreisen hielten sich alle an so etwas wie einen Kodex, der verbat, den Kollegen in die Quere zu kommen.

«Ich tippe auf Gebhard», sagte Merlin.

«Niemals, das hat sich Gebhard mit Sicherheit nicht alleine ausgedacht. Da steckt jemand anderes dahinter. Wenn ich den in die Hände bekomme, gnade ihm Gott!», fluchte von Thalmann.

«Der Verfassungsschutz weiß auch nichts Konkretes. Allerdings geht derzeit das Gerücht um, dass es eine neue Abteilung unter direktem Befehl von Stasi-Chef Mielke gebe, die den Kampf gegen Fluchthilfeorganisationen verschärfen soll. Unorthodoxe Vorgehensweise. Eine kleine Gruppe uns völlig unbekannter Mitarbeiter. Auf deren Liste steht die Thalmann AG garantiert ganz oben. Ich kann mir allerdings nicht vorstellen, dass sich die Genossen mit Kleinkram wie einer einzelnen Flucht beschäftigen. So einen Tipp lassen die sich zwar nicht entgehen, aber ich denke, die kümmern sich eher um die großen Fische», sagte Merlin.

Wilfried von Thalmann winkte ab. Die Stasi war ständig hinter ihm her. Das war nichts Neues. Sein Haus wurde täglich nach Wanzen abgesucht.

Böhl räusperte sich. «Dennoch muss es jemanden geben, der Gebhard den Auftrag gegeben hat. Unser Unbekannter muss den Plan nicht nur der Stasi, sondern auch dem Fotografen gesteckt haben. Dietrich ist tot, den können wir nicht mehr befragen. Gebhard ist entweder auch tot oder im Knast. Der fällt also auch aus. Die junge Frau aus dem Versteck unter dem Fahrersitz können wir ebenfalls vergessen. Die Bundesregierung kauft sie frühestens in zwei Jahren frei.» Er unterbrach seine Ausführungen und schaute die anderen prüfend an.

«Nehmen wir mal an, Gebhard hat die Tour doch auf eigene Faust gemacht. Wir sollten daran denken, der Mann ist ein Spieler. Geld konnte er also immer gebrauchen», gab Merlin zu bedenken.

«Gesetzt die Tatsache, es war Gebhards Idee», nahm Böhl den Gedanken auf. «Warum sollte der ausgerechnet den Fotografen informieren? Der Hellste war er nicht, aber dumm war er nun auch nicht. Der Kerl hätte nur noch eine Fahrt machen müssen, und seine Spielschulden wären beglichen gewesen. Da erscheint es mir doch wahrscheinlicher, dass die Stasi uns in die Suppe spucken wollte. Wenn es denen darum ging, die Fluchtroute zu schließen und den Lkw aus dem Verkehr zu ziehen, stehen wir allerdings wieder vor der gleichen Frage: Wer hat den Fotografen informiert – und warum? Steckte die Stasi dahinter, dann hätte sie damit doch nur preisgegeben, dass sie einen Spitzel in unseren Reihen hat. Warum sollten sie ihren Vorteil ohne Not verspielen? Das ist doch nicht logisch. Nein, ich denke, Didis Tod und die missglückte Flucht in Staaken stehen nicht direkt miteinander in Beziehung, sondern nur indirekt.»

«Wie meinst du das?», fragte von Thalmann gereizt und machte eine Handbewegung, die den Rechtsanwalt dazu auffordern sollte weiterzusprechen.

«Ich meine, vielleicht geht es gar nicht um die Fluchthilfeorganisation. Möglicherweise gibt es einen anderen Grund, den wir bisher überhaupt nicht in Betracht gezogen haben. Was, wenn es um diese Leiche geht, wegen der uns die Polizei bedrängt?»

Wilfried von Thalmann blieb schlagartig stehen und schaute den Rechtsanwalt erstaunt an. «Ich bin ja für eine Menge verantwortlich, aber damit hab ich nun wirklich nichts zu tun.»

«Du vielleicht nicht, aber möglicherweise jemand, den wir kennen. Erinnere dich daran, dieser Kriminaloberkommissar will eine Liste mit Namen. Vielleicht hat einer deiner Gäste damit zu tun.»

Aufgebracht nahm Thalmann das leere Glas und schmetterte es gegen die Wand. Die Situation wurde immer ungemütlicher. Die Stasi rückte ihm fast täglich näher auf den Pelz. Zwei Mordanschläge hatte er selbst schon überlebt. Trotz aller Vorsicht, der dritte Versuch könnte jederzeit erfolgreich sein. Die politische Stimmung im Land drehte sich, Fluchthelfer wie er wurden zunehmend als Menschenhändler bezeichnet. Merlin ließ keinen Zweifel daran aufkommen, dass sich die Zeiten der guten Zusammenarbeit zwischen dem Verfassungsschutz und ihm dem Ende näherten. Merlins Besuch heute Abend war nicht offiziell. Man hielt sich zurück. Innerdeutsche Konflikte kamen Willy

Brandt und seiner neuen Ostpolitik nicht gelegen. Sein propagiertes Prinzip «Wandel durch Annäherung» war in Thalmanns Augen nichts anderes als die Aufgabe des Ziels eines wiedervereinten Deutschland. Und nun trat ihm auch noch dieser Kappe wegen eines Verbrechens auf die Füße, mit dem er nicht das Geringste zu tun hatte. Es war Zeit, Konsequenzen zu ziehen. So schnell, wie der Zorn in ihm aufgestiegen war, verflog er auch wieder. «Besser, ihr lasst mich jetzt allein. Ich muss nachdenken.»

Alle im Raum erhoben sich und verließen das Zimmer. Auch Conny rekelte sich aus ihrem Sessel. Im Vorbeigehen strich sie kurz über Thalmanns Schulter. Er hielt ihre Hand fest. «Warte einen Augenblick. Ich habe einen Auftrag für dich. Du musst etwas für mich erledigen.»

Stolz und mit einem Lächeln, das Überlegenheit signalisierte, blieb sie stehen. Rechtsanwalt Böhl entging das nicht. Ohne ein Wort darüber zu verlieren, schloss er die Tür.

Hans-Gert Galgenberg schaute Otto Kappe erwartungsfroh an, als er ins Büro trat. «Und wie war es in der Gerichtsmedizin? Erzähl mal! Was gibt es Neues von der Walküre?», erkundigte er sich neugierig.

Statt zu antworten, legte Kappe die Fotos von dem Modellkopf auf den Schreibtisch.

«Die sieht jar nich wie tot aus. Dit hat die Niederjesäß jemacht? Alle Achtung! Mit die Wurstfinger hätte ick der dit jar nich zujetraut.»

Kappe verdrehte die Augen.

Daraufhin hob Galgenberg die Hände. «Okay, hat se jut jemacht. Aber so leicht kann ick mir doch nich erjeben.»

Dass er auf jemanden traf, der ihn mit seinen eigenen Waffen schlug, konnte Galgenberg natürlich nicht ohne Weiteres akzeptieren. Das wusste Kappe. Seit Generationen beanspruchte die Dynastie Galgenberg das Vorrecht auf flotte Berliner Sprüche mit Herz und Schnauze. Außerdem war Dr. Doreen Niedergesäß eine Frau, und die Vorstellung, dass das angeblich schwache Geschlecht künftig auch noch die Hoheit im Arbeitsalltag übernahm, war für Galgenberg offensichtlich nur schwer zu ertragen. Die Bestrebungen der 68er-Revoluzzer nach Gleichberechtigung machten selbst vor den Ämtern nicht halt. Für Galgenberg war es anscheinend schon schlimm genug, dass seine Frau über seine Freizeit bestimmte. Erst gestern hatte er sich ausführlich darüber beschwert, dass Sabine in der Abgeschiedenheit der Exklave nicht nur ihren grünen Daumen, sondern auch ein neues Betätigungsfeld für ihn entdeckt habe. Das Rondell vor ihrem Haus mit dem armseligen Rhododendron, der sich nun schon im dritten Jahr weigerte, Blüten zu tragen, verlangte angeblich nach gärtnerischer Pflege. Begeistert von ihrer Idee, hatte sie Galgenberg damit für den kommenden Sonnabend beauftragt.

Noch einmal betrachtete Galgenberg die Fotos. «War een hübschet Mädchen.» Prüfend schaute er auf die Uhr. «Is noch nich zu spät. Ick gebe 'ne Pressemeldung raus. Vielleicht wissen wa Montag mehr.»

ZEHN

Sonnabend, 27. Juni 1970

KAI JÜRGENS saß auf einer Bank vor der Dorfkirche Marienfelde und schaute zu dem kleinen Teich hinüber. Er fühlte sich völlig erschlagen von der letzten Nacht. Nervös und in der Angst, von der Polizei verhaftet zu werden, hatte er stundenlang das Notaufnahmelager beobachtet. Erst kurz nach Mitternacht hatte er es gewagt, seine persönlichen Sachen zu holen. Um die wenigen Habseligkeiten transportieren zu können, hatte er den Koffer eines Mitbewohners gestohlen. Anschließend war er durch die Stadt geirrt, bis er schließlich im Warteraum auf dem S-Bahnhof Buckower Chaussee eine Bank gefunden hatte, auf der er sich ausruhen konnte. Als ihn am frühen Morgen ein einfahrender Zug geweckt hatte, war er eilig weitergezogen. In einem Bolle-Markt hatte er sich eine Flasche Milch, zwei trockene Schrippen und die *Berliner Morgenpost* gekauft.

Es versprach, ein warmer Tag zu werden. Jürgens trank erschöpft einen Schluck Milch und biss lustlos von einer Schrippe ab. Um ihn herum war es ruhig. Ungestört konnte er seinen Gedanken nachhängen. Angeblich war die Feldsteinkirche die älteste Kirche Berlins und der Mittelmark, das stand zumindest auf einem Zettel im Schaukasten der Gemeinde. Eigentlich interessierte ihn das aber nicht. Der ehemalige Dorfanger war ein verlassener Ort, nur das war wichtig.

Vor neun Tagen war Jürgens in die Exklave Steinstücken geflohen und im Garten eines Kriminalpolizisten gelandet, eines freundlichen Mannes, der ihn großzügig beschenkt hatte. Möglich, dass sein Gönner ihn nun suchte, um ihn wegen Mordes an dem Fotografen einzubuchten. Jürgens gab sich keiner Illusion hin. Die Tatsache, dass er sich im «Leuchtturm» nach Dietrich erkundig hatte, lenkte den Verdacht auf ihn.

Er hatte gehofft, dass der Fotograf ihm weiterhelfen konnte, dass er Namen kannte und weitere Bilder von der Flucht am 1. Mai 1965 besaß, die ihn seiner Schwester näher brachten. Die Dame in der Telefonzentrale der *Abend*-Redaktion hatte die Initialen auf dem Foto einem Volker Dietrich zugeordnet und ihn weiterverbunden. Dietrich hatte mit Interesse auf seinen Anruf reagiert und ihn gebeten, abends vorbeizuschauen. Als Kai Jürgens pünktlich vor Dietrichs Wohnungstür gestanden hatte, hatte er sie offen vorgefunden. Weder auf sein Klingeln noch auf sein Klopfen hatte jemand reagiert. Mehrere Male hatte er den Namen des Fotografen gerufen. Erfolglos. Schließlich war er in die Wohnung getreten, um dann fassungslos festzustellen, dass im Sessel eine Leiche saß. Alles deutete darauf hin, dass es Dietrich selbst war. Jürgens wollte sofort wegrennen, doch er hörte, wie jemand die Treppe hinaufstieg. Einer Eingebung folgend, schloss er leise die Wohnungstür und versteckte sich im Nebenraum, Dietrichs Fotoarchiv. Überall auf dem Boden lagen zwischen geöffneten Archivkisten aufgerissene Umschläge, Fotoabzüge und Negative. Hoffnungslosigkeit befiel ihn, als er das durchwühlte Archiv erblickte. Er hob ein paar Bilder auf und betrachtete sie. Fremde Gesichter. Andere Geschichten. Die Türklingel schreckte ihn aus seinen Gedanken. Dann hörte er, wie sich jemand am Schloss zu schaffen machte. Er bekam Panik, presste sich an die Wand des Archivs und beobachtete durch den schmalen Türspalt die Eingangstür. Der Mann, der die Wohnung betrat, wirkte grobschlächtig, obwohl er auffallend gut gekleidet war. Sein Gesicht spiegelte mehr Neugier als Entsetzen wider, während er sich vergewisserte, dass Dietrich tot war. Ein kurzer Blick in Richtung des Archivs, dann drehte er sich blitzschnell um und schlug die Tür hinter sich zu. Bald darauf wagte sich Kai Jürgens aus seinem Versteck. Als er die Leiche erneut betrachtete, wurde ihm bewusst, dass das

Notaufnahmelager nun kein sicherer Ort mehr war. Wie er es auch drehte und wendete, er war zu einem Verdächtigen in einem Mordfall geworden. Einen Augenblick spielte er mit dem Gedanken, die Polizei zu benachrichtigen, verwarf ihn aber sofort wieder. Ihm blieb nichts anderes übrig, er musste untertauchen. Ohne Geld würde er jedoch nicht weit kommen. Angewidert hatte er dem Toten die Brieftasche aus dem Jackett gezogen und erleichtert festgestellt, dass sie prall gefüllt war.

Die Hoffnung, etwas über den Verbleib seiner Schwester zu erfahren, war seitdem wieder ein Stück kleiner geworden.

Am kommenden Montag hätte er in der Station 6 den Antrag auf Aufnahme für die Bundesrepublik Deutschland und West-Berlin stellen können. Aber er machte sich keine Hoffnung. Sobald die Polizei mit ihren Ermittlungen begann, stand er mit Sicherheit ganz oben auf ihrer Liste. Und dem Antrag eines Mordverdächtigen würde man garantiert nicht stattgeben. Die Aussicht, im Gefängnis zu landen, machte ihm Angst. Selbst wenn er seine Unschuld beweisen konnte, musste er damit rechnen, in einem der Berliner Lager für nicht anerkannte Flüchtlinge zu versauern.

Jürgens hätte sich am liebsten auf der Parkbank vor der Dorfkirche Marienfelde ausgestreckt. Er war übermüdet und fühlte sich erschöpft. Doch er durfte nicht auffallen. Um auf andere Gedanken zu kommen, blätterte er lustlos durch die *Berliner Morgenpost* und las willkürlich den einen und anderen Artikel. Zwischendurch trank er etwas Milch und polkte aus der angebissenen Schrippe den Teig heraus.

Vor ein paar Tagen hatte er sich noch auf das bunte Leben in West-Berlin gefreut. Doch von dieser Freude war nichts mehr übrig geblieben. Er las die Schlagzeilen. Eine völlig neue Welt tat sich ihm auf. Keine propagandistischen Leitartikel, die die Errungenschaften des Sozialismus priesen. Keine Erfolgsmeldungen über ein sozialistisches Kollektiv, das wieder einmal den Plan übererfüllt hatte. Keine Lobpreisung der Neuerertätigkeit junger Bauern, die zur Befriedigung der materiellen Bedürfnisse des Volkes auf der Viehzüchterausstellung der besten Genossenschaften in Pusemuckel die eierlegende Wollmilchsau präsentierten. Nein, die Zeitung schrieb über das Leben in einer eingemauerten, aber freien Stadt. Kai Jürgens las das Blatt von hinten nach vorn. Verstohlen blieb sein Blick an den gewaltigen Brüsten einer Frau hängen, die für einen Nachtclub warb. Dann studierte er den Wetterbericht, der auch für die kommenden Tage sommerliche Temperaturen versprach. Schließlich landete er auf Seite drei, überflog die Artikel zur Berliner Stadtpolitik und entdeckte in der unteren rechten Ecke einen Polizeiaufruf. Überschrieben war der mit *Gesucht wird.* Darunter war das Bild einer jungen Frau zu sehen – genauer gesagt, die Rekonstruktion eines Frauengesichts. Sie lächelte. Kai Jürgens spürte, wie sein Herz aussetzte. Das war doch nicht etwa Silvia, seine Schwester? Hastig suchte er in seiner Tasche nach dem alten Zeitungsartikel. Mit zittrigen Händen nahm er ihn heraus. *Im Kofferraum in die Freiheit. Wieder einmal ist es zwei Menschen gelungen, im Kofferraum eines Fluchthelfers unbehelligt in den Westen zu gelangen. Vater und Tochter nutzten gestern Nacht die Gelegenheit …*

Jürgens starrte entsetzt auf das Foto des verblassten Artikels. Zwei Menschen lagen im Kofferraum. Sein Vater und seine Schwester. Sie lächelte. Es war das gleiche Lächeln wie auf dem Foto der Polizeimeldung. Silvia hatte ihm den kurzen Artikel heimlich geschickt. *Ich hole dich zu mir,* stand in dem beiliegenden Brief. *Ich hole dich zu mir nach West-Berlin.* Entsetzt sprang Jürgens auf, riss dabei die Milch um und starrte mit Tränen in den Augen auf das rekonstruierte Gesicht. Tief im Innern hatte er schon lange gespürt, dass seine Schwester tot war, nur wahrhaben wollte er es nicht. Nach Luft ringend, hielt er sich an der Bank fest und starrte auf die letzte Zeile: *Wer kann zweckdienliche Hinweise geben?* Seine Schwester war tot, und der Fotograf, der sie im Kofferraum liegend fotografiert hatte, war es auch. Gab es da einen Zusammenhang? Jürgens spürte, wie ihm die Knie weich wurden.

«Ich werde deinen Mörder finden. Ich verspreche es dir», flüsterte er mit schluchzender Stimme, faltete die *Berliner Morgenpost* zusammen und steckte sie in die Aktentasche. Dann erinnerte er sich an den Zettel, den Ado Steinkopf ihm gegeben hatte. Wenn jemand ihm helfen konnte, dann er.

Niemand wusste besser als Gertrud Kappe, dass ihr Mann von Wein gerade so viel Ahnung besaß wie vom Balletttanzen. Sie beobachtete ihn amüsiert, wie er die Weinkarte des Café Bleibtreu vor sich hielt, den Kopf abwägend hin- und herbewegte und die angepriesenen Jahrgänge studierte.

Energisch schloss Otto die Karte und winkte dem Kellner zu. Er hatte seine Wahl getroffen, und da Gertrud ihn gebeten hatte, auch für sie zu entscheiden, wollte er überzeugt wirken. «Bringen Sie uns bitte zwei Gläser des 68er Assmannshäuser Höllenberg Spätburgunder», ließ er den Kellner wissen, der keine Miene verzog, als er die Bestellung entgegennahm.

Die Wahl schien durchdacht. Otto vertrug keinen Weißwein. Wenn überhaupt, trank er trockenen Rotwein. Und da er den mediterranen Sorten grundsätzlich misstraute, entschied er sich, wann immer es notwendig war, für einen Spätburgunder. So auch heute. Von mediterranem Wein bekam er regelmäßig Kopfschmerzen, außerdem hatte er in der Zeitung gelesen, dass die Mafia mit gepanschtem Rebensaft Unsummen verdiente. Seitdem stellte er alle Länder unter Generalverdacht, die mehr Sonne genossen als Deutschlands Weinbaugebiete. Er hatte beschlossen, nur noch einheimischen Winzern zu vertrauen. Auch war der Spätburgunder der einzige Tropfen, über den er etwas fachsimpeln konnte.

Der Kellner brachte die Flasche und schenkte ihm einen Schluck ein, um ihn kosten zu lassen. Otto nahm das Glas und betrachtete dessen Inhalt prüfend. Mit ernstem Gesicht ließ er die Flüssigkeit im Glas rotieren, hielt seine Nase daran, nippte bedächtig, kaute konzentriert den Wein und verkündete mit Pathos in der Stimme: «Delektabel!» Mit einer gekünstelten Geste bat er den Kellner, die Gläser zu füllen. Das tat dieser daraufhin auch, obwohl er sich vermutlich seine eigenen Gedanken über derartige Sperenzchen machte.

Als Otto und seine Frau wieder alleine waren, hob er das Glas erneut. Bevor er mit Gertrud anstieß, schaute er ihr tief in die Augen und flüsterte: «Was für eine Textur! Vorzüglich geprägt von einer beeindruckenden Dichte und Saftigkeit. Ein selten edler Spätburgunder, gereift in großen Holzfässern mit einer angenehmen Restsüße. Und gestatte mir die Bemerkung – dieser süffige Tropfen garantiert einen langen und weichen Abgang.»

Gertrud hatte augenscheinlich Mühe zu entscheiden, ob sie laut loslachen oder vor ehrfurchtsvoller Bewunderung ganz klein werden sollte. «Otto, hast du ein schlechtes Gewissen? Gibt es etwas, das du wiedergutmachen musst? Ich erkenne dich gar nicht wieder.»

Ottos leises Lächeln verriet, dass er weder über Nacht sein Sommelierwissen aufgefrischt noch sich etwas Verwerfliches hatte zuschulden kommen lassen. Er gab sich lediglich Mühe, mit seiner Frau einen schönen Abend zu verbringen. Seit er mit den Ermittlungen im Fall der Toten von Nikolskoe vorankam, achtete er penibel darauf, dass seine Arbeit ihre Beziehung nicht erneut an den Rand einer Katastrophe führte. Und Gertrud genoss seine Aufmerksamkeit offensichtlich. Dennoch merkte er ihr an, dass sie daran zweifelte, dass er sich von nun an immer so sehr um sie bemühen würde. Sie saß glücklich und zufrieden an dem kleinen Tisch und beobachtete das Treiben auf dem Gehweg jener Straße, die Namensgeber für das Restaurant war.

Es war schwül an diesem Junitag. Doch Otto behielt tapfer sein Jackett an und hoffte inständig, er möge nicht übermäßig transpirieren. Schließlich wollte er Gertrud noch in das nur wenige Meter entfernte Kino Filmkunst 66 ausführen, um sich mit ihr eine Komödie anzusehen. Er wusste, sie liebte den Hauptdarsteller, und bisher hatte er immer eine Ausrede erfunden, um sich keinen melodramatischen italienischen Film anschauen zu müssen. Die Eintrittskarten lagen sicher in der Innentasche seines Jacketts.

Er neigte sich ein Stück vor, nahm Gertruds Hand und sagte mit sonorer Stimme: «Ich habe zwei Karten für heute Abend.» Er deutete mit dem Finger auf das Kino schräg gegenüber. «*Eifersucht auf italienisch* mit Marcello Mastroianni.»

Gertrud strahlte übers ganze Gesicht.

Als Gertrud und Otto Kappe gut gelaunt aus dem Kino kamen, fanden sie sich mitten in einem Polizeieinsatz wieder. Kappe konnte es sich nicht verkneifen, einen der Kollegen, den er von der Mordkommission kannte, zu fragen, was passiert sei.

«Ganz genau wissen wir es noch nicht. Aber nach ersten Zeugenaussagen stiegen gegen 21 Uhr vor dem Nationalitätenrestaurant Bukarest an der Bleibtreustraße, Ecke Niebuhrstraße einige penibel gekleidete Herren aus ihren Fahrzeugen. Kurz darauf haben sie, ohne zu zögern, mit ihren Maschinenpistolen und Revolvern das Feuer auf eine Feier eröffnet. Offensichtlich hatten sie es auf eine Gruppe iranischer Männer abgesehen, die an mehreren zusammengestellten Tischen saßen, um sich an diesem Abend mit der Spezialität des Hauses zu verwöhnen: Mititei vom Holzkohlengrill. Könnte ein Krieg rivalisierender deutscher und persischer Banden um die Vorherrschaft im Rotlichtmilieu Berlins gewesen sein. Nach fünf Minuten war der Spuk vorüber. Was soll ich dir sagen, anschließend lagen auf der Straße, neben einer Vielzahl von Hackfleischröllchen, ein Toter und drei Schwerverletzte. Ich würde mich nicht wundern, wenn die Berliner die Straße künftig in Bleistreustraße umbenennen.»

Kappe mochte zwar den Sarkasmus seines Kollegen nicht, bedankte sich aber höflich und wandte sich wieder Gertrud zu.

Schweigend gingen sie anschließend durch die Seitenstraßen zu ihrer Wohnung im Horstweg. Dass der Abend so geendet hatte, war für Gertrud ein Schock. Als sie endlich Schlaf fand, lag Otto noch wach und dachte über den Schusswechsel nach. Er kam nicht umhin festzustellen, dass sie für den heutigen Tag mit einer gehörigen Portion Glück beschenkt worden waren. Dass in

West-Berlin einmal Zustände herrschten, die an die Zeit Al Capones erinnerten, hätte er nie für möglich gehalten. Aber Otto war zu sehr Pragmatiker, um sich von seinen Gefühlen leiten zu lassen. Dass die Karten in der Unterwelt neu gemischt wurden, deutete sich schon seit geraumer Zeit an. West-Berlin war keine Insel der Glückseligkeit. Für viele war die Stadt in den letzten Jahren zu einem riesigen Bordell mit allen möglichen kriminellen Nebenschauplätzen verkommen. Zeitungsanzeigen warben mit Bars, Herrentreffs, Nachtclubs und Stripteaselokalen. Die Ware Liebe wurde in Stadtführern angepriesen. Die alten Kiezgrößen mussten Jüngeren Platz machen. Kriminelle, die es nach Berlin gezogen hatte, begannen, den Markt unter sich neu aufzuteilen. Aber auch in anderen Bereichen nahm die Kriminalität erschreckend zu. Besonders die Radikalisierung einiger linksgerichteter Studenten machte Otto Sorgen. Unverhohlen drohten sie mit Gewalt. *Mit dem bewaffneten Widerstand beginnen!*, hatte eine Vereinigung mit dem Namen RAF in einem anarchistischen Hetzblatt gefordert. Rote Armee Fraktion – schon der Name versprach nichts Gutes.

Otto musste an Peter denken und daran, dass sie nicht in der Lage waren, einander zuzuhören. Sie waren beide Dickköpfe, aber er war der Ältere, er hatte mehr Lebenserfahrung, er war der Vater. Es war an ihm, das Schweigen zu brechen. Das ist längst überfällig, dachte er. Er würde den ersten Schritt machen.

Glücklich über seinen Entschluss, auf seinen Sohn zuzugehen, schlief er ein. Doch es blieb eine Sorge: Was sollte er tun, wenn Peter gar keinen Kontakt mehr zu ihm wollte?

ELF

Montag, 29. Juni 1970

DIE PRESSEMELDUNG erfüllte ihren Zweck. Erste Hinweise aus der Bevölkerung hatten die Polizeidienststellen schon am Sonnabend registriert. Die wichtigsten aber kamen am Montagmorgen. Einiges deutete darauf hin, dass sich die Tote aus Nikolskoe mit verschiedenen Tätigkeiten durchgeschlagen hatte. Mehrfach schien die Frau auf Wochenmärkten gesehen worden zu sein, zumeist am Maibachufer in Neukölln. Die vielversprechendste Spur lieferte eine Dame, die sich mit dem Kommentar meldete, sie sei eine anständige Frau und wolle den verantwortlichen Beamten sprechen. Sie kenne die gesuchte Person und habe einige wichtige Informationen. Dann erhob sie schon mal Anspruch auf die ausgesetzte Belohnung. Ihr Name: Nicola Beatrice von Bruck. Und den betonte sie so, als müsse jeder ihn kennen. Der verantwortliche Beamte war Otto Kappe.

Die Wohnung der anständigen Frau befand sich in der Niedstraße im vornehmeren Teil Friedenaus. Das modernisierte Mietshaus zierten rekonstruierte Jugendstilgirlanden und historische Ornamente. Glücklicherweise gab es in dem aufgehübschten Haus einen Fahrstuhl, denn Kappe hatte weder die Lust noch den Ehrgeiz, vier Etagen zu Fuß zu erklimmen. Außerdem quälte ihn noch immer der Muskelkater vom Kegeln im Hintern, und er war schlecht gelaunt, da er die halbe Nacht wach gelegen hatte.

Die Frau, die die mit einer Kette gesicherte Wohnungstür öffnete, musterte ihn mit skeptischem Blick von oben bis unten. Kappe stellte sich kurz vor, zeigte seinen Dienstausweis und bat um Einlass.

Frau von Bruck war hochgewachsen, schlank und adrett gekleidet, auch wenn sie den Modetrends einige Jahrzehnte hinterherhinkte. Kappe schätzte sie auf Ende fünfzig. Als er über die Türschwelle treten wollte, zog sie die rechte Augenbraue hoch und deutete auf seine Schuhe. Er verstand, zog sie aus und überlegte, ob er sie im Treppenhaus stehen lassen oder besser mit hineinnehmen sollte.

«Hinter der Tür steht ein Schuhschrank. Stellen Sie sie dort ab.»

Die Wohnung schien groß zu sein, mehrere Türen gingen vom langen Flur ab. Alte Fotos zierten die Wände. Sie zeigten allesamt eine melancholisch dreinblickende Schönheit in verschiedenen Kostümen. Frau von Bruck, schlussfolgerte Kappe. Er versuchte sich zu erinnern, ob er diesen Namen schon einmal gehört hatte.

Frau von Bruck schien seine Gedanken erraten zu haben, denn sie deutete mit einer müden Geste auf ein Plakat, auf dem eine Reihe knapp bekleideter Frauen elegant ihre Beine gen Himmel schwangen. «Ich bin die Siebente von rechts. Ich war Tänzerin in vielen Revuefilmen, zusammen mit Marika Rökk und Zarah Leander.»

Endlich waren sie im Wohnzimmer angekommen. Kappe setzte sich gern in den angebotenen Sessel.

«Ich habe vor allen Größen meiner Zeit getanzt. Die Stars liebten es, mit mir zusammenzuarbeiten. Egal, ob im Film oder auf der Bühne. Es gab keine Feier, zu der man mich nicht eingeladen hat. Nach dem Krieg war das vorbei. Der Grund war nicht etwa mein Alter, sondern die angebliche Nähe zu den sogenannten Eliten.»

Kappe, der eigentlich nur wissen wollte, welche Informationen die Frau über die Tote besaß, ahnte, dass es in diesem Fall wohl die beste Methode war, Interesse vorzutäuschen, um Ergebnisse zu erlangen. «Ihnen scheint es aber dennoch gut zu gehen», stellte er freundlich fest.

Frau von Bruck verzog das Gesicht. Offensichtlich war sie anderer Meinung.

«Den Kollegen haben Sie erzählt, dass Sie die Tote kannten. Verraten Sie mir, woher?»

Frau von Bruck stand auf, schritt zu einer Kaminkonsole und nahm aus einer silbernen Schachtel eine Zigarette, die sie auf ein beachtliches Mundstück steckte. «Der Name der Kleinen ist Silvia Löffler. Sie war eine Zeit lang mein Hausmädchen. Ein hübsches Ding mit einem leichten Gehfehler. Als Jugendliche hatte sie einen Unfall.» Sie zündete sich die Zigarette an, zog daran und inhalierte den Rauch tief und mit Genuss. Ein gerahmtes Plakat betrachtend, setzte sie an, erneut von der Vergangenheit zu schwärmen.

Kappe hatte weder Lust noch Zeit, sich Geschichten vom längst vergangenen Ruhm anzuhören. Schnell, bevor Frau von Bruck weiter ihre Biografie vortragen konnte, fragte er: «Silvia Löffler? Können Sie mir etwas über sie erzählen?»

Fast beleidigt setzte sich Frau von Bruck auf den gegenüberstehenden Sessel und zog erneut an ihrer Zigarette, um dann festzustellen, dass sie den Ascher vergessen hatte. Kappe stand auf und holte ihn von der Kaminattrappe. Ein zufriedenes Lächeln genügte als Dank. Kappe setzte sich wieder und forderte Frau von Bruck mit einer Geste auf, endlich zu reden.

«Da gibt es nicht viel zu erzählen. Silvia hat sich auf diese Stelle beworben, und da sie mir praktisch veranlagt schien, habe ich sie angestellt und großzügig bezahlt. Ein angenehmes, stilles Mädchen, das die Arbeit zu meiner Zufriedenheit erledigte, ohne dass ich ständig hinter ihr her sein musste. Kontakt hatten wir nicht viel miteinander, nur wenn es um die Klärung der üblichen Haushaltsfragen ging.»

Eine durchsichtige Lüge. Frau von Bruck brauchte ganz offensichtlich die Bühne. Für sie enthielt die Vereinbarung mit einer Angestellten mit Sicherheit die ungeschriebene Klausel, dass ihr mit ständiger Aufmerksamkeit und grenzenloser Bewunderung zu begegnen sei, dachte Kappe. «Ist es richtig, dass Silvia Löffler aus dem Osten gekommen ist?»

«In der Tat. Das Mädchen war ein Flüchtling. Sie hat mit ihrem Vater rübergemacht. Stellen Sie sich vor, Mutter und Bruder sind nicht mitgegangen! Ihre Mutter war wohl eine fanatische Kommunistin. Die Kleine tat mir wirklich leid.»

Allein wie sie die Wörter «Flüchtling» und «Kommunistin» aussprach, ließ Kappe ahnen, welch weltanschaulicher Mief sich hinter der Fassade der aufgehübschten Wohnung verbarg. «Wann haben Sie Fräulein Löffler zum letzten Mal gesehen?»

Das verlebte Gesicht verhärtete sich, und mit einer Kraft, die Kappe ihren dünnen Armen kaum zugetraut hätte, drückte Frau von Bruck die Zigarettenkippe in den Ascher. «Eigentlich schuldet mir das Mädchen noch einen halben Monatslohn. Immerhin habe ich sie regelmäßig am Fünfzehnten für den gesamten Monat bezahlt. Wer kommt für diese Auslagen auf?»

«Wann war Silvia Löffler das letzte Mal hier?», fragte Kappe erneut, diesmal energisch.

«Das war im Herbst 1968. Am 16. Oktober. Einen Tag vorher habe ich ihr den Monatslohn ausgezahlt.»

In Gedanken korrigierte Kappe Dr. Königs Obduktionsbericht, der den Tod auf frühestens Anfang November datiert hatte. Er war sich nun sicher, dass das Mädchen schon Mitte Oktober ermordet worden war. Höchstwahrscheinlich sogar an jenem 16. Oktober. «Und Sie haben es nicht für nötig erachtet, die Polizei zu informieren?»

Es dauerte eine Weile, bis sie auf den Vorwurf reagierte, ihre Augen funkelten böse. «Ich bin weder ihre Mutter, noch hatte ich Veranlassung, mit diesen …», sie suchte nach einer despektierlichen Bezeichnung, entschied dann aber, darauf zu verzichten, «… mit diesen Behörden zusammenzuarbeiten. Ich konnte ja nicht ahnen, dass etwas so Schreckliches passiert ist. Ich möchte nicht wissen, mit wem sich die Kleine abgegeben hat.»

Kappe, der zwischen Unverständnis und Wut schwankte, zwang sich, ruhig zu bleiben. «Sie können mir sicherlich die damalige Wohnadresse von Fräulein Löffler nennen.»

Frau von Brucks bedauerndes Schulterzucken verriet, dass dem nicht so war. «Sie hat nur stundenweise bei mir gearbeitet. Und Silvia wollte keinen Vertrag dafür. Sie verstehen?»

Natürlich verstand Kappe. Schwarzarbeit. Ohne darauf zu reagieren, fragte er: «Gibt es noch etwas, das Sie mir sagen können?»

Sie zögerte, etwas schien ihr unangenehm zu sein. «Ich hatte ihr einen Schrank zur Verfügung gestellt. Für ein paar Kleidungsstücke und andere persönliche Dinge.»

Kappe schaute sie verblüfft an. Als sie nicht reagierte, sagte er: «Können Sie mir diese Dinge bitte geben?»

«Das ist schwierig. Ich habe ihre Kleidung nach einem halben Jahr der Kirche überlassen. Das Einzige, was ich aufbewahrt habe, sind ein paar amtliche Dokumente aus Marienfelde. Wie gesagt, sie schuldet mir noch die Leistung für einen halben Monat.»

«Frau von Bruck, muss ich Sie erst schriftlich auffordern, mir die Dokumente auszuhändigen?»

Die ehemalige Revuetänzerin zog ein langes Gesicht, so als hätte Kappe eine unzumutbare Forderung gestellt. Dennoch stand sie auf und nahm einen kleinen Umschlag aus einem Schubfach ihres Sekretärs. Sie reichte ihn Kappe mit frostigem Blick. «In der polizeilichen Meldung steht etwas von einer Belohnung. Ich denke, ich habe Anspruch darauf.»

Kappe nahm das Kuvert an sich, ohne auf ihren letzten Satz einzugehen. «Wenn es noch Fragen gibt, melden wir uns.» Energisch zog er seine Schuhe an. Er hatte nur noch das Bedürfnis, möglichst schnell von hier zu verschwinden. Derartige Witwen kannte er zur Genüge. «Selbstverständlich steht Ihnen die Belohnung zu. Ich werde das veranlassen.» Bevor er ging, drehte er sich noch einmal um. Obwohl er die Antwort ahnte, fragte er: «Was war doch Ihr Mann gleich von Beruf?»

«Mein Mann war Offizier. Ein deutscher Patriot. Falls es Sie interessiert, Hauptsturmführer von Bruck ist für sein Land gefallen – hinterrücks erschossen von jugoslawischen Partisanen.»

Kappe verabschiedete sich nicht von der Dame. Er verstand seinen Sohn Peter nicht oft. In diesem Moment aber schon. Noch immer schritten überzeugte Nationalsozialisten stolz erhobenen Hauptes durch Berliner Straßen. Und die Bundesregierung zahlte den Witwen auch noch üppige Renten für die angeblichen Lebensleistungen ihrer Gatten.

Otto Kappe verzichtete auf den Fahrstuhl. Als er die Treppen hinunterstieg, wurde ihm bewusst, dass er bei der Aufklärung des Falls einen guten Schritt vorangekommen war. Ab sofort hatte die Tote einen Namen: Silvia Löffler.

Frau von Brucks Hinweis bestätigte sich. Die polizeiliche Anmeldung wies eine Wohnung in Neukölln aus. Das Foto auf dem Meldebogen zeigte zweifelsfrei Silvia Löffler, auch wenn es schon ein paar Jahre alt sein musste. Sie stammte aus Friedrichshagen, einem Stadtteil, der am Nordufer des Müggelsees lag.

«Silvia Löffler ist vor fünf Jahren mit ihrem Vater in den Westen gekommen. Und nun rate mal, wer ihnen bei der Flucht jeholfen hat!» Hans-Gert Galgenberg schaute Otto Kappe erwartungsvoll an.

«Thalmann!»

«Hundert Punkte, Kolleje, gratuliere! Der Vater wohnt ebenfalls in Neukölln, Karl-Marx-Platz.» Zufrieden deutete Galgenberg auf einen handgeschriebenen Zettel. «Das ist die Adresse. Der Mann ist vom Theater, Kulissenbastler oder so, hatte aber schon ewig keine Anstellung mehr.»

Die Spur eines Lächelns huschte über Kappes Gesicht. Endlich kamen sie voran. «Hast du schon mit dem Zeugen geredet, der den Ludwig erkannt haben will?»

«Hab ick! Der hat ihn sofort uff dem Foto identifiziert. Eene Uhrzeit haben wa ooch. Kurz nach neunzehn Uhr will er ihn gesehen haben. Weitere Zeugen jibt es allerdings nich. Aber der Ballistikbericht ist da. Volker Dietrich is mit eener Neun-Millimeter-Waffe erschossen worden. Der Ballistiker meint, es könnte ein älteres

Modell sein. Mit an Sicherheit grenzender Wahrscheinlichkeit eine Luger, die schon einige Jahrzehnte alt ist. Wenn wa die Waffe bei Ludwig finden, können wa den Kerl eintüten.»

Es war Kappe deutlich anzusehen, dass es in seinem Hirn massiv arbeitete. «Wenn das, was wir über Wilfried von Thalmann und Rüdiger Ludwig wissen, auch nur annähernd stimmt, dann kann man Zweifel an unserer Mordtheorie hegen», gab er zu bedenken.

«Wie meinstn dit?», fragte Galgenberg überrascht.

«Fest steht, der Fotograf stand mit dem schönen Willi in Verbindung. Dietrich war Thalmanns heißer Draht zur Presse. Gehen wir einmal davon aus, Dietrich hat ohne Zustimmung seines Gönners die Fotos des gescheiterten Fluchtversuchs am Grenzübergang Staaken in der Zeitung veröffentlicht. Der schöne Willi glaubt also, dass Didi ihn hintergangen hat.»

Kappe ließ sich einen Augenblick Zeit, um den Gedanken von allen Seiten abzuklopfen. Bevor er seine Zweifel weiter vortragen konnte, ergänzte Galgenberg: «Konsterniert konstatiert der schöne Willi nach Veröffentlichung der Bilder, dass sein Haus- und Hoffotograf auf eigene Rechnung gearbeitet hat. Wütend jibt er Ludwig den Auftrag, dem untreuen Kerl auf den Zahn zu fühlen, doch das Gubener Urgestein verpasst Dietrich stattdessen hinterrücks eene Kugel.»

Kappes Kopfschütteln verriet, dass ihn Galgenbergs Theorie nicht überzeugte. «Ludwig ist nicht der Typ für heimtückische Taten. Ihm wäre wichtig gewesen, mit Antworten zu seinem Chef zurückzukehren. Er hätte sie garantiert aus Dietrich herausgeprügelt.»

«Dann war es eben een Unfall. Zittriger Finger oder im Affekt oder so.»

«Das scheint mir zu einfach. Vielleicht war es so, dass Thalmann Dietrich zwar nicht beauftragt hat, die Flucht zu dokumentieren, dass Dietrich aber dachte, der Auftrag käme von ihm.» Kappe schaute Galgenberg gedankenversunken an.

Der Kollege spürte den Blick und reagierte prompt. «Machste mir schöne Oogen, oder jeht dir noch wat im Kopp rum?»

Kappe spann den Faden weiter. «Angenommen, dieser Lkw-Fahrer ist nicht, wie wir glauben, verraten worden, weil er Fluchthelfer war, sondern weil der arme Kerl etwas wusste, das er nicht hätte wissen sollen. Und jene Person, die für Gebhards Verhaftung verantwortlich ist, hat auch Volker Dietrich den fingierten Auftrag zukommen lassen ...»

Galgenbergs Gesicht sprach Bände. «Scheint mir een bisschen weit herjeholt.»

«Ich wette, jemand hat sich als der schöne Willi ausgegeben und eine Nachricht für Dietrich in der Redaktion hinterlassen.»

Galgenberg ging auf diesen Gedanken ein. «Und weil Dietrich die Nachricht von der Redaktionssekretärin bekam, die Thalmanns Stimme mit Sicherheit nicht kannte, hatte der arme Kerl ooch keenen Zweifel an der Echtheit des Auftrags.»

Galgenberg verzog sein Gesicht. «Wenn also nicht Ludwig Dietrichs Mörder ist, dann muss es der Gärtner sein», entschied Galgenberg. «Du weeßt schon, der vom schönen Willi.»

«Thalmann hat einen Gärtner?», fragte Kappe verblüfft.

«Na, der zupft doch dit Unkraut nich alleene.»

Kappe hatte mit den Jahren gelernt, dass hinter den Wortspielen seines Kollegen oft ein Funken Wahrheit steckte, deshalb übersetzte er den Gedanken ins Kriminalistische. «Du meinst, jemand aus Thalmanns Umfeld führt uns bewusst an der Nase herum? Warum sollte er das tun?»

«Na, weil er mehr als nur den Mord an dem Fotografen zu verbergen hat. Ick geh mal davon aus, dass unser Täter nich aus heimlicher Freude, sondern aus purer Notwendigkeit tötet. Sozusagen aus Selbstschutz.»

«Vermutlich hast du recht, der Mörder von Volker Dietrich muss etwas zu verbergen haben. Und ich habe das Gefühl, wir sind auf der richtigen Spur. Es muss eine Verbindung zwischen dem Lkw-Fahrer und dem Fotografen geben. Nur welche, wissen wir noch nicht. Kollege, was hältst du denn davon, wenn wir so tun, als würden wir genau so denken, wie wir vermeintlich denken sollen?»

Zufrieden lehnte sich Galgenberg zurück und grinste. «Ick sehe, wir verstehen uns. Und was bedeutet dit nun konkret?»

«Ludwig war definitiv am Tatort. Er hat sich verdrückt, wurde aber gesehen. Das allein überzeugt jeden Richter. Ein Motiv lässt sich auch herleiten. Wir könnten Rache anbieten. Bei dem kriminellen Lebenslauf finden wir garantiert verständnisvolle Ohren. Und Keunitz verlangt, dass wir ordentlich Dreck aufwühlen.»

Galgenberg strahlte über das ganze Gesicht. «Na, dann lass uns mal dem Ludwig Feuer unterm Allerwertesten machen. Ick veranlasse den Haftbefehl. Mal sehen, ob der Meister dreier Klassen anjesichts der drohenden schwedischen Gardinen ein bisschen zum Plauschen aufgelegt is.»

Kappe nickte zufrieden und überlegte, was er als Nächstes tun musste. Einen Wimpernschlag später war seine gute Laune verflogen. «Während du den Haftbefehl heranschaffst, werde ich Theo Löffler besuchen. Einer muss ihm ja die traurige Nachricht vom Tod seiner Tochter überbringen.»

Offensichtlich froh, nicht mitgehen zu müssen, sagte Galgenberg: «Danke, dass du mir dit ersparst. Noch wat Organisatorisches: Wenn wa Ludwig verhaften, sollten wa da nich Verstärkung mitnehmen? Der Kerl ist im Dreikampf echt knorke. Een weiterer Mann wäre da janz nützlich.»

«Das wäre dann ja Vierkampf», bemerke Kappe flapsig und freute sich, auch mal einen Kalauer zum Besten gegeben zu haben.

Als Otto Kappe am Karl-Marx-Platz aus dem Bus stieg, musste er sich kurz orientieren. Bis 1950 hatte der Platz noch Hohenzollernplatz geheißen. Seit 1902 zierte ihn ein Reiterstandbild zu Ehren von Kaiser Wilhelm I. Schon während der Weimarer Republik hatte der eher sozialistisch geprägte Neuköllner das monumentale Denkmal als Beleidigung empfunden. Daraufhin hatte man versucht, den ersten Kaiser des Deutschen Reiches mit einer

Efeuhecke zu verhüllen. Aber während des Zweiten Weltkriegs kam die Statue wieder zu Ehren: Aus der hochwertigen Glockenbronze wurde Munition gegossen. Nach dem Krieg wollte man von den Hohenzollern nichts mehr wissen. So war es gekommen, dass der Platz 1950 den Namen des damals im Westen noch nicht geächteten Karl Marx erhielt.

Kappe schmunzelte bei dem Gedanken. Wie schnell man sich doch von einem angesehenen Philosophen und Ökonomen zur Unperson entwickeln konnte! Kappe schaute etwas wehmütig zur Fleischerei Gleich. Nach dem Gespräch mit Theo Löffler gedachte er, dort einzukehren und sich eine Bockwurst mit Brötchen einzuverleiben. Außerdem wollte er sich mit eingekochter Blutwurst sowie Sülze versorgen und ein Glas Wurstsuppe mitnehmen. Gertrud würde garantiert etwas Leckeres daraus zubereiten.

Theo Löffler wohnte in der vierten Etage eines bemitleidenswerten Quergebäudes. Manchmal überkam Kappe das Gefühl, dass zu befragende Personen grundsätzlich in den oberen Etagen lebten. Aber es half nichts. Er klingelte, und nachdem die Haustür summend geöffnet wurde, sprintete er energisch, zwei Stufen auf einmal nehmend, die Treppen hinauf. Das hielt er bis zur zweiten Etage durch, dann reduzierte er die Geschwindigkeit und verringerte die Schrittfrequenz auf einstufig. Dennoch kam er bedenklich kurzatmig oben an.

Löffler stand hinter der Tür und schaute durch einen schmalen Spalt auf Kappe, der nach Luft rang und statt einer Begrüßung den Dienstausweis zeigte. Erst dann stellte sich Kappe vor. «Otto Kappe, Kriminaloberkommissar.» Erneut holte er Luft, während er seinem Dienstgrad in Gedanken ein a. F. anhing: außer Form. «Sind Sie Theo Löffler?»

Der Mann nickte.

«Ich muss Sie sprechen. Und es wäre besser, wenn wir das in Ihrer Wohnung tun könnten.»

Erst nachdem Kappe in der Küche ein Glas Wasser getrunken und wieder zu einem normalen Atemrhythmus zurückgefunden hatte, schaute er sich seinen Gesprächspartner genauer an. Erschrocken stellte er fest, dass dessen Gesicht aufgedunsen und mit vielen Hämatomen versehen war. Das rechte Auge war zugeschwollen. Ein Pflaster presste notdürftig eine Platzwunde an der Stirn zusammen. Am Hals waren deutliche Würgemale zu sehen. Und Löfflers Körperhaltung deutete darauf hin, dass er noch weitere, unsichtbare Blessuren abbekommen hatte. «Was ist Ihnen denn passiert?», erkundigte sich Kappe mitfühlend und schob den einzigen Stuhl, der in der Küche stand, in Löfflers Richtung.

«Wie heißt es so schön? Treppe hinuntergefallen.»

«Erzählen Sie mir keinen Unsinn! Sie sind zusammengeschlagen worden. Anscheinend hat Sie auch jemand gewürgt. Waren Sie bei einem Arzt?»

Löffler winkte ab. «Und wenn schon, vielleicht habe ich es verdient.» Ein bitteres Lächeln folgte. Mit schmerzverzerrtem Gesicht ließ er sich auf den Stuhl fallen. Sofort hielt er sich die rechten unteren Rippen. Mindestens eine schien gebrochen zu sein.

Kappe verstand. «Sind Sie überhaupt imstande, mir Fragen zu beantworten?»

«Vier Etagen können einen umbringen, stimmt's? Um was geht es denn überhaupt?»

«Es geht um Ihre Tochter.»

«Silvia? Was ist mit ihr?»

Einer Eingebung folgend, entschied Kappe, nicht sofort die traurige Nachricht zu übermitteln, stattdessen fragte er: «Wann haben Sie sie zum letzten Mal gesehen?»

«Kann ich nicht genau sagen.» Löfflers Antwort klang gereizt.

Kappe fixierte ihn einen Moment, Löffler hielt Kappes Blick nicht stand. «Gestern? Letzte Woche? Vor drei Monaten? Einem halben Jahr? Einem Jahr? Zwei? Ungefähr werden Sie es doch noch wissen!»

Löffler verzog das Gesicht, als wäre Kappes Anliegen eine große Zumutung. Mit einer Stimme, die verbittert und beleidigt zugleich klang, zischte er: «Wir haben keinen Kontakt mehr. Sie hat mich alleingelassen. Im März war es drei Jahre her, dass wir uns gesehen haben. Aber das ist ja ein freies Land. Jeder kann machen, was er für richtig erachtet, oder?»

Augenblicklich hatte Kappe das Gefühl, dass Löffler sich hinter der Maske des Beleidigten versteckte. «Wissen Sie, wo sich Ihre Tochter seitdem aufgehalten hat?»

«Keine Ahnung. Sie ist erwachsen.»

Kappe nickte. Die Antwort hatte er erwartet. «Drei Jahre sind eine lange Zeit. Haben Sie nie versucht, sie ausfindig zu machen? Immerhin war sie damals erst achtzehn und noch nicht volljährig.»

«Sie wollte nichts mehr mit mir zu tun haben», gab Löffler laut und theatralisch zurück. «Mit mir, ihrem Vater. Ich, der ihr die Freiheit ermöglicht hat, bin in ihren Augen nur ein jämmerlicher Versager.»

Kappe hob beide Hände und deutete Beifall an. «Herr Löffler, wir sind in Ihrer Küche, nicht auf der Bühne. Ein bisschen weniger Pathos tut es auch.»

Löffler gab einen Laut der Enttäuschung von sich. Doch er hatte sich schnell wieder im Griff. Er versuchte zu lächeln. Allerdings verzerrte sich sein geschwollenes Gesicht nur zu einer abstoßenden Fratze.

Aufgrund seiner langen kriminalistischen Erfahrung wusste Kappe, dass es hilfreich war, den Redefluss extrovertierter Menschen nich einzuschränken. Meist gaben sie dabei mehr Informationen preis, als er mit gezielten Fragen aus ihnen herausbekommen könnte. Kappe schaute sich derweil in der Küche um. Er konnte nur erahnen, wann sie das letzte Mal gereinigt worden war. Töpfe und Geschirr stapelten sich im Spülbecken. Müll stand neben der Küchentür. Gleichgültigkeit hatte sich in jedem Winkel des Raums eingenistet. Einzig ein schon vergilbtes Foto im Regal fand Kappes Aufmerksamkeit. Es zeigte offenbar die Familie Löffler in glücklicheren Zeiten.

«Meine Exfrau ist Historikerin und eine stramme Genossin.

Die wäre nie mit in den Westen gekommen. Wenn sie geahnt hätte, dass ich schon lange den Plan gehegt hatte abzuhauen, hätte sie mich glatt ans Messer geliefert. Dass ich in diesem Kerker des Proletariats nicht habe leben können, hat sie nie begriffen. Ich bin Künstler, nicht irgendein Bühnenbildner. Ihre Parteifreunde haben verhindert, dass ich im Osten erfolgreich war. Nur weil ich nicht in ihre Scheißpartei eintreten wollte. Deshalb habe ich mich entschlossen, mit meiner Tochter rüberzumachen. Am 1. Mai 1965 war es dann so weit. Endlich frei.» Von den eigenen Erinnerungen übermannt, stand Löffler auf, öffnete den Küchenschrank und nahm eine angefangene Flasche Klaren heraus. Ohne Kappe etwas anzubieten, goss er sich ein halbes Wasserglas voll und trank einen kräftigen Schluck. Einen Augenblick schien er zu überlegen, ob er die Flasche wieder wegstellen sollte, entschied sich dann aber dafür, sie griffbereit in seiner Nähe zu lassen.

«Alles begann an Silvias achtzehnten Geburtstag. Ein Kollege von mir, ein Tischler und Silvias Patenonkel, der früher meine Entwürfe umgesetzt hatte, ist völlig unerwartet auf ihrer Feier erschienen. Kaum einen Monat vorher war er aus Ost-Berlin geflohen. Dummerweise hatte der liebe Kollege einen Brief von Silvias kleinem Bruder dabei. Ein paar Zeilen nur, aber die reichten, um die Welt meiner Tochter zusammenbrechen zu lassen. Dieser Kerl hat uns doch nur besucht, um mich zu benutzen. Der hat tatsächlich geglaubt, dass ich ihm die Türen zu West-Berliner Theatern öffnen könnte. Was für ein Widerling!»

Löfflers Selbstbeweihräucherung und sein Herumgejammere zehrten gehörig an Kappes Nerven. Energisch sagte er: «Bleiben wir beim Thema! Was stand in dem Brief?»

Erneut trank Löffler einen Schluck, ohne dabei eine Miene zu verziehen. «Ihr Bruder hat ihr geschrieben, dass sie ihm fehle und er gerne bei ihr sein würde. Es habe ihm das Herz zerrissen, dass seine große Schwester, ohne ihm ein Wort zu sagen, heimlich nach West-Berlin gegangen sei und er zurückbleiben musste. Er begreife nicht, warum sie sich nicht bei ihm melde. Er habe ihr doch nie etwas getan. Sie seien Geschwister, man dürfe sie nicht einfach trennen. Bla, bla, bla ...»

Schlagartig kämpfte Kappe gegen das Bedürfnis, dem Kerl vor ihm noch ein paar weitere Blessuren zu verpassen. Er zwang sich zur Ruhe. «Und warum haben Sie Ihren Sohn nicht mitgenommen bei Ihrer Flucht?»

Irritiert lehnte sich Löffler zurück und schien über die Frage nachzudenken. «Er war eher ein Mutterkind, und irgendwie fand ich es auch gerecht. Wenn er es später gewollt hätte ...»

Kappe unterbrach ihn unwirsch. «Sie haben Ihre Frau und Ihren Sohn verlassen, haben sich Ihre Tochter geschnappt und sind mit ihr in den Westen gegangen. Können Sie mir sagen, wie Ihnen das gelungen ist?»

«Wir hatten Unterstützung. Das hat mich ein Vermögen gekostet.»

«Wie viel?»

«Drei Scheine. Glücklicherweise hat der Kerl auch Antiquitäten genommen. Seltene Drucke und Faksimiles.» Erneut nahm Löffler gierig einen Schluck.

«Was haben Sie Ihrer Tochter denn erzählt, als sie ohne ihre Mutter und ihren Bruder in den Westen gegangen sind? Sie hat Ihnen ja schließlich all die Jahre vertraut.»

Löffler lachte albern. «Ich habe ihr glaubhaft versichert, dass ich militärische Geheimnisse an die Amerikaner geliefert habe und somit ein gesuchter Staatsfeind bin. Die Stasi würde mich sofort umbringen, wenn sie wüsste, wo ich lebe. Und sie würde sich an meiner Frau und meinem Sohn rächen, wenn jemals herauskäme, dass einer von ihnen Kontakt zu uns hätte. Deswegen durfte Silvia niemals einen Brief oder eine Karte nach Ost-Berlin schreiben.»

«Und das hat sie Ihnen geglaubt?»

«Ich kann sehr überzeugend sein.» Löffler prostete ihm zu, setzte dann aber das Glas noch einmal ab. «Wenn ich Erfolg gehabt hätte, dann hätte ich meinen Sohn längst rübergeholt.»

«Stattdessen haben Sie das Geld lieber versoffen.»

Beleidigt leerte Löffler sein Glas.

Als er erneut nach der Flasche greifen wollte, schob Kappe sie aus seiner Reichweite. «Eine Frage noch. Kennen Sie diese Frau?» Kappe legte ein Foto des rekonstruierten Gesichts von Silvia Löffler auf den Tisch, das die Gerichtsmedizinerin angefertigt hatte.

Mit spitzen Fingern nahm Theo Löffler das Bild in die Hand und betrachtete es. «Das ist eindeutig Silvia. Sie sieht vielleicht ein bisschen älter aus als vor drei Jahren – aber kein Zweifel, das ist ihr Lächeln.» Erst jetzt schien er zu begreifen: Vor ihm stand ein Kriminaloberkommissar, einer von der Mordkommission. Löffler wurde ernst, er verlor jede Kontrolle über seine Mimik. Angst zeichnete sich auf seinem Gesicht ab, ehrliche, ungespielte Angst. «Was ist mit ihr? Ist Silvia etwas passiert?»

Kappe zögerte. Es gehörte zu seinen Aufgaben, schlechte Nachrichten zu überbringen. Doch daran wollte er sich einfach nicht gewöhnen. «Ihre Tochter ist verstorben. Sie ist ermordet worden.»

Es dauerte Sekunden, bis Löffler begriff. «Verstorben?» Sein Gesicht erblasste und spiegelte ungeschminktes Entsetzen wider. Langsam erhob er sich und nahm das Familienfoto aus dem Regal. «Meine Tochter … Silvia ist tot?»

«Es gibt keinen Zweifel.»

Löffler setzte sich wieder auf seinen Platz und starrte das Foto an. «Was habe ich getan? Die Tochter tot. Der Sohn schlägt den eigenen Vater krankenhausreif. Warum nur werde ich so bestraft?» Der kurze Augenblick, in dem der Bühnenbildner Theo Löffler authentisch gewirkt hatte, war vorbei. Selbst in diesem Moment schien er die Tragödie seines Lebens inszenieren zu müssen.

«Ihr eigener Sohn hat Sie so zugerichtet?», fragte Kappe entgeistert.

Ein leichtes Nicken bestätigte seine Annahme. «Kai stand vor ein paar Tagen völlig unerwartet vor meiner Tür. Er wollte wissen, wo seine Schwester ist. Und als ich die Frage nicht beantworten konnte, hat er mich verprügelt. Ich dachte, er wolle mich töten. Diese Wut in seinen Augen. Ich bin doch sein Vater!»

Kappe betrachtete das Häufchen Elend auf dem Stuhl vor sich und versuchte zu verstehen, was er gerade erfahren hatte. Er zögerte einen Augenblick, bevor er fragte: «Trug ihr Sohn an jenem Tag eine braune Lederjacke?»

«Verdammt, der hat sich abgesetzt!», fluchte Hans-Gert Galgenberg und knallte den Hörer auf die Gabel. «Kai Jürgens ist nicht mehr in Marienfelde. Ick kann imma noch nich glooben, wat du jesagt hast. Jürgens is der Sohn von Löffler?»

Otto Kappe schlug wütend auf den Schreibtisch. «Kein Wunder, dass der sich nicht gemeldet hat. Er hat seinen Vater fast erwürgt, und es gibt etliche Zeugen im ‹Leuchtturm›, die Jürgens am Abend, als Dietrich ermordet wurde, in der Nähe des Tatorts gesehen haben. Ob es dir gefällt oder nicht, der Junge hat ein Motiv: Rache. Was ist, wenn er sich an allen, die mit der Flucht seiner Schwester zu tun hatten, rächen will? Vielleicht gibt er ihnen die Schuld an ihrem Tod.»

Es kam nur selten vor, dass Galgenberg nichts zu antworten wusste. Aber auch er kam nicht umhin, die Indizien, die gegen den jungen Mann sprachen, ernst zu nehmen. «Ick weiß nich! Der hat sein Leben uffs Spiel gesetzt, um über die Mauer zu machen – und dann soll er, als er vom Tod der Schwester erfuhr, zum Rächer geworden sein? Das ist verdammt dünn. Ick frag mich außerdem, wat der mit Dietrich zu tun hat. Klar, der Fotograf hat Gebhards gescheiterte Flucht uffjenommen, aber die hatte doch gar nichts mit seiner Schwester zu tun.»

«Vielleicht doch», gab Kappe zu bedenken.

«Wie meinsten dit nun wieder?»

«Wir wissen, dass Dietrich zuvor bereits Fotoserien zum Thema Fluchthilfe aufgenommen hat. Vielleicht hat er die Flucht von Theo und Silvia Löffler auch festgehalten.»

Günter Kynast schaute seine Kollegen verblüfft an, als sie in den Besprechungsraum stürmten. Vorsichtshalber hielt er seine Hände, die in weißen Archivhandschuhen steckten, schützend über die Bilder auf dem Tisch.

«Wie weit sind Sie mit der Durchsicht?», erkundigte sich Otto Kappe.

Auf dem Tisch lagen fein säuberlich nach Jahreszahlen sortierte Umschläge, in denen Negative und Abzüge steckten. In der Mitte stand ein Lichtkasten. Kynast prüfte jede Serie auf Vollständigkeit. Allerdings nahm der Abgleich mehr Zeit in Anspruch als erwartet. «Fast fertig. Es fehlen noch ein paar Aufnahmen. Die Sammlung ist absolut akkurat geordnet. Dietrich hat seine Aufnahmen durchnummeriert und chronologisch abgelegt. Jahr, Monat, Tag. Und wenn er mehrere Filme an einem Tag verschossen hat, hat er auch das vermerkt. Der Mann war jeden Tag unterwegs. Soweit ich das bis jetzt einschätzen kann, gibt es nur eine Serie, die fehlt.» Er suchte auf dem Tisch nach einem Zettel. Als er ihn fand, gab er ihn Kappe. *1. Mai 1965 – Kampf- und Feiertag der Arbeiter und Bauern.*

«Treffer!», rief Kappe begeistert aus. «Genau an diesem Tag sind Vater und Tochter über die Grenze gefahren worden. Kai Jürgens muss gewusst haben, dass Dietrich die Flucht fotografiert hat.»

Ärgerlich strich sich Galgenberg mit beiden Händen die Haare nach hinten. «Ick lass nach Jürgens fahnden. Ick denke, es ist Zeit, een paar Antworten einzufordern.»

«Ich hab noch was für euch», sagte Kynast und nahm einen Umschlag mit einigen Abzügen vom Tisch. «Nachdem ich alle Bilder sortiert, mit den Negativen abgeglichen und festgestellt hatte, dass eine Serie Fotos samt der Negative fehlt, habe ich mich daran erinnert, auf einem der anderen Abzüge einen Fleck gesehen zu haben. Also habe ich alle Aufnahmen noch mal durchgeschaut, und – was für eine Freude! – einige haben Fingerabdrücke. Die sieht man sogar, wenn man die Bilder unter einer Lampe betrachtet. Und die gehören garantiert nicht Volker Dietrich. Ein richtiger Fotograf berührt seine Aufnahmen nämlich nur mit Handschuhen.» Kynast hob die rechte Hand und ließ die weißen Finger wackeln.

«Kollege Kynast, Sie sind genial!», rief Otto Kappe aus und deutete auf den Umschlag mit den Fotos. «Schicken Sie die sofort zur Spurensicherung! Die sollen sie möglichst noch gestern auswerten.»

«Ick weeß, wat als Nächstes kommt. Ick nehm an, du sagst gleich: Prüf doch mal die Tageszeitungen von Anfang Mai '65, ob sich da nich wat finden lässt», weissagte Galgenberg.

«Mitdenkende Kollegen sind mir am liebsten. Und noch etwas: Wenn du in die Bibliothek gehst und dir zufälligerweise wieder mein Sohn Peter über den Weg läuft, wäre ich dir dankbar, wenn du mir diesmal davon erzählst.»

ZWÖLF

Dienstag, 30. Juni 1970

BEI ALLER NACHSICHT, die Behausung im Wedding verdiente die Bezeichnung Wohnung nicht. Die beengte Remise befand sich in einem Hinterhof und war dem Verfall ausgesetzt. Eine verrußte Wand verriet, dass das Gebäude vor einiger Zeit einem Brand zum Opfer gefallen sein musste. Die obere Etage war nur notdürftig abgerissen worden. Um das Erdgeschoss gegen Regen zu schützen, hatte man grobe Bohlen verlegt. Darauf befand sich ein Flickenteppich aus unterschiedlichen Dachpappen, deren Kanten großflächig mit Teer abgedichtet worden waren. Offensichtlich hatte es dennoch durchgeregnet, denn einige Wellblechtafeln lagen, mit Mauersteinen beschwert, um ein Abzugsrohr, den Schornstein. Wahrhaftig kein schönes Gebäude, aber Kai Jürgens war das gleichgültig. Den Schlüssel fand er, wie Ado Steinkopf versprochen hatte, unter der Fußmatte. Angeblich wurde die Bruchbude von türkischen Gastarbeitern genutzt, bis diese etwas Besseres gefunden hatten oder von Familienmitgliedern oder Freunden aufgenommen wurden.

Ado hatte Jürgens mit großem Hallo in der «Dicken Wirtin» empfangen, so als kannten sie sich schon eine Ewigkeit. Offensichtlich besaß der Mann ein fotografisches Gedächtnis, denn er hatte sofort gewusst, wann und wo sie sich zum ersten Mal begegnet waren. «Marienfelde. Die Amis haben dich vorjefahren. Ick hab doch Oogen im Kopp!» Ado hatte ihm die Wohnung vermittelt, gegen Vorkasse.

Der Wohnraum war schlicht eingerichtet. Die Ausstattung bestand aus einem Bett, dessen Matratze Geschichten erzählen konnte, einem Tisch, dessen Beine vor Altersschwäche wackelten, und einem Stuhl, der früher vielleicht einmal in einem Gartenlokal gestanden hatte. Von der Zimmerdecke baumelte eine einfache Glühbirne. Sie flackerte anfänglich ein bisschen, beruhigte sich dann aber. In der hinteren Ecke stand ein Schrank, dessen eine Tür auf dem Boden lag. Haushaltswäsche stapelte sich unsortiert übereinander. Zwei matte Fenster, notdürftig mit etwas Stoff verhängt, ließen kaum Licht herein. Ein Ofen, neben dem zerlegte Holzkisten lagen, diente als Herd. Darüber fanden sich auf einem Regal ein paar Küchenutensilien. Gleich daneben führte ein Durchgang zur Toilette. Der Vorhang davor bestand aus einer durchgescheuerten Armeedecke. Dahinter entdeckte Jürgens ein kleines Waschbecken. Die Toilette war in einem erbärmlichen Zustand. Jürgens wendete sich angewidert ab. Wenigstens gab es ein altes Radio, dessen Zustand aber ebenfalls jämmerlich war. Die Röhren in dem Gerät waren altersschwach, und es dauerte eine kleine Ewigkeit, bis er einen Sender klar hören konnte. Vorsichtig stellte er den RIAS Berlin ein – die Stimme der freien Welt. Es wurde Musik gespielt.

Ado hatte die Wohnung als schlicht und solide bezeichnet, allerdings entsprach die Muchtelbude dieser Beschreibung nicht. Vier Wochen für fünfhundert Mark. Wucherpreise, dachte Jürgens und murmelte dann vor sich hin: «Wichtig ist nur, dass mich hier niemand finden wird.»

Später untersuchte er das Bett auf Wanzen. Er fand keine und bezog es erleichtert. Dann legte er sich darauf und las im schwachen Licht der Glühbirne den Polizeiaufruf aus der *Berliner Morgenpost* vom letzten Sonnabend. Liebevoll strich er mit dem Daumen über das abgebildete Gesicht. Er hatte das Lächeln sofort erkannt. Es gehörte Silvia, seiner Schwester!

Sorgsam steckte er die Zeitung zurück in die Aktentasche. Er würde ihren Mörder finden. Es gab jemanden, der ihm Rede und Antwort stehen musste.

Plötzlich klopfte es an der Tür. Es war ein energisches Klopfen, und dennoch war sich Jürgens sicher, dass es von einer Frau stammte.

Die Frau in der Eingangstür hatte ihre beste Zeit hinter sich. Und sie war sich dessen offenbar bewusst, denn nur so war zu erklären, dass es ihr vollkommen gleichgültig zu sein schien, was andere von ihr dachten. Sie fuhr sich durch ihre ungepflegten Haare und betrachtete Jürgens neugierig von oben bis unten. Das schlichte Strickkleid, das sie trug, würde problemlos noch jedes zukünftig dazukommende Kilo kaschieren. Sie hielt einen zusammengefalteten Zettel in der Hand und blies Jürgens den Rauch ihrer Zigarette entgegen, die in ihrem Mundwinkel klemmte. «Ick sag dir gleich, ick bin nich vonne Post. Und nur weil ick Paterre Vorderhaus wohne, bin ick noch lange keene Concierge. Dit hat eener abjejeben für dich und mir een ordentlichet Trinkjeld versprochen. Ado heißta oder so. Sind doch Herr Jürgens, oder?»

Erschrocken über die burschikose Art der Frau, wollte Kai Jürgens nach dem Zettel greifen. Aber sie war schneller und feixte ihn an. «Denkste, ick bin weich inne Birne? Da täuschste dir, Jungchen!» Auffordernd streckte sie eine Handfläche aus und wippte mit der Hüfte.

Schnell zog Jürgens einen Zehnmarkschein aus der Tasche. Doch bevor er fragen konnte, ob sie wechseln könne, hatte sie den Schein und er den Zettel in der Hand.

«Wenn de einsam bist, kannste gerne klingeln. Unten links. Bist een echtet Sahneschnittchen. Ick gloobe, wir werden uns richtig jut verstehen.»

Wieder allein, faltete Kai Jürgens den Zettel auseinander. Unter dem Engel, der ein Bier servierte, stand: *Der Mann heißt Wilfried von Thalmann. Rate dringend, die Finger von dem zu lassen!* Darunter war die Adresse des Mannes notiert.

Ados Information hatte Jürgens einige Scheine gekostet. Der Kerl ließ nicht mit sich handeln, hielt aber sein Wort. Auf dem wackligen Tisch breitete Jürgens eine Stadtkarte von Berlin aus.

Mit dem Finger suchte er nach der angegebenen Straße. Als er sie entdeckte, kreiste er sie mit einem Stift ein. Sie befand sich in Alt-Lübars.

Die Blicke von Rüdiger Ludwig und Otto Kappe trafen sich im Friseurspiegel. Ein leichtes Zucken von Ludwigs Augen verriet, dass er mit polizeilichem Besuch gerechnet hatte. Der Herrenfriseur, der mit einem Nackenwedel energisch die abgeschnittenen Haare von Ludwigs Schultern bürstete, begrüßte erfreut die vermeintlichen neuen Kunden. Als Kappe ihm seinen Dienstausweis zeigte und ihn bat, ihn und seinen Kollegen Galgenberg mit Ludwig allein zu lassen, zog er verärgert die Stirn kraus, hielt es aber anscheinend für angebracht, auf eine Diskussion zu verzichten. Ohne ein weiteres Wort verließ er sein Geschäft, um ein paar Meter entfernt beleidigt eine Zigarette zu rauchen.

Ludwig schaute Galgenberg und Kappe an, die respektvoll Abstand hielten, und konnte sich ein leichtes Grinsen nicht verkneifen. «Keine Sorge, ich beiße nicht!» Dann erhob er sich vom Barbierstuhl, betrachtete seine neue Frisur noch einmal kritisch im Spiegel, schien aber zufrieden zu sein. Er legte einen Geldschein zwischen Kamm und Schere auf die Ablage und drehte sich langsam um.

«Herr Rüdiger Ludwig, Sie stehen unter dringendem Tatverdacht, den Fotografen Volker Dietrich umgebracht zu haben. Wir wissen, dass Sie am Mordabend in dessen Wohnung waren.» Kappe wartete einen Augenblick, um dem massigen Kerl Zeit zu lassen, auf seinen Vorwurf zu reagieren. Aber da der die Tat weder leugnete noch gestand, zweifelte Kappe daran, dass Ludwig die Tragweite des Gesagten verstand. Er entschied sich, das Gespräch mit kurzen, klaren Fragen zu gestalten. «Haben Sie Volker Dietrich am Montagabend in seiner Wohnung aufgesucht?»

«Ja.»

«Was wollten Sie dort?»

«Mit ihm sprechen.»

«Und über was wollten Sie mit ihm reden?», erkundigte sich Kappe immer noch freundlich.

«Fotos.»

«Was meinen Sie mit *Fotos*?», fragte Kappe nun doch etwas ungeduldig. «Wollten Sie mit ihm über Bilder aus dem *Abend* sprechen?»

«Nun lass dir doch nicht allet aus de Nase ziehen! Mach ma drei Sätze hinternander!», mischte sich Galgenberg ungehalten ein.

Ludwig schaute Galgenberg verblüfft an, als wäre dessen Forderung ein Ding der Unmöglichkeit. Nach einem Augenblick des Schweigens sagte er schließlich: «Ich meine die Fotos von der missglückten Flucht. Der Dietrich war aber schon tot, als Sie kamen.»

Kappe wechselte einen Blick mit Galgenberg. «Erzählen Sie uns bitte, wie Sie in die Wohnung gekommen sind und was Sie dort gesehen haben!»

«Mit einem Dietrich. Und der Didi saß im Sessel, erschossen.»

«Sie hätten die Polizei rufen müssen. Warum haben Sie das nicht getan?»

Keine Antwort.

Entweder war Ludwig dieser Gedanke gar nicht gekommen, oder er hatte ihn gleich wieder verworfen.

«Ist Ihnen irgendetwas aufgefallen?»

Ludwig schaute zu Boden, als würde er dort eine Antwort finden. Er schüttelte den Kopf. «Nein, nichts.»

«Klingt nach ganz schlechten Karten. Es gibt einen Zeugen, der Sie gesehen hat. Sie haben sich Zugang zur Wohnung verschafft. Die Spurensicherung hat Ihre Fingerabdrücke an der Tür nachweisen können. Um es verständlich zu formulieren: Die Indizien und Ihr guter Ruf dürften jeden Staatsanwalt davon überzeugen, dass Sie Volker Dietrich auf dem Gewissen haben. Und ich persönlich liebäugle auch mit diesem Gedanken», bemerkte Kappe gereizt.

«Ich hab den nicht umgebracht», presste Ludwig ebenfalls gereizt hervor. Er bemühte sich sichtlich, nicht die Beherrschung zu verlieren.

«Wir brauchen schon een bisschen mehr, wenn wa dir glooben sollen», raunzte Galgenberg dazwischen.

«Didi war nicht allein.»

«Wie meinen Sie das?», hakte Kappe nach.

«Da war noch einer. Im Nebenzimmer. Hat mich beobachtet. Durch den Türschlitz. So was spüre ich. Bin lieber abgehauen.»

«Sechs Sätze uff eenen Streich. Ick gloob dit nicht. Quatscht ja wie dit tapfere Schneiderlein!», rief Galgenberg begeistert aus und streckte hochachtungsvoll sechs aufgerichtete Finger in die Höhe. «Ick wette, 'ne längere Rede haste noch nie jehalten. Für mich klingt dit aber wie 'ne Ausrede. Gloob nich, dass dit der Staatsanwaltschaft reicht.»

Ludwig wurde zusehends nervöser. Er fühlte sich offenbar in die Enge getrieben. Mit seiner riesigen rechten Hand strich er sich verlegen über die Schulter, ließ seine Hand dann aber wieder sinken.

Erneut übernahm Kappe das Gespräch und fixierte Ludwig mit eisigem Blick. «Wilfried von Thalmann hat Sie beauftragt, Volker Dietrich auf den Zahn zu fühlen. Als sein treuer Lakai wollten Sie ihm den Wunsch natürlich nicht abschlagen. Immerhin sind Sie ihm verpflichtet. Der Mann hat für Sie einen Meineid geschworen. Erinnern Sie sich an Wien, an den Mann, dem Sie ein unverwechselbares Lächeln verpasst und den Sie anschließend haben verschwinden lassen?»

«Das können Sie nicht beweisen!», protestierte Ludwig.

«Was macht Sie da so sicher? Sind Sie schon einmal auf die Idee gekommen, dass der unglückliche Tod des Fotografen ins Konzept von Herrn von Thalmann passt? Haben Sie auch nur einen Moment daran gedacht, dass Thalmann Sie nicht mehr braucht, dass Sie zu gefährlich für ihn geworden sind? Ein unnötiger Ballast, den es zu entsorgen gilt. Was tun Sie, wenn er morgen in meinem Büro steht und zerknirscht den Fehler seines Lebens bekennt, wenn er aussagt, dass Sie den Österreicher ermordet haben und er nur aus Angst vor Ihnen gelogen hat. Richter neigen dazu, den Überbringer guter Nachrichten großzügig zu belohnen. Thalmann würde garantiert mit Bewährung davonkommen, aber Sie werden wegen zweifachen Mordes verurteilt.» Kappe ließ ein paar Sekunden verstreichen, dann fragte er mit ruhiger Stimme: «Wussten Sie, dass Ihr geliebter Chef in Rhodesien eine kleine Farm besitzt?»

Rüdiger Ludwig schaute Kappe ungläubig an, wie ein Kind, dem erklärt wurde, dass es den Weihnachtsmann nicht gab.

«Willis kleine Freundin … Wie ist doch gleich ihr Name?»

«Conny», antwortete Ludwig automatisch.

«Ja richtig, diese Conny ist gerade in der Schweiz, möglicherweise um im Auftrag Ihres Chefs ein Bankkonto zu eröffnen.» Das hatte Galgenberg gerade erst in Erfahrung gebracht, als er die junge Dame angerufen hatte, um mit ihr einen Termin zu vereinbaren.

Auch wenn Ludwig nichts darauf erwiderte, konnte Kappe die Enttäuschung von seinen Augen ablesen. «Glauben Sie ernsthaft, ein Wilfried von Thalmann nimmt Sie mit auf seinen Landsitz in Salisbury? Sie werden im Gefängnis schmoren für einen Mord, den Sie begangen, und einen, den Sie wahrscheinlich nicht begangen haben. Der schöne Willi wird derweil mit seiner Kleinen auf Safari gehen, Wildtiere jagen. Und wenn Sie Glück haben, werden beide abends unter dem leuchtenden Sternenhimmel ein Glas Whisky auf Ihre Naivität trinken.»

Kappe konnte regelrecht sehen, wie es hinter Ludwigs Stirn zu arbeiten begann. Ludwigs Augen funkelten bedrohlich. Offensichtlich hatte er begriffen, dass es keinen Ausweg mehr gab. Hektisch schaute er sich um, sein Blick fiel auf die Schere auf der Ablage. Doch statt nach ihr zu greifen, legte er seine schweren Hände um die Rückenlehne des Barbierstuhls und presste sie mit solch einer Kraft zusammen, dass seine Fingerknöchel weiß wurden.

Kappe sah es mit Sorge. Ludwig konnte jeden Moment die Beherrschung verlieren. Und dem riesigen Kerl hätten sie auch zu zweit nichts entgegenzusetzen. «Machen Sie nichts Unüberlegtes!», riet er mit strenger Stimme. «Wenn Sie jetzt fliehen, kommt das einem Schuldeingeständnis gleich. Die einzige Chance, die Ihnen bleibt, sind wir. Sie haben Dietrich nicht auf dem Gewissen, davon sind mein Kollege und ich überzeugt.»

Der Blick des Riesen wanderte von Kappe zu Galgenberg. Er verharrte in seiner Bewegung.

Kappe hob beschwichtigend die Hände. «Sie haben Dietrich nicht umgebracht! Sie nicht! Wir sind die Einzigen, die beweisen können, dass Sie nichts mit dem Tod des Fotografen zu tun haben.»

Noch immer hielten Ludwigs beeindruckende Hände den Stuhl fest, aber in seinen Augen keimte zaghaft ein Hoffnungsschimmer.

«Helfen Se uns, helfen wa Ihnen», fasste Galgenberg zusammen.

Ludwigs Fingerknöchel färbten sich langsam wieder rosa. Seine Augen, die sich gerade noch zu schmalen Schlitzen verengt hatten, weiteten sich. Langsam ließ er die Lehne los. Ein Hauch von einem Nicken verriet, dass er verstanden hatte.

«Ich stehe zu meinem Wort. Wir beweisen, dass Sie Dietrich nicht getötet haben. Das verspreche ich Ihnen. Aber machen Sie sich keine Illusionen. Ich garantiere Ihnen, Freunde werden wir in diesem Leben nicht mehr. Und sollte ich irgendwann herausfinden, dass Sie für das Verschwinden des Wieners verantwortlich sind, dann gnade Ihnen Gott!»

Ludwig betrachtete Kappes Gesicht. «Das geht in Ordnung. Was wollen Sie wissen?»

Kappe zog die Kopie des Zeitungsartikels, den Galgenberg am Vortag in der Bibliothek entdeckt hatte, aus seiner Jackentasche und reichte sie Ludwig. Neben einem kleinen Textbeitrag zeigte ein Foto zwei Menschen in einem Kofferraum, die glücklich in die Kamera schauten. Es musste eines jener Bilder sein, die in Dietrichs Archiv fehlten. «Der Artikel stammt vom 1. Mai 1965. Was können Sie uns dazu sagen?»

Rüdiger Ludwig tippte auf das Bild, ohne den Text zu beachten. «Mercedes-Benz 300 SE. Sicherheitsfahrgastzelle mit Knautschzonen. Gepolstertes Lenkrad. Viergang-Automatik. Eindeutig die Langversion. 170 PS. Das ist ein Botschaftsfahrzeug von den Syrern. Sie waren 1965 die Ersten, die für Willi die Diplomatentour fuhren.»

Kappe schaute Galgenberg verblüfft an. Mit derart detailliertem Wissen über das Fahrzeug hatte er nicht gerechnet. «Können Sie sich noch erinnern, wer damals alles dabei war, als das Foto aufgenommen wurde?»

Ludwig fühlte sich sichtlich unwohl. Nach einer Weile murmelte er: «Willi, Didi und ich.» Er zögerte und strich sich energisch über die Augenbrauen. Offensichtlich versuchte er, sich mit aller Kraft an den genannten Abend zu erinnern. «Rechtsanwalt Böhl war auch dabei. Der hatte den Draht zu den Syrern. Es gibt noch weitere Fotos von der Flucht. Da müssen wir alle drauf sein.» Selbstzufrieden gab Ludwig Kappe den Artikel zurück.

Kappe, der nicht sicher war, ob der nächste Schritt von dem Dreikampfspezialisten akzeptiert würde, bedauerte kurz, nicht auf Galgenbergs Rat gehört und einen dritten Mann mitgenommen zu haben. «Wir werden Sie jetzt trotzdem festnehmen. Vorübergehend. Dietrichs Mörder soll sich in Sicherheit wiegen.»

Ohne einen Widerspruch ging Ludwig auf die Ladentür zu und blieb kurz davor stehen. «Ich verlasse mich auf Ihr Wort: Sie finden den, der Didi umgebracht hat.»

Theo Löffler schaute sich vorsichtig um. Niemand beobachtete ihn. Ein paar Mütter prüften die Sonderangebote oder sortierten Gutscheine, die sie aus den Zeitungen ausgeschnitten hatten. Zwei Verkäuferinnen waren ins Gespräch vertieft. Schnell nahm er eine Flasche Korn aus dem Regal und ließ sie unter seiner Jacke verschwinden. Kurz darauf verließ er unbemerkt den Laden.

Er schaffte es nicht bis nach Hause. Schon im nächsten Hauseingang öffnete er die Flasche und trank gierig daraus. Ein paar Passanten, die an dem ungepflegten Trinker vorbeigingen, beachteten ihn kaum. Nur ein Mann, offensichtlich ein Bewohner des Hauses, äußerte seinen Unmut. «Verpiss dich, du Penner!»

Als Löffler nicht sofort reagierte, hob sein Gegenüber drohend die Hand. Löffler zuckte ängstlich zusammen und suchte das Weite. Erneut nahm er einen Schluck. Dieses Leben war nicht anders zu ertragen.

An der Bushaltestelle an der Karl-Marx-Straße bat er eine ältere Dame um etwas Geld, die wendete sich aber nur angewidert ab. Erschöpft setzte er sich auf die Bank im Wartehäuschen. Er dachte an seine Tochter und daran, dass alles schiefgegangen war. Er dachte an seinen Sohn, der ihn hasste. Seit Tagen gab er sich dem Alkohol hin, in der Hoffnung, die Gedanken zu betäuben, die ihn immerzu quälten. Die Haltestelle füllte sich mit Menschen. Der Feierabend begann. Ein Kind stellte sich vor ihn und musterte ihn neugierig. Er streckte ihm die Hand entgegen, doch die Mutter zog es schnell weg.

«Was ist mit dem Mann?»

«Der ist krank.»

Löffler ließ seine Hand enttäuscht sinken. Vom stolzen Bühnenbildner zum elenden Säufer. Was für eine Karriere! Er musste weg hier, raus aus dem Viertel, raus aus dieser Stadt. Plötzlich war Anspannung unter den Wartenden zu spüren. Die ersten hatten den Bus am Ende der Karl-Marx-Straße entdeckt und versuchten, einen günstigen Platz zum Einsteigen zu ergattern. Sitzplätze waren begehrt. Mühsam richtete sich Theo Löffler auf. Er überlegte, ob er noch einen Schluck vertragen würde, entschied sich aber dagegen. Schwankend trat er an den Bordstein. Weg hier! Nur weg hier!

Der Bus fuhr zügig an die Haltestelle heran.

Eine Frau schrie entsetzt auf, als Löffler frontal vom Bus getroffen wurde. Er überschlug sich mehrmals und blieb reglos auf der Straße liegen.

DREIZEHN

Mittwoch, 1. Juli 1970

ES VERSPRACH, wieder ein schöner Tag zu werden. Seit zwei Wochen meinte es der Sommer mit den Sonnenhungrigen in Deutschland gut. Auf beiden Seiten der Berliner Mauer genoss man die Wärme und hoffte, der blassen Haut etwas Farbe verpassen zu können.

Conny interessierte das nicht. Sie war empört. Nicht nur, dass sie nicht am Flughafen abgeholt worden war, auch jetzt kam ihr niemand entgegen, der ihr mit dem Gepäck half. Sie hatte ein Taxi genommen und dem Fahrer das Geld verärgert auf den Beifahrersitz geworfen. Der Mann hatte sie «Blöde Zicke» genannt und ihr den Koffer krachend vor die Füße fallen lassen. Wütend war er weggefahren.

Nicht einmal die Hunde begrüßten sie am Tor. Nur ihr aufgeregtes Bellen aus dem Zwinger war zu hören. Auch wenn sich die fünf Rottweiler längst an sie gewöhnt hatten, waren Conny die Biester nicht geheuer. Sobald sie die Haustür aufgeschlossen hatte, lauschte sie. Es war ungewöhnlich still im Haus. Normalerweise herrschte um diese Zeit Unruhe im Gebäude. Willi gehörte zu jenen Menschen, die sich einem festen Tagesrhythmus unterordneten. Er stand jeden Tag pünktlich um acht Uhr auf. Anschließend duschte er und begann sein Tagewerk mit einem ausgiebigen Frühstück. Meist waren dann schon die ersten Gäste im Haus.

Energisch ging Conny über den Flur, stellte den Koffer vor die erste Stufe und schaute die Treppe hinauf in die obere Etage. Sie lauschte angestrengt, hörte aber nur das Rauschen in ihrem Kopf. Eine innere Stimme sagte ihr, dass etwas nicht stimmte.

Langsam stieg sie Stufe für Stufe hinauf. Oben angekommen, rief sie: «Willi?»

Keine Antwort.

«Niemand da?»

Die Schlafzimmertür war nur angelehnt. Sollte Willi das Haus früher als gewöhnlich verlassen haben? Vorsichtig öffnete sie die Tür. Das Bett war unberührt. Verwundert rannte sie die Treppe wieder hinunter, fand aber auch in der Küche keine Nachricht. Ratlos ging sie durch die Zimmer. Als sie vor der gläsernen Schiebetür stand, hinter der sich die Trophäensammlung befand, zögerte Conny ein paar Sekunden. Langsam schob sie die Türen auf. Dann entdeckte sie den schönen Willi, der mit weit aufgerissenen Augen und blaugrauem Gesicht auf dem Teppich lag und in die Ferne starrte.

«Wilfried von Thalmann ist tot», teilte Otto Kappe seinem Assistenten zur Begrüßung mit, als der gegen zehn Uhr augenscheinlich übermüdet das Büro betrat.

Hans-Gert Galgenbergs verquollenes Gesicht spiegelte seine Klage, bei dieser Hitze nachts nicht schlafen zu können, glaubhaft wider.

Kappe riss die Fenster weit auf. Er hoffte, noch etwas Kühle hereinzulassen, aber in den letzten Tagen hatte sich die Stadt derart aufgeheizt, dass sein Versuch keine Linderung versprach. «Die Meldung ist vor fünf Minuten eingegangen.»

Hans-Gert Galgenberg, der gerade ansetzte, herzhaft zu gähnen, erstarrte und schaute seinen Chef mit heruntergeklappter Kinnlade fassungslos an. «Na, so langsam wird dit ja richtig interessant», bemerkte er schließlich.

Kappe pflichtete ihm schweigend bei. «Kaffee fällt aus», legte er fest. «Wir fahren sofort zu Thalmanns Anwesen.»

Als sie vor dem Grundstück in Alt-Lübars anhielten, hatte sich dort bereits eine gewaltige Traube neugieriger Menschen angesammelt. Zumeist Nachbarn, aber auch einige Journalisten waren schon vor Ort. Der Tod eines – wenn auch zweifelhaften – Prominenten schien dem Berliner Boulevard von außerordentlicher Wichtigkeit zu sein. Sobald die Medienmeute den Polizeiwagen entdeckte, stürzte sie auf Kappe und Galgenberg zu. Woher die Journalisten von Thalmanns Tod wussten, blieb beiden ein Rätsel.

«Fragen Se nich, machen Se lieber Platz! Wir wissen ooch noch nischt», donnerte Galgenberg, während er sich wie ein Brustschwimmer seinen Weg durch die Menge zu bahnen versuchte.

Ein Reporter ließ sich dennoch nicht abwimmeln. Er versuchte, Kappe am Ärmel festzuhalten und ihm gleichzeitig den Weg zu versperren.

«Na, is dit denn die Possibility? Jetz is aber Schluss hier!», blaffte Galgenberg und schob seinen Chef an dem übereifrigen Journalisten vorbei.

«Nur eine kurze Frage mit der Bitte um eine kurze Antwort», insistierte dieser und bedrohte Galgenberg mit einem Mikrofon. «Wurde Herr von Thalmann ermordet? Gibt es schon einen Verdächtigen?»

«Dit war mehr als eene Frage. Bis zwee zählen is wohl nich Ihre Stärke», stellte Galgenberg lakonisch fest und hatte die Lacher auf seiner Seite. «Nun jut, ick sag Ihnen wat. Hören Se jenau zu, dit ist wichtig!» Alle betrachteten ihn nun aufmerksam, Fotoapparate klickten, weitere Mikrofone wurden in seine Richtung gehalten. «Dit, wat ick Ihnen jetz verkünde, is nich amtlich!» Galgenberg legte eine Kunstpause ein. Mit ernstem Gesicht und leiser Stimme wandte er sich dann an den übereifrigen Reporter. «Könn Se schweigen?»

Mit einer Selbstverständlichkeit, als glaubte er selbst daran, nickte der Angesprochene.

«Na, dann machen Se dit!», verkündete Galgenberg, drehte sich um und lief Kappe hinterher, der schon einige Meter vorausgeeilt war. Hinter ihnen ertönte das Gezeter beleidigter Journalisten.

Jemand hatte die Leiche mit einem Tuch abgedeckt. Nur der

Kopf war noch zu sehen. Die Gerichtsmedizinerin Dr. Doreen Niedergesäß hockte neben Wilfried von Thalmann auf dem Boden und füllte etwas Erbrochenes in ein schmales Schraubglas, als Kappe und Galgenberg das Trophäenzimmer betraten. Sie richtete sich auf, verschloss den Behälter mit einem Deckel und notierte dessen Nummer in einem Formular. Nach einer schweigsamen Begrüßung legte sie die Probe in ihren Untersuchungskoffer.

Einige Kollegen der Spurensicherung berieten sich über das weitere Vorgehen. Das Anwesen war groß, und es bedurfte eines Plans, damit nichts übersehen wurde.

«Nur jut, dass dit Haus eene Klimaanlage hat, oder?», bemerkte Galgenberg in Richtung Doreen Niedergesäß und schaute verschmitzt Kappe an. «Da kommt man nich so schnell ins Schwitzen.»

«Wollen Se mir damit sagen, dass ick zu dick bin?», fragte Frau Dr. Niedergesäß, ohne den Blick vom Formular zu nehmen.

«Dit habe ick nich jesagt. Seien Se doch nich so schrecklich empfindlich!»

Sie nickte, bückte sich und zog das Tuch über das Gesicht der Leiche. «Sie finden mich also schlank?»

«Schlank is, gloobe ick, der falsche Begriff. Dit is doch ooch ja nich die Frage. Also, ick meene ... Wat wollte ick denn eigentlich sagen?»

Doreen Niedergesäß stand wieder auf, blickte schmunzelnd über den Rand ihrer Brille und sagte dann pointiert: «Tja, wer mit Lehm schmeißt, der sollte sich wat schämen!»

Interessiert verfolgten die Kollegen der Spurensicherung das Gespräch. Sie schienen sich köstlich zu amüsieren.

Galgenberg wurde rot. Die Situation verlangte ihm augenscheinlich einiges an Beherrschung ab. Klein beigeben wollte er aber auch nicht. «Jibt et jemanden, der dit mit Ihnen aushält?»

«Kolleje, Sie werdens nich glooben, aber mein Mann liebt jedes Gramm an mir. Wenn Se ma den Weg freijeben täten, wäre ick Ihnen so wat von dankbar!», erwiderte die Gerichtsmedizinerin und machte eine Handbewegung, als würde sie eine lästige Fliege von einem zu untersuchenden Objekt verjagen.

Kappe grinste. Galgenberg trat einen Schritt zur Seite. Zwei Mitarbeiter des Gerichtsmedizinischen Instituts legten die Leiche in einen Transportsarg und trugen ihn aus dem Zimmer.

«Sind Se wirklich verheiratet? Ick seh jar keen Ring», stänkerte Galgenberg weiter, der es nicht gewohnt war, nicht das letzte Wort zu haben.

Mit gespieltem Erstaunen betrachtete Frau Niedergesäß ihre rechte Hand und ließ sie dann resignierend fallen. «So wat Dummes! Is mir sicherlich jestern beim Sezieren zwischen die Rippen der Leiche jerutscht. Wieso wolln Se dit wissen? Haben Se Interesse? Ick will Ihnen ja nich zu nah treten, aber machen Se sich ma keene Hoffnung.»

Galgenbergs Gesichtsfarbe verdunkelte sich noch ein bisschen mehr, dann platzte es aus ihm heraus: «So wat muss ick mir nich anhören! Wird Zeit, dass Doktor König wiederkommt. Otto, sag du mal wat! Du bist doch hier der Chef.»

Kappe atmete tief durch, schaute seinen Kollegen kopfschüttelnd an und bemerkte dann mit ernster und ruhiger Stimme: «Jetzt kannst du mal sehen, wie es mir seit Jahren mit dir geht. Wörter verdrehen, alles auf die Goldwaage legen und je nach Bedarf verstehen, was man will – du hast kein Monopol darauf. Gewöhne dich daran!» Seinen Kriminalassistenten sprachlos zu erleben war unbezahlbar.

Beleidigt stapfte Galgenberg aus dem Zimmer.

Als Kappe mit der Gerichtsmedizinerin allein war, fragte er: «Wissen Sie, woran Thalmann gestorben ist?»

Bevor Doreen Niedergesäß antwortete, schob sie Kappe aus dem Zimmer in den Flur, damit sie der Spurensicherung bei ihren weiteren Untersuchungen nicht im Wege standen. «Keine Hämatome, keine verräterischen Abschürfungen. Einstiche habe ich bisher auch nicht entdeckt. Ich denke, der Mann ist vergiftet worden. Alles deutet auf Zyankali.»

Ungläubig starrte Kappe die Gerichtsmedizinerin an. «Das Gift, mit dem sich 1945 so mancher Nazi selbst tötete?», fragte er skeptisch und bemerkte erst dann, dass ihm sein Zweifel etwas zu laut geraten war. Conny, die auf der Treppe saß, starrte beide bestürzt an, sprang auf und rannte entsetzt in die obere Etage.

«Die Spurensicherung hat neben dem Sessel eine Glasampulle gefunden. Offensichtlich aus alten Beständen. Wahrscheinlich hat der Mörder das Zeug in Thalmanns Getränk gemischt», erklärte Frau Niedergesäß. Da Kappe keine weitere Frage zu haben schien, machte sie Anstalten zu gehen.

«Warten Sie bitte einen Augenblick!», bat Kappe. Verlegen räusperte er sich. «Haben Sie ein wenig Geduld mit meinem Kollegen. Sie sind eine außergewöhnliche Frau – jung, gebildet und nicht auf den Mund gefallen. Manch einer in der Mordkommission braucht ein bisschen mehr Zeit, um zu begreifen, dass sich die Dinge ändern. Bis heute ist Ihr Beruf eine Männerdomäne, und ich glaube nicht, dass sich daran so bald etwas ändern wird. Kollege Galgenberg ist ein guter Mann, ehrlich, direkt und verlässlich. Davon gibt es nicht viele.»

Mit ernstem, aber offenem Gesicht erwiderte sie: «Sobald ick Thalmann obduziert habe, schicke ick Ihnen den Bericht. Bei der Arbeit trage ick nie een Ring. Viel zu hinderlich. Und wat Ihren Kollejen anjeht, ick gloob, der hat Probleme, mit Frauen uff Oogenhöhe zu arbeiten. Hören solln se, bei Bedarf kleen beijeben, und jut aussehen solln se ooch noch. Sagen Se dem, dit ick mir die Butter nich vom Brot nehmen lasse, hab ick bitter lernen müssen. Ick hab drei Brüder. Schon als kleenet Mädchen hab ick begriffen: Sich nich wehren heißt verlieren. Und verlieren war noch nie mein Ding. Haben die drei ooch irgendwann verstanden.» Mit einem freundlichen Lächeln verabschiedete sie sich und lief mit energischen Schritten Richtung Eingangstür.

Kappe schaute ihr einen Augenblick hinterher. Dinge ändern sich, ging es ihm durch den Kopf. Und das war gut so.

VIERZEHN

Donnerstag, 2. Juli 1970

WIE ERWARTET bestätigte das Labor am Morgen die Zyankali-Theorie. Alles deutete darauf hin, dass Wilfried von Thalmann ermordet worden war.

Hans-Gert Galgenberg war noch einen Tag nach der Unterredung mit Dr. Doreen Niedergesäß verärgert über Kappe und machte das durch ausdauerndes Schweigen deutlich. Dass ihn sein Chef vor den Kollegen und der neuen Gerichtsmedizinerin derart bloßgestellt hatte, konnte er vorerst nicht verknusen.

Otto Kappe hatte zwar noch am Tatort mit der Geliebten Thalmanns sprechen wollen, hatte aber feststellen müssen, dass Connys Zustand keine Befragung zuließ. Wie abgesprochen traf er sie am späten Vormittag in der Wohnung einer Freundin, die sie in den nächsten Tagen nutzen durfte. Auf Galgenbergs Unterstützung hatte er bewusst verzichtet. Schmollende Kollegen waren noch nie hilfreich gewesen, und darauf, sich den ganzen Tag das jammervolle Schweigen über die ungerechte Behandlung anzuhören, konnte er gern verzichten.

Dass Connys gerötete Augen weniger dem Verlust des angeblich geliebten Partners denn dem des goldenen Käfigs zuzuschreiben waren, konnte Kappe nur ahnen. Etwas verloren wirkend, saß sie auf dem Sofa und starrte auf den Boden. Erstaunt war Kappe nur darüber, dass Rechtsanwalt Emanuel Böhl im Wohnzimmer auf ihn wartete und zum ersten Mal, seit er ihn kannte, einen nervösen Eindruck machte.

«Liege ich richtig in der Annahme, dass Sie ...», Kappe wies auf das Mädchen, «... die junge Frau rechtlich vertreten?»

«Meine Mandantin kann zur Aufklärung des Mordes nichts beitragen. Sie war, wie Sie sicherlich schon herausgefunden haben, in der Schweiz», erklärte Böhl und schaute Conny dabei prüfend an.

«Und um mir das zu sagen, braucht die junge Dame einen Anwalt? Das kann ich nicht glauben!»

«Ich denke, Sie sind hier, um Druck auf sie auszuüben. Lassen Sie mich bitte mit meiner Mandantin allein!»

Auf dem Wohnzimmertisch lag ein Formular. Kappe nahm an, dass es sich um eine Vertretungsvollmacht handelte, die Conny unterschreiben sollte. Wo die Vollmacht unterzeichnet werden sollte, waren zwei Kreuze zu sehen. Noch gab es die Chance, mit Conny über alles reden zu können, ohne dass sich Böhl einmischen durfte. Noch bestand die Möglichkeit, Licht in die Angelegenheit zu bringen.

«Conny, Sie waren in der Schweiz, um Bargeld auf ein Konto einzuzahlen, das auf Ihren Namen eröffnet worden ist. Geld, das Wilfried von Thalmann gehörte und das er heimlich zur Seite geschafft hatte, um ihnen beiden ein schönes Leben auf seiner Farm in Rhodesien zu garantieren. Das ist doch richtig, oder?»

«Du musst darauf nicht antworten!», insistierte Rechtsanwalt Böhl. «Das hat nichts mit dem Mord zu tun.»

Kappe ließ sich nicht beirren. «Ich nehme an, Sie haben den Herrn Rechtsanwalt angerufen und ihm von Ihrer kleinen Reise nach Zürich und dem Besuch bei der Bank erzählt. Und er hat Ihnen daraufhin erklärt, dass Sie dringend seine Unterstützung benötigen.»

Kappe hatte ins Schwarze getroffen. Conny nickte unsicher und setzte sich auf das Sofa.

«Sie schüchtern meine Mandantin ein!»

Kappe reagierte nicht auf den Vorwurf. «Ich sage Ihnen etwas, der ehrenwerte Herr Rechtsanwalt ist nicht hier, um Ihnen rechtlichen Beistand zu gewähren. Er hat nur Interesse an dem Geld, das Sie ins Ausland gebracht haben. Sobald er hat, was er will, wird er Sie fallen lassen. Sie werden keinen Pfennig sehen.»

Böhl schob Conny die Vollmacht zu, reichte ihr den Stift und tippte auf das Unterschriftenfeld. «Sag kein Wort! Der versucht dich nur einzuschüchtern. Das ist übliche Polizeitaktik.»

«Das Konto in der Schweiz interessiert mich nicht die Bohne. Das Geld existiert sozusagen gar nicht. Was Sie damit machen, Conny, ist mir völlig egal. Was immer Ihnen dieser Rechtsverdreher erzählt hat, vergessen Sie es!»

Böhls Gesichtsausdruck zeigte abwechselnd Wut und Ohnmacht. Entrüstet sprang er auf. Drohend hob er seine rechte Hand, sackte dann aber wieder, ohne dass ein Protest über seine Lippen kam, auf das Sofa zurück. «Unterschreib, und ich schaff dir diesen Bullen vom Hals!»

Conny nahm das Formular, schaute kurz darauf und schob es anschließend über den Tisch. «Nein, ich unterschreibe nicht.»

«Du verdammtes Miststück! Das wirst du bereuen!»

«Mäßigen Sie sich im Ton, Herr Böhl!», mischte sich Kappe ein.

«Verlassen Sie sofort die Wohnung! Ich brauche Ihre Dienste nicht», sagte Conny zum Rechtsanwalt. Ihre Stimme war fest und ihre Forderung klar und unmissverständlich.

Böhl starrte sie fassungslos an. Er hatte verloren. Schweigend nahm er die Vollmacht, steckte sie in seinen Koffer und wandte sich grußlos zum Gehen.

Sobald sie alleine waren, zog Conny die Beine an, als wollte sie sich dahinter verstecken. Kappe ging in die Küche, holte ein Glas Wasser, gab es der jungen Frau und setzte sich in den Sessel ihr gegenüber.

«Willi war gut zu mir, meistens. Manchmal ein bisschen aufbrausend. Dennoch wird er mir fehlen. Ich weiß nicht, ob ich ihn geliebt habe. Vielleicht manchmal.» Sie trank einen Schluck und stellte das Glas auf den Wohnzimmertisch. Ernst betrachtete sie Kappe und fragte vorsichtig: «Wollen Sie einen Teil von dem Geld?»

Kappe schüttelte den Kopf und musste lächeln.

«Es ist sehr viel Geld. Wenn Sie nicht gewesen wären …»

«Nein, behalten Sie es. Machen Sie was Vernünftiges damit!» Er zögerte einen Augenblick, bevor er weitersprach. «Wenn Sie mir helfen wollen, dann beantworten Sie mir meine Fragen.»

Erleichtert richtete sich Conny auf und hörte aufmerksam zu.

«Als Sie gestern auf der Treppe saßen und gehört haben, dass Wilfried von Thalmann mit Zyankali vergiftet worden ist, sind Sie abrupt aufgesprungen und in die obere Etage gerannt. Verraten Sie mir, warum?»

«Ein Teil der Bezahlung eines Fluchthelfers bestand in Gegenständen der Wehrmacht und der SS. Haffidh al-Malih, ein syrischer Diplomat, ist ganz vernarrt in diesen NS-Scheiß. Willi hatte einen Koffer voller solchem Kram von einem Kunden in Frankfurt erworben. Hauptsächlich Orden, Ausweise, Dolche mit Kordeln und Eichenlaub. Aber es war auch ein Lederetui darunter. Weinrot mit eingeprägtem Reichsadler und Hakenkreuz. Ich dachte, da wären Ohrringe drin. Es sah doch so aus wie ein Schmuckkästchen. Aber es enthielt vier Ampullen. Ich bin sicher, das war Zyankali.»

Kappe verstand. Sich innerlich zur Ruhe mahnend, beugte er sich etwas nach vorn. «Conny, das ist jetzt sehr wichtig. Wer war noch dabei, als Sie dieses Gift entdeckten?» Er konnte sehen, wie plötzlich die blanke Angst aus ihren Augen sprach.

«Ludwig war anwesend und Rechtsanwalt Böhl.»

Einen Moment lang vergaß Kappe zu atmen. Rüdiger Ludwig verfügte über ein absolut zweifelsfreies Alibi: Er hatte die Nacht im Gefängnis verbracht. Das Alibi von Rechtsanwalt Böhl hingegen war überhaupt nicht überprüft worden. Und den hatte er gerade gehen lassen. «Verdammt! Sobald ich weg bin, schließen Sie die Tür ab! Lassen Sie niemanden rein! Gehen Sie nicht ans Telefon! Ich schicke Ihnen zwei Beamte, die Sie an einen sicheren Ort bringen.» Schnell rief er im Büro an, um Galgenberg über den neuesten Stand der Ermittlungen zu informieren.

Alles schien zusammenzupassen. Böhl hatte mit der Flucht

von Theo und Silvia Löffler zu tun gehabt. Und er wusste von Anfang an, dass sie nach dem Mörder der Toten von Nikolskoe suchten. Der Rechtsanwalt hatte nur vorgegeben, sich im Auftrag seines Mandanten nach den Ermittlungen zu erkundigen – tatsächlich hatte er selbst an Informationen gelangen wollen. Auch musste er gewusst haben, dass Dietrich mehr Fotos von jener Diplomatentour am 1. Mai 1965 besaß als nur das eine Bild, das in der Zeitung abgedruckt worden war. Glaubte man Ludwig, war auf den anderen Bildern auch der Rechtsanwalt zu sehen. Alles passte zusammen. Es sah danach aus, dass Böhl verhindern wollte, dass jemand von seiner Anwesenheit bei der Flucht der Löfflers Kenntnis bekam. Doch was war der Grund dafür? Kappe war sich sicher, dass beide Morde etwas mit der Flucht vom 1. Mai 1965 zu tun haben mussten. Noch durchschaute er die Verbindungen nicht. Aber sobald der Rechtsanwalt mit den Fakten konfrontiert würde, sollte Licht ins Dunkel kommen. Böhl war den Ermittlungen immer einen Schritt voraus gewesen. Bis jetzt.

Eine halbe Stunde später war die Fahndung nach Rechtsanwalt Böhl eingeleitet. Aber die Beamten fanden ihn weder in seiner Kanzlei, noch konnte seine Frau Auskunft darüber geben, wo er sich aufhielt.

Als Otto Kappe am Nachmittag ins Büro zurückkehrte, war er überaus erstaunt. Vor seinem Schreibtisch saß ein junger Mann. Über der Stuhllehne hing eine Lederjacke. Braun, mit geschwungenen Linien, die an die Flügel eines Adlers erinnerten.

Sofort sprangt Kai Jürgens auf.

Kappe winkte ab. «Bleiben Sie sitzen. Ich freue mich, Sie kennenzulernen. Gehe ich richtig in der Annahme, dass Sie den Weg zu uns allein gefunden haben?»

Wenig später brachte Frieda Kessel drei Tassen Kaffee und stellte eine Dose mit Keksen auf den Tisch.

Hans-Gert Galgenberg, der gemeinsam mit Jürgens auf Kappe gewartet hatte, strahlte über das ganze Gesicht. Seine schlechte

Laune war inzwischen einem Ich-hab-es-dir-ja-schon-immer-gesagt-Lächeln gewichen. Kappe gönnte ihm seinen Triumph.

Jürgens hatte aus dem Radio vom Tod Thalmanns erfahren und beschlossen, sich der Polizei zu stellen. Für ihn gab es keinen Grund, weiterhin unterzutauchen.

«Sie sind am 18. Juni aus der Ostzone in die West-Berliner Exklave Steinstücken geflohen, direkt in den Garten meines geschätzten Kollegen Galgenberg», begann Kappe das Gespräch und zwinkerte Hans-Gert zu. «Warum gerade dorthin?»

Jürgens schaute ihn erstaunt an. Er schien zu überlegen, welche Antwort er geben könne, entschied sich dann aber dafür, nachzufragen. «Ich versteh nicht, worauf Sie hinauswollen. Möchten Sie wissen, warum ich Steinstücken für meine Flucht gewählt habe oder warum ich im Garten Ihres Kollegen gelandet bin?»

Kappe grinste Galgenberg amüsiert an. «Ich glaube kaum, dass die spartanische Parzelle meines Kollegen jemanden zur Republikflucht animieren würde. Steinstücken wird gut bewacht. Warum haben Sie gerade diesen Weg gewählt?»

Jürgens verstand. «Ein Freund von mir hat in diesem Grenzbereich gedient. Von ihm bekam ich eine Skizze der Grenzschutzmaßnahmen und die Wachzeiten.»

«Werden die nicht regelmäßig geändert?», erkundigte sich Galgenberg erstaunt.

«Schon, aber alle vier Wochen beginnt der Rhythmus von Neuem.»

Vorsichtig, um sich nicht zu verbrühen, trank Kappe einen Schluck Kaffee. Am liebsten hätte er genüsslich aufgestöhnt. Frieda Kessels Kaffee kam einer Offenbarung gleich. Zufrieden stellte er die Tasse auf den Schreibtisch und zog einen Notizblock und einen Stift aus dem Schubfach. «Was haben Sie eigentlich in der Wohnung von Volker Dietrich gesucht?», fragte er und vermerkte ordentlich Datum und Uhrzeit.

«Ich hatte Dietrich am Nachmittag in der Redaktion angerufen, ihm meine Geschichte erzählt und um ein Gespräch gebeten. Ein widerlicher Typ, aber er war interessiert. Er hatte sofort eine Idee, wie man die Story in die Zeitung bekommt. Selbst mit einem Titel konnte er schon aufwarten: *Geschwisterliebe*. Ich wollte das nicht. Schließlich sind das ganz private Dinge. Er bot mir einen Termin für den Abend an, da habe ich dann erst einmal zugestimmt. Mir ging es darum, meine Schwester zu finden. Alles, was mir dabei helfen konnte, war mir recht. Gegen 18.30 Uhr war ich dort.» Jürgens schwieg einen Augenblick, er schien die richtigen Worte zu suchen. Mit gedrückter Stimme sagte er: «Die Wohnungstür war offen. Weil auf mein Klopfen und Rufen niemand reagierte, bin ich hineingegangen. Dietrich saß auf seinem Sessel – erschossen.»

Kappe notierte sich etwas und tippte dann mit dem Bleistift auf seinen Notizblock. «Wie lange waren Sie in Dietrichs Wohnung?»

«Ich wollte sofort wieder verschwinden. Aber als ich in den Hausflur trat, hörte ich Schritte und hielt es für besser, nicht gesehen zu werden. Ich habe leise die Tür geschlossen und gehofft, dass mich niemand entdeckt. Doch jemand versuchte, die Tür zu öffnen. Ich bin fast vor Angst gestorben und habe mich ins Archiv geschlichen. Von dort aus konnte ich alles beobachten.»

«Können Sie den beschreiben, der in die Wohnung kam?», fragte Galgenberg.

«Bulliger Typ mit einem angsteinflößenden Gesicht. Er trug einen Anzug.»

«Rüdiger Ludwig», merkte Galgenberg an.

«Haben Sie etwas aus dem Fotoarchiv mitgenommen?»

«Nein, ich habe mir nur ein paar Bilder angeschaut, aber die vom Tag der Flucht meiner Schwester habe ich nicht entdeckt. Es war sowieso schon alles verwüstet.»

Damit hatte sich die Frage, wessen Fingerabdrücke auf den Fotos waren, die Kynast bei seiner Puzzlearbeit aufgefallen waren, beantwortet. Zufrieden vermerkte Kappe das auf seinem Block. «Und über Dietrich wollten Sie also an Informationen über Ihre

Schwester gelangen?», erkundigte er sich, um auf seine eigentliche Frage zurückzukommen.

«Ja, ich hatte gehofft, dass Dietrich mir die Namen jener Personen nennen konnte, die die Flucht organisiert haben. Ich dachte, dass ich vielleicht über die erfahren könnte, was mit meiner Schwester geschehen ist. Außerdem wollte ich einen Teil der Bezahlung zurückfordern.»

Erneut notierte sich Kappe die Aussage, bevor er nachhakte. «Was meinen Sie mit *zurückfordern*?»

«Einen Teil des zu zahlenden Betrags hat mein Erzeuger mit zwei wertvollen Drucken beglichen, sogenannten Donaten von Johannes Gutenberg, lateinischen Schulgrammatiken. Im Grunde sind sie unbezahlbar. Mein Erzeuger hat die Drucke aus dem Archiv gestohlen, in dem meine Mutter gearbeitet hat.»

«Aus dem Museum für Deutsche Geschichte?», erkundigte sich Kappe.

«Ja, genau.»

Kappe zog die Augenbrauen hoch, er musste unwillkürlich an Peter denken. Würde sein Sohn ihn auch «Erzeuger» nennen?

«Der Diebstahl fiel erst auf, als das Museum eine Sonderausstellung zum fünfhundertsten Todestag Johannes Gutenbergs vorbereitete. Als schließlich herauskam, dass die Flucht mit den wertvollen Dokumenten bezahlt worden war, hat meine Mutter ihre Anstellung verloren.»

«Wissen Sie, dass …», Kappe suchte nach dem richtigen Wort, entschied sich dann aber für eine neutrale Bezeichnung, «… dass Theo Löffler einen Unfall hatte und im Krankenhaus liegt? Er ist von einem Bus angefahren worden. Leider kann er nicht aussagen. Wir wissen deshalb nicht, ob er von allein gestolpert ist oder ob ihn jemand gestoßen hat. Zu dem Zeitpunkt hatte er eindeutig zu viel …» Kappe beendete den Satz nicht.

Jürgens war seine Bestürzung im Gesicht abzulesen. Sie währte aber nur einen Moment. Dann zuckte er gleichgültig mit den Schultern.

«Sie haben den Familiennamen Ihres Vaters abgelegt. Gehe ich recht in der Annahme, dass Ihre Mutter erneut geheiratet und ihr neuer Partner Sie adoptiert hat?»

«Weiterhin den Namen von jemandem zu tragen, der mich aus purem Egoismus im Stich gelassen hat, war mir zuwider.»

«Sie mögen Ihren Vater nicht.»

Aufbrausend erwiderte Kai Jürgens: «Was erwarten Sie? Er hat mir die Schwester genommen und meiner Mutter die Reputation. Sie arbeitet jetzt als Verkäuferin im Konsum. Schon nach seiner Flucht wurden wir behandelt wie Aussätzige. Die meisten unserer Freunde haben sich von uns abgewandt. Nachdem bekannt geworden war, dass mein Erzeuger die Donate gestohlen hatte, sprach niemand mehr mit uns. *Nicht mögen* beschreibt meine Abneigung gegen meinen …», er zögerte einen Augenblick, «… meinen Vater nicht annähernd. Er ist für Silvias Tod verantwortlich!»

Beschwichtigend hob Kappe die Hand und lehnte sich zurück. «Sie haben Ihren Vater besucht und ihn dann verprügelt. Ist das richtig?»

Schweigend ballte Jürgens die Fäuste.

«Ein ausgeschlagener Zahn, gebrochene Rippen, Prellungen, Blutergüsse.»

«Er hat die Prügel verdient», zischte er mehr zu sich selbst als zu den beiden Beamten hinter dem Schreibtisch.

Ungehalten presste Kappe die Bleistiftspitze derart kraftvoll auf das Papier, dass sie abbrach. «Ich weiß nicht, wie man das im Osten nennt, aber wir bezeichnen ein derartiges Verhalten als Selbstjustiz.» War es fehlendes Mitgefühl, oder war der junge Mann tatsächlich davon überzeugt, dass er Gerechtigkeit habe walten lassen? Die Ruhe, mit der Jürgens auf den Vorwurf reagierte, den eigenen Vater verprügelt zu haben, schmerzte Kappe. «Ihr Vater hat von einer Anzeige abgesehen. Angeblich ist er die Treppe hinuntergefallen.»

Verwundert schaute Jürgens zunächst Kappe und dann Galgenberg an.

Es war an Kappe, das betroffene Schweigen zu brechen. «Ihre Schwester wird ihre letzte Ruhe auf dem Friedhof Schöneberg in der Eisackstraße finden. Ihre sterblichen Überreste liegen momentan im Gerichtsmedizinischen Institut in Moabit. Wir werden veranlassen, dass man Sie über den Termin der erneuten Beisetzung informiert. Bisher trug das Grab nur eine Nummer. Wenigstens das wird sich nun ändern.»

Galgenberg schob den Zettel mit der Adresse vom Friedhof über den Tisch. Er schaute Kappe kurz an. Dessen leichtes Nicken genügte, um ihm deutlich zu machen, dass sie sich einig waren. «Wenn wa noch Fragen haben, melden wa uns. Und Sie melden sich wieder in Marienfelde. Es liegt nischt jegen Ihre Person vor. Wir jeben den Kollejen dort Bescheid. Stellen Se endlich den Antrach uff Aufnahme ins jelobte Land. Enttäuschungen inklusive. Verstanden? Ick komm vorbei und prüf, ob Se dit jemacht haben!»

Jürgens nickte. Er stand erleichtert auf und griff dann in die Innentasche seiner Lederjacke. Bedächtig legte er das Portemonnaie, das einmal Volker Dietrich gehört hatte, auf Kappes Schreibtisch. «Ich zahl das alles wieder zurück. Der Betrag, den ich mir geborgt habe, steht auf einem Zettel.»

Nachdem Kai Jürgens gegangen war, starrte Otto Kappe nachdenklich auf seine Notizen. Einen Namen hatte er eingekreist: *Johannes Gutenberg*. Der erinnerte ihn an seine Schulzeit, aber er hätte nicht sagen können, warum der bekannteste aller Buchdrucker ihm auf einmal wichtig erschien.

«Kannste dich an dit Jespräch im Hause Thalmann erinnern, als es um die Liste der Mädels ging, die die Jäste bespaßt ham?», fragte Galgenberg unvermittelt und riss Kappe aus seinen Gedanken. «Böhl hat se jestern abjejeben. Ick hab doch den Rechtsverdreher jefragt, ob er ooch wat am Loofen hat. Jeantwortet hat der Kerl ja nich, aber dit Grinsen von dem war doch eindeutig, oder?»

Es dauerte einen Augenblick, bis Kappe verstand, dann

klatschte er begeistert in die Hände. «Kollege, manchmal bist du richtig genial! Rede du mit Ludwig. Frag ihn, von wem sich Herr Saubermann das Leben versüßen lässt. Ludwig kennt garantiert Namen und Anschrift der Dame. Wenn wir Glück haben, finden wir Böhl bei ihr. Nachdem wir ihn verhört haben, kannst du den Mann wieder freilassen. Kai Jürgens hat ihm ja gerade ein Alibi gegeben.»

«Ick bin nur *manchmal* genial? Ick find deine Formulierung een kleenet bisschen zu eng jefasst», protestierte Galgenberg mit gespielter Ernsthaftigkeit. «Und wat machst du inzwischen?»

«Ich muss da mal was klären. Ist nur so ein Gefühl. Ich glaube, ich weiß, wo die Drucke aus dem Museum abgeblieben sind. Diese alten Drucke von Gutenberg, mit denen Löffler die Flucht bezahlt hat. Möglicherweise kann uns dieser … wie hieß der noch gleich, der Sachverständige vom schönen Willi … richtig, dieser Gustav Terpitz etwas über ihren Verbleib sagen.» Kappe suchte in seinen Unterlagen nach einem Schriftstück, fand es schließlich und überflog es. Darauf waren eine kurze Vita sowie die Adresse von Gustav Terpitz vermerkt. «Wenn ihr den Böhl festgenommen habt, sei so freundlich und hol mich doch bitte anschließend hier ab.» Er schob das Schreiben über den Tisch und deutete mit dem Finger auf die Adresse. «Ich freu mich schon darauf, den Rechtsverdreher zu verhören.»

Als Gustav Terpitz die Tür öffnete, war er sichtlich überrascht. Otto Kappe hielt ihm seinen Dienstausweis entgegen. Höflich, mit einer Mischung aus Neugier und Erstaunen bat er den Kriminaloberkommissar herein. «Kann ich Ihnen helfen?»

«Ja, ich denke schon», erwiderte Kappe und ließ den Blick über die kleine Werkhalle schweifen.

«Das war mal eine Druckerei», erklärte Terpitz, der Kappes verwunderten Blick bemerkte. «Die früheren Büroräume habe ich zu einer Wohnung umbauen lassen. Eigentlich lebe ich in Frankfurt, aber wenn ich in Berlin arbeite, wohne ich hier.»

«Familienbesitz?», fragte Kappe interessiert.

«Die Druckerei gehörte meinen Eltern. Terpitz & Bracht. Bracht war der Mädchenname meiner Mutter. Von deren Familie stammte das Geld für das Unternehmen.»

Die Werkhalle war beeindruckend. Kappe mochte alte Industriebauten. «Sie sind dem Druckerhandwerk treu geblieben. Soweit ich weiß, arbeiten Sie in der Bundesdruckerei.»

«Ja, die Druckerei meines Vaters musste schließen. Zu wenig Aufträge. Die Maschinen waren zu alt. Ich habe das Handwerk noch von der Pike auf gelernt. Das Gebäude blieb der Familie – oder besser gesagt, mir – glücklicherweise erhalten. Jetzt überwache ich in der Bundesdruckerei die Produktion diverser amtlicher Dokumente», antwortete Terpitz.

«Auch die Produktion von Pässen?»

«Ja, auch die von Pässen. Und wenn Sie jetzt wissen möchten, ob ich ein paar davon habe mitgehen lassen, dann muss ich Sie leider enttäuschen. Die Pässe sind alle registriert. Sollten welche fehlen, wäre ich einer der Ersten, den man verdächtigen würde», sagte Terpitz und schien sich zu amüsieren.

«Wie kommen Sie darauf, dass wir Sie verdächtigen?»

«Na, dass Sie hier sind, um mir zu meiner vorbildlichen Arbeit zu gratulieren, ist wohl eher unwahrscheinlich.»

Mit den Jahren hatte Kappe ein Gespür dafür entwickelt, wann jemand die Wahrheit sagte und wann jemand log. Terpitz verbarg etwas, und er tat alles dafür, durch ein freundliches Geplauder davon abzulenken.

«Sie haben Glück, mich noch angetroffen zu haben. Meine Maschine nach Frankfurt geht in drei Stunden. Die nächsten Tage habe ich frei.»

«Sie pendeln regelmäßig zwischen Berlin und Frankfurt?»

«Richtig, und zwar per Flugzeug. Durchs Kommunistenland zu fahren ist mir ein Gräuel – ob mit Bahn oder Auto. Außerdem habe ich gar keinen Führerschein.»

Beeindruckt von den alten Druckmaschinen, die entlang des

Gangs standen, lief Kappe neben Terpitz her. «Funktionieren die alle noch?», fragte er und deutete auf die Geräte.

«Ein bisschen Öl, und sie schnurren wieder wie die Bienchen. Allerdings wie ziemlich laute Bienchen.»

Beide lachten. Kappe blieb interessiert vor einem Regal stehen, in dem aufwendig verzierte Buchpressen aufgereiht waren. «Kennen Sie Wilfried von Thalmann gut?»

Terpitz zögerte einen Augenblick, bevor er antwortete. «Wir kennen uns geschäftlich. Ich habe in seinem Auftrag einen Teil des Erbes seiner Adoptivmutter veräußert.»

Voller Entdeckerfreude ging Kappe durch die Halle und schaute sich die Exponate an, die jeden noch so kleinen Winkel füllten. Dass Terpitz Thalmann schon vor sieben Jahren kennengelernt hatte, war für Kappe eine neue und wichtige Information. «Sie wissen, dass Herr von Thalmann in der letzten Nacht ermordet wurde?», erkundigte er sich und betrachtete neugierig ein eisernes Typenschild an einer Handpresse. Aus dem Augenwinkel sah Kappe Terpitz nicken.

«Sehr bedauerlich. Wir haben gut zusammengearbeitet. Eine interessante, wenn auch schwierige Persönlichkeit.»

«Sind Sie ihm in der letzten Zeit mal in Berlin begegnet?»

«Nicht, dass ich wüsste.»

«Schlechtes Gedächtnis oder schlechtes Gewissen?», fragte Kappe und bewegte den Hebel der Handpresse ein wenig, der sofort quietschende Töne von sich gab.

«Wie meinen Sie das?»

«Na, wir wissen, dass Sie am Montag vor zwei Wochen bei Thalmann zu Besuch waren. Dafür gibt es Zeugen. Mein Kollege hat Sie im Mercedes vor dessen Anwesen in Alt-Lübars zusammen mit Rechtsanwalt Böhl gesehen.» Kappe hatte gelogen, war sich aber sicher richtigzuliegen.

Terpitz kniff die Augen zusammen und starrte auf die alte Presse. «Das muss ich verdrängt haben. Ich bin Sammler von Antiquitäten. Alles, was mit der Druck- und Buchbindekunst zu tun hat, ist für mich von Interesse.» Dabei streckte er die Arme aus und deutete auf seine Sammlung. «Thalmann hatte etwas anzubieten, und ich habe es begutachtet.»

«Was haben Sie sich denn angeschaut?»

«Eine Druckplatte, mit der angeblich die ersten Siemens-Aktien angefertigt wurden. 1897 erfolgte die Umwandlung von Siemens & Halske in eine Aktiengesellschaft. Allerdings war die angebotene Platte eine Fälschung. Das Original befindet sich in Familienbesitz.»

Neugierig ging Kappe weiter und betrachtete einzelne Setzkästen, in denen Bleibuchstaben lagen. Auf einem Kärtchen daneben stand: *Schrift Tannenberg. Entwickelt zwischen 1933 und 1935 für die D. Stempel AG in Frankfurt am Main.* «Und um das zu erkennen, haben Sie mehrere Stunden gebraucht?»

«Wir haben auf den Schreck erst einmal einen getrunken. Es kommt ja nicht jeden Tag vor, dass man feststellt, fast auf eine Fälschung hereingefallen zu sein.»

Kappe war gewarnt. Sein Gesprächspartner gab nur so viel preis, wie er musste. Nur warum, blieb dem Kriminaloberkommissar ein Rätsel. In der Hoffnung, dass Terpitz ihm seinen Zweifel nicht anmerkte, wandte er sich wieder der umfangreichen Sammlung zu. Offensichtlich waren manche Exponate besonders kostbar und über viele Jahre zusammengetragen worden. Zwar konnte er den Wert jedes einzelnen Stücks nicht schätzen, dennoch war er sicher, dass seine Arbeit als Abteilungsleiter der Bundesdruckerei allein Terpitz nicht die finanziellen Mittel verschaffte, um sich solch eine Sammlung zulegen zu können. «Beeindruckend!», stellte er fest. «Manch ein Museum dürfte vor Neid erblassen. Ich gehe davon aus, dass Sie für jedes der Stücke einen amtlichen Nachweis haben.»

«Für jedes historische Einzelstück, das Sie hier sehen.»

Kappe war mit der Antwort zufrieden. «Eine Frage habe ich noch, dann lasse ich Sie auch wieder allein. Vor gut fünf Jahren ist ein Vater mit seiner Tochter nach West-Berlin geflohen: Theo und Silvia Löffler. Kennen Sie die beiden?»

Terpitz schien nachzudenken. «Die Namen sagen mir nichts.»

Neugierig trat Kappe an ein Holzregal heran und deutete auf Werkzeuge, denen man ihre jahrelange Verwendung ansah. «Theo und Silvia Löffler aus Friedrichshagen.»

Nervosität war zu spüren, als Terpitz einen Schritt vortrat und erklärte: «Das sind typische Prägewerkzeuge zur Verzierung von Buchdeckeln. Man nennt sie Fileten. Das kommt aus dem Französischen.»

Kappe nickte und überflog die Reihen der wiegemesserförmigen Gerätschaften, auf denen Linien und Muster zu sehen waren. «Theo Löffler hat seine Flucht unter anderem mit zwei alten Druckwerken bezahlt, sogenannten Donaten. Hat Thalmann Ihnen die nie angeboten?»

Terpitz reagierte schneller, als dass er hätte erstaunt sein können. «Nein, bedauerlicherweise nicht.»

«Ich dachte immer, Sie wären sein einziger Sachverständiger gewesen, wenn es um Antiquarisches ging. Soweit ich weiß, hat Thalmann keine Transaktion vorgenommen, ohne Ihre werte Meinung einzuholen. Letzten Dienstag zum Beispiel waren Sie gemeinsam in Frankfurt am Main, um Devotionalien aus der NS-Zeit zu begutachten. Diesmal waren es keine Fälschungen.» Kappe zögerte einen Augenblick. «Alles war echt, sogar das Zyankali in den Ampullen.» Kappe drehte sich um und sah Terpitz an, der keinerlei Regung zeigte.

«Ich habe das Angebot nur stichprobenartig geprüft. Bei einer derartigen Menge von Sammlerstücken ist eine vollständige Expertise in so kurzer Zeit nicht möglich. Der Verkäufer schien seriös und der Preis für solchen Krempel angemessen. Wenn Zyankalikapseln in dem Koffer waren, habe ich sie nicht gesehen. Wie gesagt, mein Interesse liegt auf einem anderen Gebiet. Kommen Sie mit, ich zeige Ihnen etwas wirklich Besonderes, meine neuesten Errungenschaften.»

Terpitz wand sich wie ein Aal. Kappe brauchte Zeit, um seine Gedanken zu sortieren. Er war sich auf einmal sicher, dass Terpitz von dem Gift wusste. Terpitz hatte seit Langem für Thalmann gearbeitet, wahrscheinlich nicht nur als Sachverständiger für Antiquitäten. Dass er keine Kenntnis von den Donaten hatte, war unwahrscheinlich. Terpitz musste Theo und Silvia Löffler gekannt haben. Ganz offensichtlich gehörte er zu jenem Kreis, der von der Flucht am 1. Mai 1965 wusste. Kappes Gedanken überschlugen sich. Um Zeit zu gewinnen, betrachtete er erneut die Werkzeuge der Buchbindekunst.

Ein unerklärlicher Impuls ließ Kappe eine der Gerätschaften in die Hand nehmen, um sie näher zu inspizieren. Ein hammerförmiges Konstrukt. Er befühlte es und drehte es in alle Richtungen. Nachdenklich strich er über die beiden Rillen, die sich auf der Oberfläche hervortaten und zum Ende des Werkzeugs hin spitz ausliefen. Er stutzte. Er hatte die Form schon einmal gesehen. Besser gesagt, das Gegenstück dazu. Es dauerte den Bruchteil einer Sekunde, bis er begriff, dass ein Schlag mit diesem Werkzeug genau solch ein Loch hinterlassen würde, wie es der Schädel der Toten von Nikolskoe aufwies. Mit einem Mal erkannte Otto Kappe, in welcher Gefahr er sich befand. Langsam drehte er sich um – und starrte in den Lauf einer Pistole, einer alten Luger mit einem Neun-Millimeter-Kaliber.

Kappe schalt sich selbst einen Trottel. Bis vor einer Viertelstunde war er fest davon überzeugt gewesen, dass Rechtsanwalt Emanuel Böhl für alles verantwortlich war. Nicht einen Moment lang hatte er daran gezweifelt. Ein Irrtum, der ihn das Leben kosten konnte.

«Ich hätte mir denken können, dass Ihr Interesse weniger der Sammlung als der Lösung des Falls gilt», bemerkte Terpitz bedauernd. Er deutete auf einen hölzernen Dreifuß, der an einer Heizung stand. «Mein Fehler ist, dass ich mich schlecht von alten Dingen trennen kann. Eine Schwäche, die allen Sammlern gemeinsam ist.» Mit der Luger winkte er erneut in Richtung Hocker.

Kappe folgte der Weisung und ging langsam rückwärts auf den Dreifuß zu. «Herr Terpitz, es ist vorbei. Geben Sie auf!»

Ein Lachen, das wütend klang, kam dem Abteilungsleiter der Bundesdruckerei über die Lippen. Es brachte die pure Enttäuschung zum Ausdruck. Mit einer schnellen Bewegung entsicherte er die Waffe. «Wirklich schade, Sie wurden mir gerade sympathisch. Jetzt werde ich Ihnen meine neuesten Errungenschaften nicht mehr zeigen können. Ich besitze nämlich einige jener Druckplatten, mit denen die SS im Konzentrationslager Sachsenhausen Falschgeld geprägt hat. Ich nehme an, das wird Sie jetzt nicht mehr interessieren, oder?»

Kappe stand inzwischen vor dem Hocker. Er spürte seinen Herzschlag, der wild zu galoppieren schien. Sein Hirn arbeitete auf Hochtouren. «Mit diesem Werkzeug haben Sie Silvia Löffler erschlagen!», sagte Kappe und deutete auf das hammerförmige Gerät. «Warum?»

«Tun Sie mir den Gefallen und setzen sich auf diesen dussligen Hocker!», schnauzte Terpitz nun sichtlich nervös und schaute durch die verstaubten Fenster. Auf dem Hof war es ruhig. «Sind Sie allein gekommen?»

«Machen Sie keinen Unsinn! Meine Kollegen wissen, dass ich hier bin.»

Langsam ging Terpitz zu einem Schrank, auf dem das Wort *Schmiermittel* zu lesen war. Ohne Kappe aus den Augen zu lassen, griff er hinein. Er holte ein Bündel Kabelbinder heraus und warf sie ihm vor die Füße. «Zwei für die Hände, mit dem dritten fixieren Sie sich am Heizungsrohr.»

«Machen Sie es nicht schlimmer, als es schon ist.»

«Ich würde Sie ungern erschießen. Sie sollten das mir und sich selbst ersparen. Nicht, dass das jetzt noch von Bedeutung wäre, aber einige wertvolle Stücke meiner Sammlung möchte ich schon gern mitnehmen. Und dazu brauche ich beide Hände.»

Kappe überlegte, ob er in seinem Alter noch schnell genug war, um einen Gegner wie Terpitz außer Gefecht zu setzen. Das Resultat war bitter: Er traute es sich nicht mehr zu. Wie ihm geheißen, legte er sich die Kabelbinder um seine Handgelenke. Unter

Anspannung fädelte er den dritten durch die beiden ersten, um ihn anschließend um das Heizungsrohr zu legen. Das war schwerer, als er gedacht hatte.

«Nehmen Sie die Zähne zum Festziehen!» Nachdem sich Terpitz versichert hatte, dass von Kappe keine Gefahr mehr ausging, öffnete er einen Tresor, der in dem Schrank untergebracht war.

«Warum musste Silvia Löffler sterben?», fragte Kappe, um Zeit zu schinden.

Zuerst antwortete Terpitz nicht. Er packte stattdessen mehrere Bündel Geldscheine und eine Handvoll Pässe in einen Koffer. Dann drehte er sich um und faltete die Hände vor seinem Gesicht. «Nun gut. Ich war 1965 Kurier für Thalmann. Hohes Risiko, schlechte Bezahlung. Ich kontaktierte Theo Löffler nach einer Premiere im Maxim-Gorki-Theater. Ich weiß nicht einmal mehr, was aufgeführt wurde. Obwohl er nur für das Bühnenbild verantwortlich zeichnete, bat ich ihn mit den Worten ‹Ich wünschte, Sie würden einmal die Kulisse für Shakespeares *Ende gut, alles gut* gestalten!› um ein Autogramm. Löffler musste mit dem Satz ‹Wen der Teufel treibt, der muss wohl gehen!› antworten. Der Spinner hatte einen Hang zum Dramatischen. Jedenfalls teilte ich ihm mit, wo und wann er zu warten habe. Er und seine Tochter waren dann überpünktlich am vereinbarten Treffpunkt. Das Mädchen war sehr nervös. Es hatte kein Vertrauen zu mir. Na ja, irgendwie hatte sie ja recht damit. Jedenfalls gab ich den beiden noch ein paar Instruktionen mit auf den Weg. Dann kam der Wagen von der Syrischen Botschaft. Und die beiden kletterten in den Kofferraum. Das war's. Lebendes Diplomatengepäck. Niemand durfte den Wagen an der Grenze kontrollieren. Löffler zahlte mit Schmuck und Antiquitäten.»

«Mit den Donaten von Gutenberg, richtig?»

Terpitz winkte ärgerlich ab. «Egal ... Jedenfalls, drei Jahre nach der Flucht stand plötzlich Silvia Löffler vor meiner Tür und verlangte, dass ich ihren Bruder ebenfalls rüberhole. Mal abgesehen davon, dass das so nicht funktioniert, dass sie nicht einfach bei mir erscheinen kann, um Forderungen zu stellen, wollte die Kleine die Drucke wiederhaben. Ich habe ihr erklärt, dass das unmöglich ist. Und da wurde sie richtig krötig. Sie drohte, die Öffentlichkeit darüber zu informieren, dass ich mich mit gestohlenen Drucken aus der DDR bezahlen lasse. ‹Wenn Sie mir nicht helfen, lasse ich Sie auffliegen›, lauteten ihre Worte. Sie kannte Details, Interna, die mich in ernste Schwierigkeiten gebracht hätten. Das konnte ich nicht zulassen. Ich wollte sie nicht umbringen. Es war nur eine Kurzschlussreaktion, ein Reflex. Sie wollte gehen, und das musste ich verhindern. Ich nahm das Erstbeste, was mir in die Hände fiel, und habe ihr damit eine verpasst. Es war dieses Werkzeug. Ich wollte das nicht. Die Kleine sackte zusammen und starrte mich mit weit aufgerissenen Augen an. Ich hatte keine Ahnung, was ich tun sollte. Dieses Wimmern und dieser Blick. Es dauerte ewig, bis sie endlich still war.»

«Sie hätten die Polizei oder den Notarzt rufen können.»

Kopfschüttelnd starrte Terpitz Kappe an. «Sie verstehen nicht. Ich konnte keine Hilfe holen. Ich hatte doch von Theo Löffler diese Drucke bekommen. Ihr tatsächlicher Wert entspricht dem Honorar, das für die Flucht mit Thalmann vereinbart war, in keinster Weise. Sie sind ein Vielfaches mehr wert. Wenn der schöne Willi herausbekommen hätte, dass ich ihn übervorteilt hatte, wäre ich ein toter Mann gewesen.»

«Warum haben Sie Silvia in ein Sommerkleid gesteckt? Es war Winter.»

Ohne Kappe anzuschauen, antwortete Terpitz: «Das Erste, was die Grenzer prüfen, wenn sie den Verdacht haben, dass sich jemand an ihnen vorbeizumogeln versucht, ist die Kleidung. Silvia Löffler trug noch Kleider aus ihrer DDR-Zeit. Ich hatte gehofft, das Sommerkleid würde ein wenig in die Irre führen. Meine frühere Frau hatte es hier zurückgelassen. Viel Auswahl hatte ich nicht.»

Beide schwiegen eine Weile.

«Und warum haben Sie Volker Dietrich erschossen? Das haben Sie doch, oder?»

«Wenn Sie und Ihr Kollege nicht angefangen hätten, Fragen nach der Toten von Nikolskoe zu stellen, wäre das Ganze nicht passiert. Aber nein, Ihr Kollege mit dem Mondgesicht musste ja unbedingt in den Wagen von Rechtsanwalt Böhl schauen. Und dann ruft mich auch noch Dietrich an, um mir mitzuteilen, dass ihn der Bruder von Silvia Löffler am Abend besuchen würde. Er wusste, dass ich damals als Kurier tätig war und heute immer noch in lukrative Fluchtgeschäfte von Thalmann involviert bin. Dietrich war verrückt. Der dachte, ich freue mich. Er wollte die alte Geschichte wieder ausgraben und faselte etwas von Geschwisterliebe, die jede Grenze überwindet. *Es waren zwei Königskinder, die hatten einander so lieb …* Dieser Spinner wollte die kitschige Story der meistbietenden Zeitung verkaufen. Mit einem Foto von allen Beteiligten – also auch mir. Glücklicherweise ließ sich der Kerl davon überzeugen, vorerst niemand anderem davon zu erzählen. Dass das Schwesterlein schon jahrelang tot war, konnte Dietrich ja nicht wissen. Was blieb mir denn anderes übrig? Sie waren so nah an der Wahrheit. Sie hätten nur noch ein wenig am Lack kratzen müssen, und Sie wären über Dietrich gestolpert. Der hätte sich an ein Mädchen, das leicht hinkte, mit Sicherheit erinnert. Alles wäre ans Licht gekommen. Nach all den Jahren bestand plötzlich die Gefahr, dass man mir den Mord an Silvia Löffler doch noch nachweist.»

Du musst Zeit gewinnen! Lass ihn nicht abhauen! Galgenberg wird bald merken, dass etwas nicht stimmt! Kappe sprach sich in Gedanken Mut zu und spann den Faden weiter. «Sie haben auch Theo Löffler vor den Bus gestoßen. Habe ich recht? Glücklicherweise haben Betrunkene manchmal einen Schutzengel. Jedenfalls hat er Ihren Mordversuch überlebt. Und Sie haben Wilfried von Thalmann umgebracht, weil er Ihrer Verfehlung auf der Spur war. Sie haben ihn mit Zyankali vergiftet. Hat er Ihr falsches Spiel durchschaut?»

Terpitz ließ sich in kein weiteres Gespräch verwickeln. Offensichtlich war er mehr damit beschäftigt, zu entscheiden, welche seiner Schätze er mitnehmen sollte. Kappe sprach daher einfach weiter. «Nachdem wir die Pressemeldung mit dem rekonstruierten Gesicht herausgegeben haben, wäre es nur eine Frage der Zeit gewesen, bis Thalmann den Namen der Toten erfahren hätte. Dann wäre er ganz schnell auf Sie gekommen. Und diesen Kraftfahrer, Helmut Gebhard, haben Sie ans Messer geliefert, weil er dummerweise irgendetwas mitbekommen hat, das Ihnen schaden könnte?»

«Sie haben recht, Gebhard war zur falschen Zeit am falschen Ort. Er sah mich im Café Breslau, als ich gerade einem Herrn seinen Pass abkaufte. Irgendwann hätte er dem schönen Willi davon berichtet, und der hätte erfahren, dass ich eigene Fluchtgeschäfte betreibe. Die Gefahr konnte ich doch nicht eingehen. Und die Jungs auf der anderen Seite der Mauer freuen sich über Tipps dieser Art außerordentlich.»

In einem unbeobachteten Moment versuchte Kappe, seine Hände aus dem Kabelbinder zu ziehen. Er gab es aber auf, da der Kunststoff tief in seine Haut schnitt. «Eines begreife ich überhaupt nicht», begann er erneut. «Gehe ich richtig in der Annahme, dass Sie nicht den Fotografen Dietrich beauftragt haben, die gescheiterte Flucht am Grenzübergang Staaken zu dokumentieren? Das hätte Ihnen ja nichts gebracht.» Ohne auf eine Antwort zu warten, sprach er weiter: «Wer, wenn nicht Sie, hat das veranlasst?»

Wie ein gereiztes Tier baute sich Terpitz vor Kappe auf und starrte ihn aus nächster Nähe direkt ins Gesicht. «Den ganzen Ärger verdanke ich einem Offizier von der Stasi, einem gewissen Major Schwarz, der meinte, er müsse mich erziehen. Und das alles nur, weil ich mich von einer kleinen Nutte aus Ost-Berlin habe verwöhnen lassen. Der Scheißkerl nahm es persönlich, dass ich in eine seiner Kameras gewinkt habe. Wie du mir, so ich dir. Der Idiot hat Dietrich informiert, um mich unter Druck zu setzen. Der hatte keine Ahnung, was er damit auslöste.»

«Sie arbeiten für die Stasi?»

Plötzlich hielt Terpitz inne und betrachtete Kappe einen Moment mit erstauntem Gesicht. Langsam hob er drohend den Finger. «Clever! Wirklich clever. Ich weiß, was Sie wollen: Zeit schinden. Das wird Ihnen aber auch nicht helfen.» Terpitz richtete die Waffe erneut auf Kappe, schien dann aber wie vom Donner gerührt. Mehrere Polizeisirenen ertönten. Reifen quietschten. Terpitz lauschte mit ungläubiger Mine und trat nervös ans Fenster.

Die Geräusche ließen Kappe Hoffnung schöpfen. Schritte hetzten über den Hof. Stimmen waren zu hören.

Terpitz schaute sich verzweifelt um. Kopfschüttelnd wandte er sich wieder dem Schrank zu, griff in den Tresor und legte einige Akten in den Koffer, den er anschließend sorgsam verschloss. Bedächtig hob er die Waffe und zielte auf Otto Kappes Herz. «War nett, mit Ihnen zu plaudern, aber leider muss ich mich verabschieden.»

Jeden Augenblick mussten die Kollegen ihn finden. Tod oder lebendig. Kappe konnte keinen klaren Gedanken mehr fassen.

Terpitz zielte plötzlich über seinen Kopf hinweg und schoss zweimal in die Zimmerdecke. «Behalten Sie mich in guter Erinnerung! Ab sofort dürfen Sie zweimal im Jahr Geburtstag feiern.» Schnell und ohne ihn weiter zu beachten, drehte sich Terpitz um und rannte zu einer Tür, die sich am Ende der Werkhalle befand.

Galgenberg war keine Sekunde zu spät gekommen. Rüdiger Ludwig hatte auf seine Frage, wo sich Rechtsanwalt Böhl aufhalten könnte, einen Namen und eine Adresse genannt. Der junge Mann hieß Marcus und war ein Stricher. Nach dem Fiasko mit Conny hatte der Rechtsanwalt anscheinend beschlossen, nicht mehr ins Büro zu gehen, sondern sich stattdessen verwöhnen zu lassen. Eine halbe Stunde später hatten die Polizisten die Wohnung von Marcus gestürmt. Und Galgenberg, der Rechtsanwalt Böhl die Gründe der Verhaftung genannt hatte – «Sie werden verdächtigt, Silvia Löffler, Volker Dietrich und Wilfried von Thalmann ermordet zu haben» –, hatte sich plötzlich einem herzhaft lachenden Mann gegenübergesehen. Nach einer Weile hatte sich Böhl wieder beruhigt. Mit ernster Miene und spürbarer Arroganz hatte er abfällig bemerkt: «Statt unbescholtene Bürger zu verhaften, sollte sich die Polizei lieber fragen, wer noch von dem tödlichen Zyankali im Koffer mit den Devotionalien wusste.» Schlagartig war Galgenberg klar geworden, in welcher Gefahr sich Otto Kappe befand.

Terpitz war wie vom Erdboden verschwunden. Erst nach einer Stunde konnten die Polizeibeamten seinen Fluchtweg nachvollziehen. Er war über eine Feuerleiter auf das Dach und dann ins Nachbarhaus geklettert. Dessen Keller war mit denen der angrenzenden Häuser verbunden. Terpitz hatte die Fluchtroute nicht spontan gewählt.

Kappe und Galgenberg waren sich im Klaren darüber, dass es für Terpitz nur einen Ausweg gab. Der ehemalige Buchdrucker und Abteilungsleiter der Bundesdruckerei würde mit Sicherheit versuchen, sich nach Ost-Berlin abzusetzen. Sofort leiteten sie alles in die Wege, um das zu verhindern.

Als Otto Kappe abends wieder im Büro saß, musste er einen Moment lang darüber nachdenken, wie absurd die Situation war. Die West-Berliner Polizei und der Zoll versuchten, einen innerdeutschen Grenzübertritt zu vereiteln. Die Beamten an den Flughäfen und Bahnhöfen waren informiert. Auch wenn es sich nicht um eine Staats-, sondern lediglich um die sogenannte Sektorengrenze handelte und die Flucht nicht aus politischen, sondern aus kriminellen Gründen begangen werden sollte, galt es, sie zu verhindern.

Gustav Terpitz wollte sein Glück am Grenzübergang Bornholmer Straße auf der Bösebrücke versuchen. Die im Ersten Weltkrieg erbaute Überführung war ursprünglich nach Hindenburg benannt worden, hatte aber nach dem Zweiten Weltkrieg den Namen des 1944 hingerichteten Widerstandskämpfers Wilhelm Böse erhalten. Als Terpitz beobachtete, wie West-Berliner Polizisten eingehend die Personaldokumente eines Mannes prüften, schien ihm das Risiko jedoch zu groß. Seine Nerven lagen blank. Er zitterte. Seine Angst würde ihn verraten, da war er sich sicher. Er verdrückte sich in die Sonderburger Straße und suchte eine Telefonzelle. Erst am Bahnhof Gesundbrunnen fand er endlich eine. Er rief den West-Berliner Kontaktmann für Notfälle an.

Es knackte ein paarmal in der Leitung. Schließlich meldete sich jemand. «Ja?»

«Terpitz am Apparat. Sie müssen mich hier sofort rausholen! Die sind hinter mir her.»

Eine Weile war es ruhig am anderen Ende der Leitung.

«Ich kenne keinen Terpitz. Tut mir leid. Falsch verbunden.»

«Verarschen Sie mich nicht! Natürlich kennen Sie mich. Gustav Terpitz alias IM Gensfleisch. Wir sind aufgeflogen.»

«Ich fürchte, Sie haben die falsche Nummer gewählt.»

«Kommen Sie mir nicht so! Wenn ich stürze, stürzt Major Schwarz und mit ihm die ganze Abteilung Infiltration. Das garantiere ich Ihnen.»

Wieder war es ruhig am anderen Ende der Leitung. Nach einer Weile fragte der Mann: «Wo befinden Sie sich derzeit?»

Terpitz zögerte. War es klug, seinen Standort zu verraten? «Ich warne Sie. Ich habe Unterlagen über unsere Zusammenarbeit bei mir. Über jeden Ostdeutschen, den Sie durchgelassen haben, habe ich Buch geführt. Und über das Schmiergeld auch.»

Wieder Schweigen. Eine Stimme im Hintergrund gab Anweisungen. Unverständlich, aber mit Nachdruck. Eindeutig Major Schwarz. Dann wies ihn der Kontaktmann an: «Probieren Sie es bei Möckel! Drei Uhr wäre eine gute Zeit. Er ist Frühaufsteher. Sie finden dort eine Wartungsklappe.»

Die Leitung war tot. Terpitz starrte ungläubig auf den Hörer. Was hatte er erwartet? Natürlich wollten die Genossen nicht mit ihm in Verbindung gebracht werden. Auch sie waren sicherlich im Bilde darüber, was er getan hatte. Nur langsam begriff er die letzte

Anweisung seines Führungsoffiziers. Möckel. Drei Uhr. Frühaufsteher. Das war ein Code. Schnell holte er sein Notizbuch aus der Tasche und blätterte darin. Die Stasi liebte derartige Geheimniskrämerei. Für jede Eventualität gab es einen verschlüsselten Code. Schließlich fand er, was er suchte. Gotthilf Ludwig Möckel. Nach dessen Plänen war 1892 die Versöhnungskirche erbaut worden. Heute lag sie im Todesstreifen in der Bernauer Straße. Ein verlassenes Kirchengebäude aus rotem Backstein im neugotischen Stil. Vom 75 Meter hohen Kirchturm hatten die Grenzposten einen idealen Blick. Das war wohl kaum der richtige Ort, um sich unbemerkt in den Osten abzusetzen. Andererseits war das Gebäude seit 1961 für niemanden mehr zugänglich. Und für Schwarz ging es um einiges.

Die Hussitenstraße führte direkt auf die Bernauer Straße. Der Zugang zum Kirchengelände war zum Teil in die Grenzmauer eingebaut. Grobe Betonsteine schienen mit den Backsteinsäulen zu verschmelzen, die früher einen prachtvoll geschmiedeten Zaun gehalten hatten. Dort musste es eine Klappe in der Mauer geben, durch die zuweilen Grenzposten kletterten, um die Grenzbefestigungen zu kontrollieren. Obwohl Terpitz Schwarz nicht über den Weg traute, war der Verbindungsoffizier der Einzige, der ihm jetzt noch helfen konnte. Unruhig schaute Terpitz auf seine Uhr. Es war kurz vor neunzehn Uhr. Vor dem Bahnhofseingang Gesundbrunnen standen zwei Streifenpolizisten, die jeden, der an ihnen vorbeiging, genau in Augenschein nahmen. Noch immer nutzten die wenigsten West-Berliner die S-Bahn. Die meisten quälten sich mit Bussen durch die Stadt. Der Feierabendverkehr war Terpitz willkommen. Den besten Schutz davor, entdeckt zu werden, bot die Anonymität der Massen.

Bis es so weit war, gedachte Terpitz sich im Humboldthain zu verstecken. Entschlossen klemmte er sich die Aktenmappe unter den Arm und überflog noch einmal kurz das Schild, vor dem die Polizisten standen: *Achtung! Bahnhof Gesundbrunnen ist in Richtung Osten der letzte Bahnhof im Westsektor.* Ohne sich umzuschauen, überquerte er die Brunnenstraße und verschwand auf einem der Wege, die zur Humboldthöhe führten, zu jenem alten Flakbunker, der nun als Aussichtsplattform diente. Abseits der Hauptwege suchte er sich einen ruhigen Platz.

FÜNFZEHN

Freitag, 3. Juli 1970

GUSTAV TERPITZ schreckte auf. Er war eingeschlafen. Obwohl die Nächte in Berlin angenehm warm waren, fröstelte es ihn. Das Geräusch, das ihn geweckt hatte, kam aus einem der Gebüsche hinter ihm. Vielleicht hatte er einen Igel oder eine Ratte gehört, die im alten Bunker ihr Nest hatten. Glücklicherweise hatte es die Nacht über nicht geregnet. Dennoch war die Luft feucht. Nebel stieg auf. Obgleich er zitterte, musste Terpitz lächeln. Nebel war perfekt für sein Unterfangen. Er schaute auf seine Uhr. Noch hatte er Zeit. Trotzdem beschloss er aufzubrechen.

Er nahm nicht den direkten Weg, sondern ging vom Humboldthain die Scheringstraße entlang und bog von dort in die Ackerstraße ein. Normalerweise mied er diese Gegend. Die alten, heruntergekommenen Häuser sahen bedrohlich aus. Einzelne Laternen beleuchteten schwach die Pflastersteine. Nur vor dem Meyerischen Hof, einer düster wirkenden Mietskaserne, standen zwei Betrunkene und diskutierten etwas. Die verwahrlosten Gestalten würdigten ihn keines Blicks. Auf der Höhe des AEG-Apparatewerks überquerte Terpitz die Fahrbahn. Von hier aus konnte er die Bernauer Straße schon sehen. Die Stadt schlief. Vor ihm lag die Mauer, beleuchtet von den Scheinwerfern des Grenzregimes.

Wie angekündigt, befand sich eine Wartungsklappe in der Mauer, gleich neben der Fassade eines Ladengeschäfts, dessen Schriftzug verriet, dass hier früher Milch und Käse angeboten worden waren. Links davon ragte der Turm der Versöhnungskirche in die Höhe. Die Staatsführung der DDR hatte zwar die Häuser entlang der Bernauer Straße abreißen, aber aus praktischen Gründen einen Teil der Straßenfassaden mit zugemauerten Fenstern stehen lassen. Eine unwirkliche Mauer, die im Nebel noch abschreckender wirkte. Es grenzte an Ironie, dass Terpitz ausgerechnet an jener Straße die Grenze überschreiten sollte, an der etliche spektakuläre Fluchten nach West-Berlin stattgefunden hatten.

Aufmerksam schaute sich Terpitz um. Er war allein. Die Wartungsklappe war nur angelehnt. Vorsichtig schob er sie auf. Bisher schien ihn niemand bemerkt zu haben. Schnell stellte er den Koffer mit den wenigen Dingen, die er hatte retten können, und den wichtigen Dokumenten, die ihm die Zukunft sichern sollten, auf den Grenzstreifen. Ein letzter Blick auf West-Berlin. Künftig würde er sich mit Falckner Whisky zufriedengeben müssen. Dann stieg er durch die kleine eiserne Klappe. Geschafft!

Plötzlich leuchteten Scheinwerfer auf. Panisch hob Terpitz die Hände. Er erwartete, dass jemand etwas schrie wie «Stehen bleiben! Keine Bewegung! Rühren Sie sich nicht! Sie betreten ...». Aber nichts dergleichen geschah. Das Licht erlosch wieder. Es dauerte eine Weile, bis sich seine Augen an die Dunkelheit gewöhnten. Die massive Tür der Versöhnungskirche stand einen Spaltbreit offen. Schwarz hatte Wort gehalten. Mit zusammengebissenen Zähnen überquerte Terpitz den sandigen Streifen. Nur wenige Meter, und er war in Sicherheit.

In dem Moment, als er die Hand auf die Klinke der Kirchentür legen wollte, hörte er den Schuss. Zuerst spürte er gar nichts, nur einen Stich in der Seite, als hätte ihn ein Insekt gestochen. Dennoch wusste er sofort, dass es vorbei war. Der Koffer mit den Dokumenten entglitt seinen Händen. Gustav Terpitz fiel zur Seite. Erst jetzt machte sich der Schmerz gnadenlos bemerkbar. Panisch versuchte er zu atmen und seine Hand auf die Stelle zu pressen, an der er getroffen war. Es gelang ihm nicht. Im Augenwinkel konnte er nur noch wahrnehmen, wie ein Schatten aus der Kirchentür trat und langsam auf ihn zukam. Elegante Lederstiefel, blank geputzt, von jener Sorte, die Befehlshaber gerne tragen.

Major Schwarz bückte sich, sah Terpitz neugierig an und flüsterte dann: «Glauben Sie ernsthaft, dass mein Land Menschen wie Sie gebrauchen kann?» Dann nahm er den Koffer an sich und schloss die Kirchenpforte hinter sich ab.

Otto Kappes gemütlicher Abend mit Gertrud und einem Glas Rotwein endete, als es an seiner Wohnungstür klingelte. Ob es eine kriminalistische Vorahnung war, Gertruds unverständliche Nervosität, die ihn den ganzen Abend schon verwundert hatte, oder das Klingeln, das zu lange anhielt – er wusste in diesem Moment, dass etwas passiert war.

Gertrud zuckte zusammen, stellte ihr Glas auf den Sofatisch und öffnete die Tür. Schon an ihrer freudigen Begrüßung erkannte Otto, dass Peter zu Besuch gekommen war. Er spürte, wie er innerlich erleichtert durchatmete. Zu lange hatten sie einander nicht gesehen. Gleichzeitig spannte sich sein Rücken an. Er zwang sich, nicht aufzuspringen und in den Flur zu eilen, um den Sohn an die väterliche Brust zu drücken. Als er eine Frauenstimme hörte, die er nicht zuordnen konnte, läuteten bei ihm sofort die Alarmglocken. Es musste einen Grund dafür geben, dass Peter unangemeldet und in Begleitung kam. Hoffentlich ist die Dame nicht schwanger, dachte Otto und schüttelte über sich selbst den Kopf. Wenn es um seinen Sohn ging, fehlte ihm momentan jedes Vertrauen. Verärgert über sich selbst, stand er nun doch auf und schaltete den Fernseher aus.

Gertrud trat zuerst durch die Wohnzimmertür. Sie gab ihm wortlos zu verstehen, sich zurückzunehmen und keinen Streit zu beginnen. Danach traten Peter und eine junge Frau, die sichtlich nervös war, ins Zimmer.

«Guten Abend!», begrüßte ihn Peter. Er streckte ihm die Hand entgegen. «Es gibt etwas, das ich dir erzählen muss. Das ist Sarah, meine Freundin. Sarah Spira. Ich denke, es ist an der Zeit, dass ich euch einander vorstelle.»

Kappe begrüßte beide förmlich und schob ihnen zwei Stühle

zu, die am Esstisch standen. Einen Augenblick hatte er das Gefühl, Zeugen vor sich zu haben, die ihn in jedem Moment mit ein paar kriminellen Ungeheuerlichkeiten konfrontieren würden. Er selbst setzte sich mit Gertrud auf das Sofa und überlegte, ob er Fragen stellen oder lieber darauf warten solle, dass sein Sohn zu erzählen begann. Eine innere Stimme riet ihm zu Letzterem.

Peter nahm Sarahs Hand und hielt sie fest. Dann sagte er: «Sarah hat gerade ihr Medizinstudium abgeschlossen. Wir haben uns im letzten Sommer in Ungarn kennengelernt, am Balaton. Wie du weißt, ist es nicht ohne Weiteres möglich, zu Besuch nach Ost-Berlin zu fahren. Daher habe ich auch die Arbeit in der Wendland-Klinik angenommen. Es war der einzige Weg, einen westdeutschen Pass zu bekommen und mit ihm zumindest vier Wochen im Jahr in die DDR fahren zu dürfen. Sarah und ich haben uns immer heimlich getroffen. Oft in Berlin, manchmal in einer kleinen Datsche im Garten Eden in der Nähe der Stadt Oranienburg.»

Otto hatte einmal einen Bericht über die schon Ende des vorigen Jahrhunderts gegründete Vegetariersiedlung gelesen.

«In der letzten Zeit haben wir uns mehrmals in Prag getroffen. Es gab Hinweise darauf, dass die Stasi misstrauisch wurde. Man hat sich über Sarah erkundigt. Uns war klar, dass wir nur eine gemeinsame Zukunft haben, wenn Sarah die DDR verlässt. Bei unserer letzten Prag-Reise war es dann so weit.»

«Du wusstest davon?», fragte Otto ungläubig Gertrud, die fast die Luft anhielt und nervös ihre Finger knetete.

«Mutter musste mir versprechen, dir nichts davon zu erzählen», beeilte sich Peter zu erklären. «Du hättest dir nur unnötig Sorgen gemacht und versucht, es mir auszureden. Je weniger Personen davon wussten, desto besser. Außerdem bist du Polizist. Abgesehen davon, dass wir in der letzten Zeit nicht gerade den besten Draht zueinander hatten.»

Natürlich hätte er versucht, seinem Sohn eine solche Aktion auszureden. Aus Verantwortung und aus Angst davor, dass Peter sich in eine Situation begab, über die er keine Kontrolle hatte. Otto fixierte Gertrud, die immer tiefer im Sofa zu versinken schien.

«Ich habe Sarah bei ihrer Flucht geholfen», fuhr Peter fort. «Eine ehemalige Kommilitonin von mir, die ihr ziemlich ähnlich sieht, ist mit mir gemeinsam nach Prag gefahren und hat mir dann ihren Ausweis überlassen. Sarah hat sich die gleiche Frisur machen lassen, sich die Brille geliehen, die die Kommilitonin auf dem Passfoto trug, und ein paar gebrauchte Kleider aus dem Westen angezogen. Sarah und ich haben alles gemeinsam geplant. Gestern früh war es dann so weit. Um 10.12 Uhr ging unsere Maschine. Die tschechoslowakischen Beamten haben nur einen kurzen Blick in den Ausweis geworfen und uns dann durch die Grenzkontrolle gewunken. Wir sind erst nach Istanbul geflogen und anschließend über Frankfurt nach Berlin.»

«Und die ehemalige Kommilitonin? Was ist mit ihr?», erkundigte sich Otto besorgt.

«Sie hat den Ausweis heute als gestohlen gemeldet. Es wird ein paar Unannehmlichkeiten geben. Aber spätestens in einer Woche sollte sie wieder da sein. Wir sind ihr unendlich dankbar.»

Ottos Blick wanderte von Peter zu Gertrud und dann zu der Frau, die Sarah hieß.

«Ich musste es tun», erklärte Peter weiter. «Sarah und ich lieben uns. In dieser Diktatur der Arbeiter und Bauern wären wir niemals glücklich geworden.» Um jeden Zweifel von vornherein auszuschließen, ergänzte er: «Keine Macht dieser Welt hätte mich davon abbringen können.»

Otto war blass geworden. *Außerdem bist du Polizist,* hatte er gesagt, als wäre das ein Makel. Er konnte nicht glauben, was er da hörte. Was war nur geschehen, dass Peter ihm nicht mehr vertraute? Sicher, sie waren in den letzten Jahren oft unterschiedlicher Meinung gewesen, aber sie waren sich doch nicht fremd geworden. Oder hatte er es nur nicht bemerkt? Den linken Ideen, die sein Sohn jahrelang vertreten hatte, war er oft mit Kopfschütteln begegnet, und dennoch, nie hatte er an ihm gezweifelt. Er liebte Peter so, wie ein Vater seinen Sohn nur lieben konnte. Krampfhaft biss Otto die Zähne zusammen. Er versuchte etwas zu sagen, bekam aber kein Wort über die Lippen. Langsam erhob er sich und ging wie benommen durch das Zimmer. Nur sein schweres Atmen war zu hören. Einen Augenblick musste er gegen Tränen ankämpfen. Dann öffnete er die Schranktür und holte zwei weitere Weingläser hervor. Mit zittriger Hand goss er Wein ein, reichte seinem Sohn und dessen Freundin die Gläser und schaute Sarah an. «Herzlich willkommen! Ich freue mich sehr, Sie kennenzulernen!»

Als Gertrud und Sarah in der Küche waren, um das Geschirr abzuspülen, räusperte sich Peter und schaute seinen Vater prüfend an. «Es gibt noch etwas, das wir zu bereden haben.» Er zögerte einen Augenblick, bevor er fragte: «Was hältst du davon, wenn ich auch Kriminalkommissar werde?»

«Meinst du das im Ernst?», rief Otto überrascht aus.

«Ich habe mich erkundigt. Möglichkeiten gibt es durchaus. Kommissare mit psychologischem Spezialwissen werden in Zukunft sehr gefragt sein.»

Otto wusste nicht, was er darauf antworten sollte, aber der Gesichtsausdruck seines Sohnes ließ keinen Zweifel zu: Er meinte es ernst.

«Hat dir dein Großonkel aus dem Wendland diese Flausen in den Kopf gesetzt?»

Peter lachte und deutete mit dem Finger auf seinen Vater. «Diesen Berufswunsch hat jemand anderes zu verantworten. Der gute Hermann hat damit nichts zu tun – oder jedenfalls fast nichts.»

Otto schüttelte den Kopf, umarmte glücklich seinen Sohn und bemerkte mit klagender Stimme: «Noch ein Kappe bei der Berliner Mordkommission? Ob die Stadt das aushält?»

SECHZEHN

Montag, 6. Juli 1970

DAS TREFFEN im Büro von Kriminalrat Friedhelm Keunitz war nicht offiziell. Otto Kappe hatte aber darauf bestanden. Merlin war zwar verwundert über sein Anliegen gewesen, hatte den Termin jedoch bestätigt.

Der Mitarbeiter des Verfassungsschutzes betrat das Büro mit einem überlegenen Lächeln. Statt die Beamten zu begrüßen, verkündete er amüsiert: «Es gibt Neuigkeiten, die Sie interessieren dürften. In der Nacht von Freitag auf Sonnabend ist Gustav Terpitz bei einem Fluchtversuch in den Osten von den Genossen an der Grenze erschossen worden. Das habe ich gerade von einem Informanten erfahren. Unglaublich, oder?»

Kappe hatte schon aus den Nachrichten von der Tragödie am Wochenende erfahren. Der Name des Geflüchteten war der Presse zwar unbekannt, aber er war sich sicher gewesen, dass es sich um Terpitz handelte. Alle Begleitumstände hatten dafür gesprochen. Nun bestätigte Merlin Kappes Befürchtung: Terpitz würde für seine Verbrechen niemals zur Rechenschaft gezogen werden.

Nach einer kurzen, sachlichen Begrüßung kam Kappe zu seinem Anliegen. «Danke für diese Information, aber das ist nicht der Grund, warum wir Sie um ein Gespräch gebeten haben.»

Merlin machte eine wohlwollende Geste. «Na, dann legen Sie los! Wie kann ich Ihnen diesmal behilflich sein?»

«Soweit mir bekannt ist, werden alle Anrufe beim Verfassungsschutz aufgezeichnet. Also auch jener, der uns auf Wilfried von Thalmann aufmerksam machen sollte.» Kappe legte eine kurze Pause ein und fixierte Merlin mit ernstem Gesicht. «Ich denke, es spricht nichts dagegen, dass der Mitschnitt dieses Gesprächs der Mordkommission zur Verfügung gestellt wird.»

Merlin schaute erst Kappe, dann Keunitz verblüfft an, ließ sich aber einen Augenblick Zeit, bevor er antwortete. «So weit geht die Zusammenarbeit zwischen unseren Behörden üblicherweise nicht. Außerdem lässt sich die Stimme des Anrufers nicht identifizieren. Was versprechen Sie sich denn davon?»

Kappe hatte diese Reaktion erwartet und wechselte einen Blick mit Keunitz. «Sie haben also bereits Fachleute zurate gezogen? Das wundert mich. Ist es inzwischen üblich, jedes Telefonat von Spezialisten Ihrer Behörde analysieren zu lassen?»

Schweigen erfüllte den Raum. Merlin versuchte offenbar, die Gedanken Kappes zu erraten. Schließlich fragte er: «Was genau wollen Sie?»

«Sie waren der geheimnisvolle Anrufer, richtig? Sie selbst haben sich verraten. Ich hätte sofort stutzig werden müssen, denn niemand außerhalb der Mordkommission wusste, dass wir intern die Formulierung *die Tote von Nikolskoe* verwenden. Das war zu keinem Zeitpunkt offizieller Sprachgebrauch. Zwei Wochen bevor der Verfassungsschutz uns den Hinweis auf eine mögliche Verstrickung Thalmanns in den Fall gegeben hat, wurde die Polizeiakte zur Einsicht angefordert. Ich gehe davon aus, dass Sie dahinterstecken. Stimmt das?»

Merlin antwortete nicht auf die Frage und ließ auch sonst nicht erkennen, ob Kappes Theorie der Wahrheit entsprach. «Reden Sie ruhig weiter. Ich bin gespannt, was Sie sich noch zusammenreimen», war das Einzige, was er sagte.

«Sie kannten die interne Bezeichnung des Mordfalls, und es war Ihr Fehler, diese dem angeblichen anonymen Anrufer in den Mund zu legen.»

Langsam und beherrscht lehnte sich Merlin in seinem Stuhl zurück. «Was soll das hier?»

Kappe nickte. «Mein Problem ist ganz simpel. Ich verstehe nicht, woher Sie wissen konnten, dass Silvia Löffler von Gustav

Terpitz ermordet wurde. Entweder Sie waren Zeuge der Tat, oder Sie haben von dem Mord erfahren und darüber geschwiegen. Möglicherweise haben Sie dem Täter sogar geholfen, die Leiche in den Düppeler Forst zu bringen.»

«Machen Sie sich nicht lächerlich!», erwiderte Merlin wütend.

«Gustav Terpitz besaß weder einen Führerschein noch ein Auto. Jemand muss ihm geholfen haben. Ich denke, dieser Jemand waren Sie. Die Frage ist nur, warum? Welchen Grund hatten Sie, Terpitz zu decken? Sie wussten von seiner Tätigkeit in Ost-Berlin und seiner Verbindung zur Stasi. Und auf seine Informationen wollten Sie nicht verzichten, schließlich haben Sie davon profitiert. Dumm nur, dass sich die Vorzeichen der Politik geändert haben.»

Merlin verschränkte die Finger seiner beiden Hände ineinander und versteckte sich hinter einer undurchdringlichen Maske. «Sie sind sich im Klaren darüber, dass Sie das niemals werden beweisen können? Herr Kappe, Sie sollten Dreck aufwirbeln, und das haben Sie bravourös getan. Der Fall ist aufgeklärt. Der Mörder ist tot. Glauben Sie ernsthaft, jemand interessiert sich für Nebensächlichkeiten? Sie verschwenden nicht nur Ihre, sondern auch meine Zeit.»

«Ist das so?», fragte Kappe und tat verwundert. «Nach meinem Dafürhalten tragen Sie eine Mitschuld an den Morden an Volker Dietrich, Wilfried von Thalmann und Gustav Terpitz. Sie wussten, wer Silvia Löffler umgebracht hat – und haben es nicht für nötig erachtet, die Polizei darüber zu informieren.»

Merlin machte eine resignierende Geste, ohne Kappe anzusehen. «Nehmen wir mal hypothetisch an, Sie haben recht und Terpitz hat mich in der besagten Nacht angerufen. Gehen wir weiter davon aus, dass er mir berichtet hat, dass er das Mädchen umgebracht hat. Im Affekt. Vielleicht hat sie versucht, ihn zu erpressen, um ihren Bruder nach West-Berlin zu holen. Und da er ihr nicht helfen konnte, hat sie ihm womöglich gedroht, Thalmann über seine heimliche Geschäftemacherei zu informieren. Vielleicht wusste sie, dass Thalmann von den gestohlenen Drucken, diesen Donaten, mit denen ihr Vater Terpitz bezahlt hatte, und ihrem Wert nichts bekannt war. Denkbar ist, dass Terpitz daraufhin durchgedreht ist. Wie gesagt, eine rein hypothetische Annahme.» Merlin schwieg einen Augenblick. Er schien zu überlegen, wie viel er noch erzählen durfte. «Ich verrate Ihnen etwas: Terpitz hat für den Verfassungsschutz gearbeitet. Ihn fallen zu lassen war vor fünf Jahren keine Option.»

«Terpitz war also Doppelagent», fasste Kappe zusammen, der seine Erwartung bestätigt sah.

«Für die Stasi war er IM Gensfleisch. Ein gieriger und labiler Buchdrucker, der für Geld Fluchtwillige verriet, nur um seine Sammlung zu vergrößern.»

Endlich erinnerte sich Kappe daran, was er in der Schule über den Erfinder des Buchdrucks gelernt hatte: Gutenberg war als Johannes Gensfleisch geboren worden.

«Ein so perfektes Arschloch wie diesen Terpitz finden Sie kein zweites Mal. Durch ihn hatten wir Kenntnis von einem gewissen Major Schwarz und der Abteilung Infiltration. Wir waren von Anfang an über die Aktivitäten der Genossen informiert», ergänzte Merlin abfällig.

Wut loderte in Kappe auf. Er musste sich Mühe geben, um seine Stimme zu beherrschen. «Sie haben billigend in Kauf genommen, dass Flüchtlinge an der Grenze gefasst wurden? Dass Fluchthelfer wie dieser Helmut Gebhard für Jahre hinter Gittern verschwinden?»

Gereizt stand Merlin auf. «Bei allem gebotenen Respekt, Kriminaloberkommissar Kappe, hier geht es um viel mehr als um ein paar Flüchtlinge oder ihre Helfer! Jeder war sich des Risikos bewusst. Diese Scheißgrenze kennt viele Tote und noch mehr Dramen. Seit März verhandeln die Siegermächte intensiv über die Berlin-Frage. Wenn alles klappt, gibt es in absehbarer Zeit ein Viermächteabkommen, das nicht nur den Status der Stadt garantiert, sondern auch den Besucherverkehr zwischen Ost- und West-Berlin neu regelt. Typen wie der schöne Willi gefährden diese Verhandlungen. Uns vom Verfassungsschutz waren die Hände gebunden. Ob mir das gefällt oder nicht, wir sind Dienstleister der Politik. Dank Ihrer vorzüglichen Arbeit sind wir das leidige Problem jetzt los.»

Kappe sprang auf. Er war sprachlos. Man hatte ihn wie eine Marionette benutzt, und er war ein williger Helfer gewesen im schmutzigen Spiel des Kalten Kriegs.

Merlin strich über sein Jackett und wollte den Raum schon verlassen, da hielt er noch einmal inne. Mit einem süffisanten Lächeln streckte er Kappe die Hand entgegen. «Nichts für ungut, Kollege! Im Prinzip ziehen wir doch beide am selben Strang.»

Otto Kappe verlor für einen kurzen Moment die Beherrschung. Jahrelang hatte er im Polizeiverein verschiedene Aufschlagvarianten beim Faustball trainiert. Geradlinig, mit voller Wucht, hämmerte er nun seine Faust in Merlins Gesicht, als gälte es, den Ball in die Lücke zwischen Zuspieler und Abwehr zu schlagen.

Merlin ging zu Boden und hielt sich die rechte Wange. «Kappe, das kostet Sie Ihren Job!», presste er wütend zwischen den Lippen hervor. «Dafür sorge ich!» Fluchtartig verließ er das Büro des Leiters der Mordkommissionen.

Erschöpft und dennoch mit einem Gefühl der Genugtuung setzte sich Kappe wieder auf seinen Stuhl.

Keunitz schüttelte den Kopf, stand auf und schloss die Tür, die Merlin bei seinem Abgang offen gelassen hatte. «Herr Kappe, Sie haben beachtliches Talent, sich mit den falschen Leuten anzulegen. Nehmen Sie Urlaub. Schalten Sie ab. Das ist eine Anweisung! Es ist besser, Sie verschwinden ein paar Tage aus der Schusslinie. Ich sehe zu, was ich machen kann. Auch der Verfassungsschutz wird kein Interesse daran haben, die Angelegenheit aufzubauschen. Ermittlungen in deren Reihen sind das Letzte, was die gebrauchen können.»

Als Kappe nichts erwiderte, ergänzte Keunitz: «Beachtlicher

Schlag! Traut man Ihnen gar nicht zu. Aus Ihrer geplanten Beförderung zum Kriminalrat wird nun wohl allerdings nichts. Das werde ich dem Verfassungsschutz vermutlich versprechen müssen, des lieben Friedens willen. Mehr kann ich nicht für Sie tun.»

Es geschah in Berlin ...

Horst Bosetzky: **Kappe und die verkohlte Leiche (1910)**
Sybil Volks: **Café Größenwahn (1912)**
Jan Eik: **Der Ehrenmord (1914)**
Horst Bosetzky / Jan Eik: **Nach Verdun (1916)**
Iris Leister: **Novembertod (1918)**
Horst Bosetzky: **Der Lustmörder (1920)**
Peter Brock: **Das schöne Fräulein Li (1922)**
Wolfgang Brenner: **Stinnes ist tot (1924)**
Petra A. Bauer: **Unschuldsengel (1926)**
Horst Bosetzky: **Bücherwahn (1928)**
Petra A. Bauer: **Kunstmord (1930)**
Jan Eik: **Goldmacher (1932)**
Klaus Vater: **Am Abgrund (1934)**
Horst Bosetzky: **Mit Feuereifer (1936)**
Jan Eik: **In der Falle (1938)**
Jan Eik: **Polnischer Tango (1940)**
Petra Gabriel: **Beutezug (1942)**
Horst Bosetzky: **Unterm Fallbeil (1944)**
Jan Eik: **Heimkehr (1946)**
Horst Bosetzky: **Razzia (1948)**
Petra Gabriel: **Operation Gold (1950)**
Jan Eik: **Heißes Geld (1952)**
Horst Bosetzky: **Auge um Auge (1954)**
Petra Gabriel: **Kaltfront (1956)**
Jan Eik: **Grenzgänge (1958)**
Petra Gabriel: **Tod eines Clowns (1960)**

Horst Bosetzky: **Berliner Filz (1962)**
Horst Bosetzky: **Auf leisen Sohlen (1964)**
Klaus Vater: **Brandt-Gefahr (1966)**
Horst Bosetzky / Uwe Schimunek: **Rotlicht (1968)**
Stephan Hähnel: **Geschwisterliebe (1970)**

Alle Bände sind auch als E-Book erhältlich.